눈물아
멈춰줘

SCARLET ROMANCE NOVEL

눈물아 멈춰줘 1

초판 1쇄 발행 2008년 5월 1일 | **지은이** 최은경
펴낸이 정 필 | **펴낸곳** 도서출판 뿔미디어
기획, 편집 지영훈, 허경란, 김재영, 김유경, 윤나래 | **관리, 영업** 김기환, 정일근
출력 예컴 | **본문 인쇄** 정음청 | **표지 인쇄** 광문인쇄소 | **제본** 대명제책사
출판등록 2002년 9월 11일 제1081-1-132호
주소 부천시 원미구 심곡2동 163-2 3층 (우)420-822
전화 032)651-6513, 6092, 6093 | **팩스** 032)651-6094
ISBN 978-89-5849-772-1 03810 | 978-89-5849-771-4 03810 (세트)
값 9,000원 | **E-mail** BBULMEDIA@paran.com

ⓒ 최은경, 2008

※이 책은 도서출판 뿔미디어가 저작권자와의 계약에 따라 발행한 것이므로
본사의 서면 허락 없이는 어떠한 형태나 수단으로도 이 책의 내용을 이용하지 못합니다.

눈물아 멈춰줘

최은경 장편 소설

1

Scarlet
스칼렛

차례

프롤로그 그해 겨울 · 9
제1화 필연적 우연 · 18
제2화 왜 너여야만 하는 거니? · 46
제3화 고슴도치들의 동거 · 73
제4화 눈물아 멈춰 줘 · 98
제5화 복수, 그 부질없음 · 129
제6화 나도 조금은 괜찮지 않니? · 178
제7화 하필이면 · 200
제8화 착각일 뿐이야 · 222
제9화 황도 통조림 · 244
제10화 상담이 필요해 · 266
제11화 미라클 · 293
제12화 Kiss me darling · 324
제13화 앉은뱅이 꽃처럼 · 336

가까스로 시린 달 한 조각을 머금은 작은 창 안으로 붉은 네온 빛이 도둑처럼 스며들었다.
늙은 창녀의 주름진 입술에 발린 립스틱 같은 그 빛 속에 격투를 벌이고 있는 한 덩어리의 몸뚱이가 있었다.
아니, 하나로 엉킨 사뭇 다른 두 개의 몸뚱이였다.

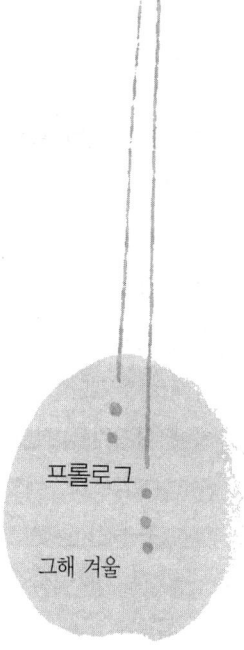

프롤로그

그해 겨울

*가*까스로 시린 달 한 조각을 머금은 작은 창 안으로 붉은 네온 빛이 도둑처럼 스며들었다. 늙은 창녀의 주름진 입술에 발린 립스틱 같은 그 빛 속에 격투를 벌이고 있는 한 덩어리의 몸뚱이가 있었다. 아니, 하나로 엉킨 사뭇 다른 두 개의 몸뚱이였다.

엎치락뒤치락 하던 끝에 하나가 다른 하나의 몸을 타고 올랐다. 아래쪽에서 두려움으로 범벅이 된 호소가 터져 나왔다.

"이…… 이러지 마!"

"Shit!"

소녀는 자해의 도구로 택한 소년의 분신을 암팡지게 거머쥐었다. 뜨겁고 부드럽고 또 단단한 그것은 거짓말쟁이 입과는 달리 이미 완전히 발기한 상태였다.

허리를 들었다. 그리고 준비가 되어 있을 리 만무한 메마른 여린 살점에 축축한 소년의 분신을 꿰맞추었다. 색스러운 네온 불빛에 붉게 물들어 더욱 농염한 흰 엉덩이가 가차 없이 아래로 향했다. 소년은 한 번도 느껴 보지 못했던 뜨거운 열기에 진저리를 쳤다.

"허헉!"

"Shit! Shit, Shit!"

소년을 품기를 거부하는 몸을 억지로 내리눌러 자해의 쾌감을 느낀 소녀는 입술 사이로 눅눅한 욕설을 내뱉었다. 그리고 발끝에서부터 머리 꼭대기까지 줄기차게 내달리는 아찔한 전율을 감당하지 못한 소년은 더 이상 그녀를 밀어내지 못했다.

두 개의 몸이 완벽히 하나가 되었다. 그 상태로 숨을 두어 번 내쉬자 몸이 찢겨져 나가는 고통이 줄어들기 시작했다. 이 미치광이 같은 격투를 먼저 시작한 소녀는 그것을 용납할 수 없었다. 난생처음 경험한 아찔한 전율에 진저리치며 울룩불룩거리고 있는 소년의 배에 손바닥을 짚고 엉덩이를 움직이기 시작했다.

"으읍!"

어설프기 짝이 없는 허리 짓에 여린 살점이 마저 찢기고 배와 허리에 견딜 수 없는 통증이 몰려들었다. 두 눈을 질끈 감은 소녀는 마약과도 같은 환각을 불러일으켜 주는 그 통증을 만끽하기 위해 엉덩이를 더욱 빨리 움직였다. 말을 타듯 리드미컬하게 아래위로 움직일 때마다 단단히 맞물린 곳에서 질척한 소리가 새어 나왔다. 소녀는 그에 맞춰 알 수 없는 말들을 부르짖었다.

"흰둥이든 깜둥이든 노랑이든! 벌려 주라는 놈이 있으면 다 벌려 줄 거야. 다 벌려 줄 거라고!"

소녀는 통증 때문에 절로 조여드는 엉덩이를 미친 듯이 움직였고 소년은 헉헉 터져 나오려는 신음을 참기 위해 어금니를 악물었다. 놀랍도록 뜨겁고 엄청난 힘에 사로잡힌 분신은 금방이라도 터질 듯 부풀어 올랐다. 숨도 쉬지 못할 만큼 거센 옥죄임에 굴복한 머릿속은 하얗게 바라나고 색스러운 열기로 꽉 차든 심장은 펑 소리를 내며 터질 것만 같았다.

의지를 배반한 소년의 손이 소녀의 어깨를 떠나 잘록한 허리를 단단히 붙잡았다. 그리고 더 깊은 곳으로 파고들기 열망하는 본능을 충족시키기 위해 허리가 저절로 들어 올려졌다. 그런데 그 순간! 신들린 사람처럼 소년의 몸을 타고 놀던 소녀가 움직임을 딱 멈췄다. 그리고 자신에게 완전히 굴복한 소년의 뺨을 매섭게 후려쳤다.

짝, 하는 소리와 함께 아교로 붙인 듯 짝 달라붙어 있던 소년의 눈꺼풀이 밀려 올라갔다. 소녀는 실랑이를 벌이느라 엉망이 된 소년의 남방 앞섶을 두 손으로 그러모아 쥐고 고개를 숙였다.

"좋아?"

"아……."

하지만 제가 감당할 수 있는 범위를 넘어선 환락에서 빠져나오지 못한 소년은 어떤 말도 내뱉을 수 없었다. 다만 어서 그녀가 저를 더 괴롭혀 줬으면 하는 달뜬 바람뿐이었다. 소년의 바싹 마른 혀가 그보다 더 메마른 입술을 핥자 소녀의 입가에는 비틀린 미소가 떠올랐다.

"왜 안 좋겠어? 혼자 흔들어댈 때면 어김없이 떠올리던 난데. 안 그래?"

열락에 맥을 추지 못하던 소년의 눈매가 매서워졌다. 그것이 소녀를 더욱 자극시켰다.

"겉으로는 착한 척, 점잖은 척 굴면서 머릿속으로는 내 가랑이 속을 파고들고 있었던 걸 모를 줄 알아? 더러운 창녀 새끼 주제에…… 악!"

순식간에 자세를 뒤엎어 버린 소년의 몸 밑에 깔려 버린 소녀가 하체를 파헤치는 엄청난 통증에 비명을 내질렀다. 너무나 간단하게 요망한 소녀를 제압해 버린 소년은 그녀의 흰 팔을 내리누른 다음 바들바들 경련을 일으키고 있는 빠듯한 미궁을 침략하기 시작했다.

"아앗! 읍, 으읍!"

기교라고는 없이 그저 힘으로만 몰아붙이는 소년의 사나운 몸짓에 소녀는 이를 악물었다. 갈퀴로 긁어내는 것 같고 불덩이가 헤집는 것만 같았다. 하지만 갈가리 몸이 찢겨나가기만을 바라던 그녀에게 고통은 또 새로운 쾌락이 되었다. 소녀는 매끈한 다리로 소년의 허리를 끌어당기며 외쳤다.

"더 세게, 더!"

소년은 노예처럼 그녀의 명령을 충실히 따랐다. 쥐고 있던 손목을 놓고 아직 채 벗지 못한 티셔츠 속에 감춰진 두 개의 젖무덤을 찾아내 찌부러뜨릴 듯 움켜쥐었다. 소녀의 허리가 뒤틀렸고 헤어 나올 수 없는 쾌락의 늪에 빠져 버린 소년은 격렬한 허리 짓으로 끝을 알 수 없는 열망을 향해 질주했다.

아랫도리에서 느껴지는 뻐근하고 욱신거리고 홧홧한 느낌에 몸을 뒤척이던 지훈은 이마와 콧등에 잔뜩 주름을 잡았다. 지극히 불쾌한 그 느낌들은 지금 일어나지 않으면 속옷을 버리고 말 거라는 경고였다. 단잠을 포기하는 것보다는 자신의 나약한 의지력에 짜증이 밀려와 무거운 눈꺼풀을 밀어 올렸다.

그러던 그가 갑자기 벼락을 맞은 것처럼 화들짝 놀라 자리에서 일어났다. 촌스러운 벽지와 매서운 바깥 날씨와는 어울리지 않는 비키니 걸의 모습이 담긴 달력이 어깨를 누그러뜨렸다. 자신이 깨어난 곳이 어제 저녁 마리와 함께 든 여인숙

프롤로그 · 그해 겨울

임을 확인한 그의 시선이 절로 옆을 향했다.

잔뜩 구겨진 이부자리가 조금 전 자신을 깨어나게 한 몽정의 징후가 환상이 아닌 실제 상황이었음을 일깨워 주었다. 거기다 칙칙하고 꼬질거리는 이불 속에서도 선명하게 제 의미를 알려오고 있는 몇 개의 검붉은 자국들이 자괴감을 몰고 왔다.

'미쳤어.'

그렇게밖에 정의할 수 없었다. 얼음공주라는 별명답게 하찮은 자신 따위에게는 눈 한 번 뜨는 법이 없던 마리가 아닌가. 그런 그녀가 자신의 처녀를 제 동정과 맞바꾸었다. 호감이나 연정 따위가 아니라는 것은 잘 안다. 그건 아마도 자괴감과 자해일 것이다. 마담 오드리를 잃고 집을 잃고 사람으로 쳐주지도 않던 제 도움을 받아야 하는 현실에 대한 반항이었을 것이다.

어젯밤, 어둠 속에서 뻗쳐 온 마리의 손길을 느꼈을 때 그 모든 것을 알고 있었다. 그러면서도 그녀를 뿌리치지 못한 저 또한 연정이 아닌 동물적인 욕정에 휩싸였을 뿐이었다. 창녀의 아들이라는 아킬레스건을 자극당한 분노라는 변명은 통하지 않았다. 오랫동안 남몰래 키워오던 첫사랑을 무참히 깨버렸으니까.

"아아!"

자신과 마리를 둘러싼 모든 것이 혼란스럽기만 하고 마음에 들지 않는 지훈은 마른세수로 심란함을 달랬다. 그러는데 누군가가 문을 두드렸다.

"총각, 총각?"

"예? 예! 이크!"

여인숙 주인의 부르는 소리에 놀라 자리에서 벌떡 일어나던 지훈은 덜렁 드러난 제 아랫도리에 기겁을 하고는 저만치에서 나뒹굴고 있는 바지를 얼른 주워 입었다. 지퍼만 겨우 올리고 허겁지겁 문을 열자 푸석푸석한 얼굴의 주인이 단물이 다 빠진 껌을 짝짝 씹어가며 용건을 말했다.

"방 뺄 거야, 아님 더 있을 거야?"

"아, 방."

졸지에 직장과 집을 잃어버렸으니 며칠간은 이곳에 머물러야 할 것 같았다.

"더 있을 거면 계산을 해주고, 아님 빼고."

"삼 일 정도 더 있을 것 같은데 다 선불로 걸어야 합니까?"

"아침마다 문 두드리는 소리에 깨고 싶음 날마다 줘도 되고."

은근히 선불을 요구하는 소리에 지훈은 두말도 않고 셈을 치를 차비를 했다.

"삼만 원이죠?"

"사만 원인데?"

"하루에 만 원씩 삼 일이면 삼만 원인데요."

지훈이 간단한 셈도 못하는 주인에게 정확한 가격을 일러 주자 야릇한 웃음을 띤 주인은 그런 셈은 어른들의 세계에서나 통하는 것임을 일깨워 주었다.

"미짜잖아."

"아닌데요."

주인은 대꾸 대신 손바닥을 쓱 내밀었다. 그리고 요구했다.

"민증."

지훈은 먹히지도 않을 변명을 내놓은 것을 후회하며 말을 끊고 지갑이 들어 있는 점퍼가 걸린 방 한쪽 구석으로 걸어갔다. 여기저기 불티 자국이 난 패딩 점퍼의 안쪽으로 손을 밀어 넣어 지갑을 꺼냈다. 머릿속으로 오늘 필요한 식비와 잡비를 계산하며 지갑을 펼치던 그가 흠칫했다. 육만 원 정도가 들어 있어야 할 지갑에는 달랑 만 원짜리 한 장뿐이었다. 놀라 지갑을 쫙 펼쳤지만 마찬가지였다.

지훈은 그제야 벽에 걸린 옷이 제 옷뿐이라는 사실을 깨달았다. 뇌리를 엄습하는 끔찍함에 지갑을 내던지고 제 발치에 있는 가방을 향해 달려들었다. 허겁지겁 지퍼를 열고 안에 든 모든 것들을 밖으로 던져냈다. 심상치 않은 분위기에 주인 여자가 아미를 좁혔다.

"왜 그래 총각? 뭐가 없어졌어?"

"하아!"

지훈이 털썩 주저앉았다. 뭐가 아니라 전부였다. 18년의 과거와 현재, 그리고 미래를 몽땅 도둑맞은 것이다. 지긋지긋한 기지촌을 벗어나기 위해 앞이 보이지 않는 불길 속에서도 꼭 껴안고 나온 통장이 감쪽같이 사라져 버렸다. 그것이 누구의 손에 있을지 환히 보였다. 그 영상에 머리가 쪼개질 것 같은 두통이 일어나자 머리를 감싸 쥐었다. 하룻밤의 대가치고는 너무나 가혹했다.

"아아아……."

감당할 수 없는 가혹한 현실에 지훈은 절규조차 하지 못하고 방바닥으로 머리를 처박았다. 그의 난데없는 행동에 주인 여자가 잘근잘근 씹던 껌을 꿀꺽 삼켜 버렸다. 그리고 이거 혹 일 치는 거 아닌가 하는 걱정에 그를 연거푸 외쳐 불렀다.

"총각! 이봐, 총각!"

참혹한 18살의 겨울이었다.

제1화

필연적 우연

백일잔치를 시작으로 회갑에, 고희 등등 인륜지대사란 대사는 모두 취급하고 있는 듯한 뷔페식당에 들어선 지훈은 자신이 찾아가야 할 곳을 찾기 위해 주위를 두리번거렸다.

번잡스러운 자리는 즐기지 않지만 말단 주제에 교무주임 선생님 모친의 고희연에 빠지는 것은 하극상 같은 기분이 들었다. 그래서 도통 솜씨라고는 늘지 않는 음식솜씨로 맥이 빠져 있을 위 좀 호강시켜 주자는 이유를 들어 여기까지 찾아온 것이다.

"저긴가?"

왁자지껄한 노래 소리가 흘러나오는 연회장 쪽으로 고개를 쑥 빼내는데 누군가가 양손으로 어깨를 와락 덮쳤다.

"송 선생!"

교무실에서 옆자리에 앉는 권 선생이 떡두꺼비 같은 얼굴을 쓱 들이밀었다. 그리고 지훈의 손에 들린 봉투를 힐끔 쳐다보더니 다짜고짜 물었다.

"얼마 넣었어?"

"한 장 넣었는데요."

"만 원?"

"아니요."

"십만 원?"

권 선생의 말꼬리가 올라서자 지훈은 나름의 기준에 준했음을 이야기했다.

"비싼 데 같아서."

"에이, 그러면 안 되지. 우리는 균일가로다가 오만 원 넣었는데 송 선생만 따블로 넣음 쓰나. 얼른 빼."

"만 원짜리가 없는데요."

"내가 빌려 줄게."

굳이 봉투를 열고 수표를 만 원짜리 다섯 장으로 바꿀 필요성을 느끼지 못한 지훈은 권 선생의 지나친 배려에 은근한 짜증을 느꼈다. 그러거나 말거나 눈치라고는 없는 권 선생은 손수 지훈의 봉투에서 수표를 꺼내 자신의 지갑에 담고 오만 원을 봉투에 넣은 후 나머지 오만 원을 건넸다. 그리고는 무슨 대단한 배려를 베풀기라도 한 것처럼 뿌듯한 표정을 짓더니 좀 전처럼 두툼한 손을 지훈의 어깨에 턱하니 올려놓았다.

"자, 그럼 출발해 볼까? 으차!"

엉겁결에 등이 떠밀린 지훈은 그와 함께 자신이 짐작했던 연회장 앞에 도착하자마자 교무주임의 친지일 부조 잡는 사람에게 입장료 셈인 봉투를 넘겼다. 안으로 들어서자 모친에게 큰절을 올리고 있는 교무주임이 보였다. 그리고 한 테이블에 몰려 앉아 있는 낯익은 얼굴들을 발견하고 고개를 꾸벅 숙였다.

"늦었네?"

"차가 좀 밀려서요."

"요 앞에서 헤매고 있더라고."

"이리 와 앉아."

"음식 먼저 가져와야지. 저쪽이야."

"예."

청하지도 않은 도우미를 자청한 권 선생의 권유에 막 자리에 앉으려고 엉덩이를 내렸던 지훈은 엉거주춤 일어나며 자신의 마이너적 성향을 다시금 확인했다.

'내게 친절은 너무 불편해.'

화가 머리끝까지 치민 마리는 스팽글이 주렁주렁 달린 한복 치마를 신경질적으로 흔들어가며 꽥 소리를 질렀다.

"당신 일 이따위로 할 거야? 약속이 다르잖아!"

―아, 이해 좀 해주라. 요즘 경기가 바닥이라 일자리 야박하다는 거 자기도 잘 알잖아. 웬만하면…….

"누구 맘대로 민요가수야! 내가 고린내 나는 노인들 앞에서 달타령이나 부르려고 내 피 같은 돈 처박은 줄 알아!"

퓨즈가 나가버린 마리는 일언반구도 없이 저를 민요가수로 둔갑시켜 버린 기획사 사장에게 고래고래 악다구니를 써댔다. 그러자 주제와 분수라고는 도저히 모르는 마리라는 폭탄을 껴안은 사장이 함께 핏대를 세웠다.

―야, 안 하려면 말아! 그것도 서로 하겠다는 사람 천지야! 이거 왜 이래? 정육점 앞에서 전단지나 돌리는 퇴물 딱한 사정 봐서 기껏 자리 줬더니 싸가지 없는 소리나 빽빽 해대고 있어!

"뭐, 뭐야?"

―뭐? 네가 한다고? 야, 다른 사람 보낼 테니까 넌 빠져.

그래, 잘 됐다고 폴더를 닫아야 옳았다. 하지만 아침부터 들이닥쳐 따귀세례를 날린 사채업자 녀석들과 방세를 독촉하는 집주인을 떠올리자 부르르 떨리기만 할 뿐 빌어먹을 손은 폴더를 닫지 못했다. 그리고 꽉 깨물어 버리고 싶은 혀가 제 마음대로 움직였다.

"이번 한 번뿐이야."

―안 한대매?

"10분밖에 안 남았는데 다른 년 보내봤자 도착도 못하잖아. 성질 긁지 말고 대답이나 해요."

마리의 굴복에 참기름에 한 사나흘 푹 재워 놓은 것 같은 사장의 입술이 신나게 나풀거렸다.

―내가 오죽하면 이러겠냐. 아주 경기가 바닥을 치다 못해 땅굴을 파고들어 가서 할 수 없이, 정말, 저엉말! 할 수 없어 이러잖아. 이 건만 잘하고 와. 그럼 곧장 오디션 보러 갈 거니까.

"어딘데요."

―파라파라 알지?

업소명을 듣자마자 마리는 두꺼운 화장으로 부자연스러운 얼굴을 있는 대로 찡그렸다.

"이태원?"

외국인들이 주 고객인 업소는 쳐다보지도 않았다. 그렇지만 사장이 말했듯이 신세가 신세인지라 거절은 사치였다.

―그래, 거기. 거기 무대 큰 거 알지? 내가 연예부장 구워 삶느라고 입에서 단내가 나니까 잘해. 무조건 교태야. 방긋방긋 웃고 섹시하게 눈 내리깔고. 아, 나이는 25살이다. 몇 살?

"25살."

―옳지, 옳지. 그럼 수고하고 끝나는 대로 전화 줘. 픽업하러 갈 테니까.

더 이상 사장의 역겨운 말소리를 들어 줄 수 없는 마리는 대답 대신 폴더를 닫아 버렸다. 그리고 휴대폰 액정에 비친 비굴한 제 모습을 노려보며 단단히 일렀다.

"딱 이번 한 번뿐이야."

자꾸 아래로 떨어지려고만 하는 턱을 우격다짐으로 치켜세운 그녀는 유치하게 화려한 한복 치마를 휙 내던졌다. 그리고 날렵한 솜씨로 치렁치렁한 머리카락을 하나로 모아 틀어 올렸다.

예상 단가보다 한 만 원은 더 나갈 것 같은 뷔페 음식은 그런대로 맛이 훌륭했다. 좋아하는 새우와 참치 롤로 시작해 갈비찜에 도전하는데 어머니와 덩실덩실 춤을 추던 교무주임이 지훈의 자리를 찾았다. 뒤늦게 합류해 따로 인사를 챙기지 못한 지훈은 젓가락을 쥔 채 꾸벅 고개를 숙였다.

"축하드립니다."

"아이고! 고맙네. 그래, 음식은 입에 맞나?"

"아주 맛있습니다."

"그래, 그래. 많이들 먹고 부족한 거 있음 말하게."

"예."

대화에는 도통 재주가 없는 지훈의 대화 밑천은 기초 회화책에나 마땅할 수위를 넘지 못하고 달랑거렸다.

'돈 많이 들이셨는데요? 아, 이건 아니지. 어머님께서 정말 정정하신데요. 이걸로 할까?'

지훈이 다음 대화거리를 찾느라 전전긍긍할 때 넉살 좋은 권 선생이 다시 한 번 도우미를 자처하고 나섰다. 삼분의 일쯤 남아 있던 맥주잔을 서둘러 비우고 그것을 교무주임에게 두 손으로 공손히 건넸다.

"선생님, 제 술 한 잔 받으십시오."

"그럴까?"

교무주임은 흔쾌히 잔을 받아들었고 권 선생은 시원한 맥주를 그 잔에 가득 채웠다. 이미 얼큰하게 취한 교무주임은 맥주 한 잔을 숨 한 번 쉬지 않고 단숨에 들이켰다.

"크흐! 좋다! 자, 권 선생도 한 잔 받아."

"좋죠."

권 선생이 잔을 돌려받는 그 때, 마이크를 잡은 사회자가 교무주임이 손님들의 눈과 귀를 즐겁게 하는 데에도 지대한 신경을 썼음을 알렸다.

"여자의 몸으로 홀로 사 남매를 훌륭하게 키워내신 김복희 여사님의 고희를 기념하기 위해 대한민국 최고의 민요가수! 김새나 양이 방금 도착했습니다. 여러분, 큰 박수로 맞아주십시오!"

"우우우!"

사회자의 선동에 고희연에 초대받은 사람들은 열렬한 박수로 김세레나의 짝퉁이 분명할 김새나를 반겼다. 요란한 전주가 흐르는 사이 교무주임이 지훈 일행에게 머쓱한 멘트를 던졌다.

"우리 어머니가 김세레나 씨를 원을 하시는데 그분이 때마침 동남아 순회공연중이라 꿩 대신 닭이라고 이름 비슷한 애를……."

교무주임의 곤궁한 변명 중간에 갑자기 눈을 휘둥그레 뜬 권 선생의 휘파람 소리가 들어섰다.

"휘익!"

"와우, 대박인데요!"

"어? 오오!"

시야를 차단하고 있던 교무주임이 잔을 내려놓고 허둥지둥 잔칫상 쪽으로 나가자 지훈은 비로소 일행들의 열렬한 환호를 이해할 수 있었다. 스팽글과 꽃이 잔뜩 달린 화려한 꽃분홍 한복을 입고 나온 가수의 미모가 보통이 아니었다. 치마가 다소 짧긴 하지만 뚜렷한 이목구비와 긴 목, 그리고 한복으로도 감출 수 없는 육감적인 몸매까지. 절로 휘파람이 나올 만했다. 화사한 미소를 머금은 그녀가 사회자가 건넨 마이크를 부여잡았다.

"안녕하세요. 김새나입니다. 김복희 여사님의 고희를 진심으로 축하드리면서 달타령 보내드리겠습니다."

화려한 미모로 좌중을 휘어잡은 마리는 눈짓으로 반주를 지시하고 몸을 살짝살짝 틀면서 절대 자신의 취향이 아닌 민요를 시작했다.

"달아, 달아, 밝은 달아. 이태백이 놀던 달아!"

비록 분야가 다르긴 했지만 자타가 공인하는 폭발적인 가창력은 민요에서도 그 빛을 발했다. 첫 소절만으로도 애송이가 아님을 여실히 보여준 마리의 노래는 그녀를 주목하기 시작한 관객들을 향해 뻗어나갔다.

"정월에 뜨는 저 달은 새 희망을 주는 달, 이월에 뜨는 저 달은 동동주를 먹는 달."

"잘하는데?"

"이렇게 들으니 민요도 들을 만하네."

외모 못지않은 출중한 노래 솜씨에 일행들은 홀딱 빠져 들어갔지만 지훈은 노래에 집중하지 못하고 엉뚱한 생각에 빠져 있었다. 기억의 저장고 저 밑바닥에 깔려 있던 앙금 같은 기억 하나가 돌출된 탓이었다. 그러나 곧 고개를 가로저었다.

'한국 사람이잖아. 그리고 민요라니, 말도 안 돼. 팝페라라면 또 모르겠다. 팝송이라든지.'

지훈은 말도 안 되는 상상 따위를 한 저에게 핀잔을 던지고 나서 자리에 앉아 갈비찜 하나를 베어 물었다. 뷔페 음식답지 않게 짜지도 달지도 않은 것이 입에 딱 맞았다. 씹을수록 감미가 느껴지는 갈비를 꿀꺽 삼키고 또 하나를 집어 드는데 입이 헤 벌어진 권 선생이 팔꿈치로 어깨를 툭 쳐왔다. 그리고는 넓적한 턱으로 관광버스 춤을 추는 오늘의 주인공과 교무주임을 상대해 주고 있는 가수를 가리켰다.
"죽이지?"
"예."
"딱 내 취향인데, 어떻게 전화번호라도 따 봐?"
"건투를 빕니다."
의례적인 대꾸를 건네고 다시 갈비를 씹는데 권 선생이 자지러졌다.
"앗! 이쪽으로 온다! 종이, 종이!"

나이가 지긋하다 뿐이지 환호와 열기는 젊은이들 못지않은 손님들의 반응에 마리는 한껏 기분이 좋아져 테이블 순례를 결정했다. 안주를 던지는 것은 기본이고 욕설과 고함에, 그것도 성에 안 차면 무대로 뛰어 올라와 행패를 부리던 취객들을 상대했을 때는 느껴 보지 못한 환희 때문이었다.
그녀가 다가오자 열렬히 손뼉을 치며 노래를 따라 부르고 덩실덩실 춤을 추던 손님들이 앞을 다투어 손을 내밀었다.
"여기, 여기!"
"내가 먼저여!"
마리는 순박한 손님들의 요구를 마다하지 않고 일일이 손을 잡아주었다.
"시월에 뜨는 저 달은 문풍지를 바르는 달, 십일월에 뜨는 달은 동지 팥죽을 먹······는 달."

무심코 잡은 손안에서 느껴지는 낯선 이물감에 한 박자를 놓치고 말았다. 마리는 생뚱맞은 짓을 한 남자를 힐끔 쳐다보았다. 수영을 하는 것처럼 양팔로 인파를 헤집고 나온 절대 느끼남이었다. 눈은 탁 풀어지고 입은 헤 벌어진. 절로 코웃음이 나왔다.

'보는 눈은 있어가지고 네 눈에도 예뻐 보이니? 딱 보아하니 동사무소나 학교 둘 중에 하나겠는데, 좋게 얌전한 아가씨……'

입술은 열심히 놀리면서 아주 황홀경에 빠져 헤어 나오지 못하고 있는 남자에 대한 정확한 평가를 내리던 마리의 치맛자락이 휙 돌아섰다. 그리고 십이월 달을 놓쳐 버린 입술이 바르르 떨렸다. 노래는 온데간데없고 간주만 흘러나오자 사람들이 어리둥절한 눈을 그녀에게 댔다. 그 눈빛들에 황급히 정신을 차린 마리는 얼어붙은 입술을 억지로 열었다.

"임 그리워…… 뜨는 달, 임 그리워 뜨는 달, 임 그리워 뜨는 달."

갈비찜과 사랑에 빠진 지훈은 마리를 미처 알아보지 못했다. 그러나 그를 정확히 알아본 마리는 마침 후렴구라 똑같은 가사를 앵무새처럼 읊조리며 올무와 같은 자리를 서둘러 빠져나갔다. 그 때 지훈의 휴대폰이 울어댔다. 서둘러 갈비 한 점을 꿀꺽 삼킨 그는 뒤춤에서 꺼낸 휴대폰의 액정을 확인했다. 입매가 느슨해졌다.

"어, 광현아."

작년 졸업생으로 낯가림이 심한 지훈이 제자가 아닌 친동생으로 생각하고 있는 특별한 제자였다.

―예, 예! 선생님 다름이 아니라 저…….

"갑돌이와 갑순이가 이어지겠습니다. 자, 박수!"

"와아아!"

"어? 뭐? 잠깐만."

짝퉁 김새나에게 쏟아지는 열렬한 환호에 어려운 환경에서도 늘 밝고 꿋꿋해 더 정이 가는 제자의 목소리가 묻혀 버리자 지훈은 의자를 밀고 자리에서 일어났다. 그리고 힐끔 그를 보느라 한 박자를 놓쳐 버린 마리의 두 번째 열창이 시작되었다.

"갑돌이와 갑순이는 한 마을에 살더래요. 둘이는 서로서로 사랑을 했더래요. 그러나 둘이는 마음……."

쿵쿵 울리는 음악 소리가 간간이 스며드는 클럽의 넓은 룸 안. 한눈에 봐도 이 바닥에서 꽤나 막강한 영향력을 행사하는 것 같은 마흔 정도 돼 보이는 남자 곁에 마리가 있었다. 클럽 사장의 친동생으로 클럽을 좌지우지하는 연예부장은 이국적인 외모를 가진 마리가 퍽이나 마음에 들었다. 키도 크고 몸매도 육감적이니 노래고 나발이고 적당히 입혀서 흔들게 하면 손님을 꽤 끌 만했다.

"잘 마시네? 한 잔 더 해."

"감사합니다."

끈끈한 눈길에 소름이 돋을 정도였지만 포도청이 된 목구멍을 생각하며 기획사 사장의 당부대로 눈웃음을 흘렸다. 그리고 찰랑찰랑하다 못해 넘치는 잔을 숨도 쉬지 않고 들이켰다. 아침나절에 마신 생수 한 병이 오늘 먹은 유일한 것이니 텅텅 빈속에 들이붓는 술은 술이 아니라 불덩이였다. 그러나 단 한 마디의 거절도 하지 못하는 형편의 그녀는 주는 족족 마다하지 않고 들이부었다.

'십 년 만인가? 아니, 십일 년이네. 뭔가 대단한 거라도 돼 있을 줄 알았더니 고작 학교 선생이야?'

예나 지금이나 지훈에 대한 느낌은 하나도 변한 것이 없었다. 이유 없는 불쾌함과 짜증. 그것이 그에 대한 마리의 정의였다. 아마 그의 전부를 훔쳐 달아났을 때의 각오대로 유명한 가수로서 만났더라면 옅은 반가움 정도는 가능했을지도 모를 일이다. 하지만 업소의 타임 하나를 꿰차기 위해 허벅지 사이를 파고드는 구렁이 같은 손을 견뎌내고 있는 지금은 애먼 그의 목을 조르고만 싶었다. 손끝이 팬티 가장자리에 닿자 절로 몸이 움츠러들었다.

"예민하네?"

본능적인 거부반응을 환영으로 잘못 인지한 연예부장의 후끈한 입김이 귓바퀴를 적시자 티끌 하나 없이 새하얀 마리의 목 언저리에 오소소 소름이 돋아났다. 그러나 붉은 입술을 비집고 나온 소리는 본능을 배반한 비굴함이었다.

"부장님은 참."

저를 옥죄는 절박한 상황만 아니라면 점잖은 분이 왜 그러냐며 손이라도 한 번 떼내 볼 텐데 그마저도 하지 못하는 마리가 할 수 있는 것은 구역질나는 거짓웃음을 짓는 것뿐이었다. 더욱더 노골적이 되어가는 사내의 손길에 황금 시간대의 무대를 꿰차는 일의 대가는 성상납이 될 것이라는 추측이 뇌리를 맴돌았다. 술병이 다 비기 전에 연예부장의 팔짱을 끼고 업소와 가까운 곳에 있는 모텔의 로비를 들어가고 있을 것이다. 그리고 문을 열고 들어서자마자 포르노 여배우 흉내를 내야 할 것이다.

비릿하고 질척할 역겨운 정사를 떠올리니 술 맛과는 사뭇 다른 쓰디쓴 자괴감이 입 안으로 퍼져 나갔다. 숫처녀 흉내를 내려는 것이 아니다. 그따위 것은 기억도 나지 않을 만큼 오래전에 던져 버렸고 때로는 배신당하고 울고 때로는 배신해 울었던 기억의 잔상들이 남아 있으니 가당치 않았다. 하지만 하늘에 맹세코, 단 한 번도 돈과 저 자신을 바꿔 본 적은 없다.

'그래서 창녀 따위가 아니라고 말하고 싶은 거니? 아니, 넌 창녀보다 더 더러운 년이야. 적어도 창녀는 너처럼 치졸한 변명 따위는 하지 않으니까. 본성이 어딜 가겠어? 그 어미에

그 딸이지.'

견디기 어려운 자멸감에 빠져 버린 마리의 손이 비어 버린 잔을 찾았다. 그러나 허벅지 사이에서 빠져나온 연예부장의 손은 그녀보다 훨씬 빨랐다.

"앗!"

졸지에 어깨가 밀쳐진 마리의 몸이 소파 위로 떨어졌다. 그리고 곧장 그녀를 타고 오른 연예부장의 손이 가느다란 원피스의 어깨끈을 잡아 뜯었다. 축축한 손이 덜렁 드러난 희고 풍만한 젖가슴을 덥석 거머쥐었다. 경악한 마리의 입술이 절로 열렸다.

"부, 부장님!"

하지만 기대했던 것보다 훨씬 육감적인 몸매에 혈안이 된 연예부장은 그녀의 당혹스러움을 무시했다.

"죽이는데? 기대 이상이야. 후후!"

룸으로 불려 온 순간부터 예상했던 일이고 각오했던 일이었다. 그러니 장소와 상대가 어떻든 내줄 것은 내주고 받을 것만 받으면 될 일이다. 그렇지만 빌어먹게도 이를 악물고 내쳐버린 이성이 죽자 사자 달라붙어 끔찍한 몸을 밀어내라 부추겼다.

눈을 질끈 감았다. 참아야 한다, 참아야 한다를 되뇌어도 반응하지 않는 몸을 벌이라도 주듯 가슴을 함부로 주무르고 있는 연예부장의 목을 팔로 감싸 안았다. 그러자 몸이 달 대로 단 연예부장은 침으로 번들거리는 입술을 쫙 벌려 마리의 젖가슴을 한입 가득 베어 물었다. 손으로는 원피스의 치맛자락을 허리께까지 끌어 올리고 팬티스타킹 속을 넘보기 시작했다. 그러면 그럴수록 마리는 더 악착같이 연예부장의 몸을 껴안았다.

지훈은 손바닥에 온기를 전해주는 커피를 홀짝이며 오랜만에 다시 만난 풍경을 감상했다. 파주보다 훨씬 다양한 인종들이 오가는 이태원이지만 그래도 가장 많은 비중을 차지하고 있는 사람들은 미군들로 보이는 백인들이었다. 말도 안 되는 영어로 손님들을 끄는 앳된 삐끼들을 물끄러미 바라보던 그의 눈앞으로 자신의 십 대 적 모습이 주마등처럼 스쳐 갔다.

파주에서 알아주던 오아시스라는 미군 전용 클럽의 막내였던 시절이 있었다. 불같은 성미를 가졌지만 자신에게만은 한없이 관대했던 마담 오드리의 배려가 없었더라면 아마 일찌감치 고아원을 전전했을 것이다. 낮에는 공부하고 저녁에는 화장실 청소부터 시작해 스무 명이 넘는 아가씨들의 잔심부름을 도맡아 했다. 각종 현란한 색상과 모양을 지닌 속옷 수거부터 담배며 군것질 거리, 그리고 심지어는 콘돔 심부름까지 모두 제 몫이었다. 마담 오드리가 주는 월급 말고도 부수입을 올릴 수 있는 기회기에 어떤 심부름도 마다하지 않았다. 목소리가 굵어지고 턱에 잔털 같은 수염이 돋기 시작하면서

부터는 때때로 짓궂은 아가씨들의 장난에 얼굴이 붉어지기도 했었다.

"훗!"

그때는 곤욕스럽기만 했었는데 지금 떠올리니 한 줄기 웃음거리밖에 안 되는 추억을 더듬는데 그의 발걸음을 이태원으로 향하게 한 주인공이 나타났다.

"선생님!"

저만치서 달려오는 웨이터 복장을 한 청년을 한눈에 알아본 지훈의 무덤덤한 얼굴에 미소가 떠올랐다. 청년이 쌩하니 달려오자 지훈은 손을 내밀어 악수를 청했다.

"야, 김광현. 멋있는데?"

"멋있긴요. 하하!"

지훈은 멋쩍게 뒤통수를 긁적이는 광현의 명찰을 살폈다.

"이름이 바뀌었네?"

"저희 새 실장님 성함이 아놀드시거든요. 그래서 바로 밑인 저는 주니어란 뜻으로 아놀드 투예요. 제 밑에는 아놀드 쓰리구요."

"이름도 좋다. 그나저나 장하다. 남들은 몇 년씩 걸린다는데 일 년도 못 돼서 승진이라니. 대단해."

"에이, 선생님은. 누가 보면 고시라도 합격한 줄 알겠어요. 겨우 보조 뗀 건데."

쌍둥이 여동생 선화와 단둘이 살고 있는 광현은 동생과 나란히 대학에 합격했지만 학비 때문에 진학을 포기하고 생활 전선에 뛰어들었다. 다른 아이 같았으면 첫 직장이 유흥업소라는 사실에 우려를 금치 않았을 테지만 워낙 속이 깊고 밝은 성품의 광현이기에 믿고 격려했다. 역시나 특유의 성실함을 인정받아 11개월 만에 웨이터 보조를 뗐다는 전화를 받고는 곧장 약속을 잡고 찾아온 것이다.

"고시지, 인생고시. 그거 아무나 하는 거 아니잖냐."

"하하하! 듣고 보니 어깨가 좀 으쓱해지는데요? 참, 선생님. 여기서 이럴 게 아니라 저희 가게로 가시게요."

"얼굴 봤음 됐지 가게까지 뭐 하러. 됐다."

음주가무에는 취미도 소질도 없는 지훈은 작은 성의를 담은 봉투가 들어 있는 바지 주머니 속으로 손을 옮겼다. 그러는데 광현이 떼를 쓰기 시작했다.

"아, 그래도 그게 아니죠. 대단치 않은 일이지만 저 일하는 모습도 보시고 또 제가 따르는 술 한 잔 받으셔야죠. 제가 완벽하게 세팅해 놨으니까 어서 가시게요."

"가봤자 물만 흐린다니까."

"담탱이 티만 안 내시면 돼요. 자, 가시게요. 으차!"

광현은 다짜고짜 지훈의 등을 떠밀었고 이렇게까지 나오는데 마냥 거절할 수만은 없는 지훈은 동행을 약속했다.

"어어, 이 녀석. 너 나중에 후회하지 마라."

"예예!"

"제자 잘 둔 덕에 오랜만에 몸 좀 풀겠는데?"
"기대하겠습니다."
"후후!"
지훈은 제가 생각해도 시답잖은 농담에 잔웃음을 흘리고는 광현과 함께 그의 일터로 향했다.

흥분할 대로 흥분한 사내의 입술과 손이 몸 구석구석을 파고들었다. 단숨에 끌어내려지고 말려 올라간 옷이 허리춤에 걸리고 이성을 배반한 채 부풀어 오른 젖가슴에 연예부장의 입술이 닿았다. 천박한 성품을 과시라도 하는 듯 게걸스럽게 후르릅 쩝쩝 소리를 내며 젖가슴을 빨아댔다. 그리고 그의 목을 껴안은 마리는 간간이 앓는 소리를 냈다.

"아응, 응!"
길게 끌어서 좋을 일이 아니었다. 일분일초라도 빨리 원하는 것을 내어주고 역겨운 몸뚱아리 밑에서 탈출하고만 싶었다. 그러기 위해서라면 거짓 신음도 몸짓도 못할 것이 없었다. 이를 가는 아이처럼 젖꼭지를 잘근잘근 씹어대자 절로 욕지거리가 나오려 했다. 하지만 마리는 그것을 또 교성으로 바꾸었다.

"아흑! 아아아!"
연기가 너무 훌륭했을까? 불쑥 가슴 골짜기에서 고개를 든 연예부장이 난데없이 마리의 허리를 턱 잡았다. 그리고 곧장 그녀의 몸을 뒤집었다.

"앗!"

졸지에 몸이 뒤집힌 마리의 귓가로 성마르게 내려가는 지퍼 소리가 들렸다. 기겁을 한 마리의 고개가 뒤로 돌려졌다. 그러자마자 거무튀튀하고 흉측한 물건을 내놓은 연예부장이 허리를 잡아왔다. 마리는 있는 힘을 다해 몸을 틀고 연예부장의 어깨를 양손으로 밀며 외쳤다.

"잠깐만요!"

대번에 연예부장의 얼굴이 험상궂어졌다.

"왜 이래?"

마리는 일그러진 미소를 겨우 띠며 기본을 지켜줄 것을 요청했다.

"콘, 콘돔, 하셔야죠."

"병 있어?"

"아니요. 하지만 피임…… 악!"

말을 마치기도 전에 마리의 얼굴이 소파에 짓눌렸다. 그리고 연예부장은 찢긴 팬티스타킹을 헤집으며 자신의 개인적 취향을 밝혔다.

"고무장갑 끼고 콧구멍 쑤셔 봐. 제대로 파지나."

말도 안 되는 소리를 지껄이며 허리를 쓱 잡아당긴 사내의 손이 팬티를 확 끌어내리는 순간 마리는 눈을 꾹 감았다. 순식간에 참을 인자를 수십 개도 더 쓰며 어금니를 깨물었다.

이까짓 의미 없는 행위 따위 얼마든지 참을 수 있다, 저를 세뇌시켰다. 그러는 사이 발가벗겨진 엉덩이에 차가운 공기가 덮쳤고 그와 정반대인 뜨거움이 동시에 덮쳤다.

순간 마리의 뇌리에 단단히 봉인해 두었던 기억들이 그녀를 공격해 왔다. 자제할 수 없는 자해의 충동을 느끼게 했던 연체동물처럼 엉킨 몸뚱이들이 내뱉는 거친 숨소리가 아귀처럼 달라붙었다. 꽉 감겼던 눈이 활짝 열렸다. 그리고 미친 듯이 몸을 뒤틀기 시작했다.

"싫어! 하지 마!"

마리의 격렬한 저항은 연예부장의 부아를 끌어 올렸다.

"이쌍! 너 미쳤어?"

"못하겠어요. 죄송합니다."

"누구 맘대로?"

"정말 죄송해요. 악!"

흐트러진 매무새를 가다듬으며 연방 고개를 숙이던 마리가 소파로 나가떨어졌다. 투박한 손바닥으로 마리의 뺨을 후려친 연예부장이 더러운 욕지거리로 가득 찬 입을 열었다.

"이게 누굴 바지저고리로 아나. 쌍년이 누구 맘대로 그만둬? 좋게 말할 때 엉덩이 대."

창녀에게도 모욕적일 상소리에 힘하게 흔들리던 마리의 눈빛이 다부져졌다. 허리를 부여잡고 있는 연예부장의 손을 힘을 주어 떼냈다.

"안 해. 그러니까 비켜."

"이것 봐라? 야, 사태 파악 잘해. 공짜로 먹는 거 아니거든? 내 말 한마디면 네년은……."

연예부장의 위협에 마리의 간당간당하던 이성의 끈이 뚝 끊겨 버렸다. 딱히 자신을 창녀 취급하는 사내가 아니더라도 저를 둘러싼 모든 상황들을 견딜 수 없었다. 아무리 발버둥 쳐도 밑바닥을 전전해야 하는 자신의 운명에 넌더리가 나 와락 비명 같은 절규를 내질렀다.

"네 겨드랑이 냄새 때문에 질식할 것 같아서 도저히 못하겠으니까 비키라구, 이 개새끼야!"

"이 쌍년이!"

"윽! 놔, 안 놔! 아악!"

마리의 머리채를 휘감은 연예부장의 무지막지한 폭행이 시작됐다. 두 팔과 다리를 내저어 저항해 봤지만 머리를 쓰는 것보다 주먹을 쓰는 데 익숙한 사내의 손길을 피할 재간은 없었다. 금세 코피가 터지고 뺨 안쪽이 터졌다. 하지만 저항을 멈추지는 않았다.

"놔! 놔아! 잇!"

악에 받친 마리는 연예부장의 팔뚝을 냅다 물어뜯어 버렸다.

"으윽! 이년이!"

"악!"

당차게 달려든 기색도 무색하게 연예부장이 휘두른 주먹 한 방에 뚝 나가떨어진 마리의 배 위로 무시무시한 발길질이 떨어졌다.
"헉!"
창자가 끊겨나가는 듯한 끔찍한 통증에 몸을 웅크릴 수도 없었다. 잇자국이 선명히 남은 팔뚝을 보고 뺨을 씰룩거린 연예부장의 발이 다시 그녀의 아랫배를 짓밟았다.
"허억!"
마리의 눈이 뒤집혔다. 하지만 이를 악물어 거친 숨소리마저 삼켜 버린 연예부장의 섬뜩한 발길질은 멈추지 않았다.

광현을 따라 그의 일터로 들어선 지훈은 금방 시골에서 상경한 촌놈처럼 휘황찬란한 나이트 내부를 둘러보며 잇달아 감탄을 내뱉었다.
"와! 진짜 크다."
"이쪽에서는 우리 가게가 이거예요. 사장님이 주먹도 좋고 수완도 좋으시거든요. 선생님, 이쪽으로."
"어, 그래."
지훈은 귀청이 찢어질 것 같은 음악 소리에 맞춰 몸을 흔들어대는 젊은 군상들이 가득한 플로어를 벗어나 이층 룸으로 올라갔다. 붉은 조명에 둘러싸인 이층은 수많은 룸들로 빼곡하게 들어차 있었다. 안주 접시와 술병들을 얹은 쟁반을 든 웨이터들이 분주히 움직이고 돼지 멱을 따는 것과 같은 취객의 노래 소리도 흘러나왔다. 그리고 안쪽의 어느 룸 앞에 찰싹 달라붙어 있는 웨이터들의 무리가 보였다.

"어라? 무슨 일이지?"

광현의 말이 끝나기 무섭게 그 룸의 문이 쾅 하고 열렸다. 그리고 위압적인 덩치의 사내가 모습을 드러냈다.

"이 쌍놈의 새끼들! 지금 뭣들 하는 거야!"

사내의 욕지거리에 혼비백산한 웨이터들이 허겁지겁 뿔뿔이 흩어졌다. 그 덕에 우락부락한 사내와 정면으로 마주치게 된 광현이 꾸벅 허리를 굽혔다. 그러자 그가 손가락을 까닥였다.

"야, 아놀드 투. 너 이리 와."

"예, 부장님! 선생님, 잠시만요."

"응."

광현을 호출한 연예부장이 엄지를 어깨 너머로 넘겼다.

"저년 좀 처리해라."

광현은 힐끔 안을 쳐다보았다. 바닥에 한 여자가 널브러져 있었다. 굳이 확인하지 않아도 연예부장의 주먹질에 정신을 놓은 것임을 알 수 있었다. 종종 봐온 일이지만 하필이면 지훈을 초대한 오늘 같은 날 이런 뒤치다꺼리라니, 절로 눈살이 찌푸려졌다. 그러나 말단 주제에 하늘같은 연예부장의 지엄한 명을 거역할 수는 없는 법. 광현은 넉살 좋게 그의 명령을 떠

받들었다.

"예, 부장님!"

"치우고 소금 뿌려. 재수 옴 붙은 년이니까."

"예, 예."

"크헉, 퉤!"

걸쭉한 가래침 한 덩이를 찍 내뱉은 연예부장은 어정쩡하게 서 있는 지훈을 힐끔 한번 쳐다보고는 휴대폰을 꺼내 들었다. 그리고 버튼을 누르자마자 입에 담기도 민망한 욕지거리를 퍼부었다.

"야, 이 호로 상놈의 새끼야! 너 구덩이에 처박혀 봐야 정신 차리지! 나 물 먹이려고 일부러 저런 개 쌍년을 들이밀었지? 오해 좋아하고 있네. 야, 오해고 나발이고 필요 없어. 오늘부로 네놈 새끼들은 싸그리 무대 정지야. 시끄러! 크헉, 퉤!"

다시 한 번 가래침을 내뱉은 연예부장이 모퉁이를 돌아 나가자 룸 안에서 광현의 볼멘소리가 들려왔다.

"아씨, 완전 묵사발이구만. 이걸 어떻게 처리하라고…… 이봐요. 이봐요!"

난처한 광현의 목소리에 이끌린 지훈이 슬그머니 룸 쪽으로 움직이기 시작했다. 그사이 도저히 혼자서는 감당 못할 난제에 부딪힌 광현이 무전기로 도움을 요청하는 소리가 새어나왔다.

"로미오냐? 나 아놀드 툰데 5번 방으로 좀 와라. 연예부장이 한 건 올렸는데 수습이 안 된다. 아무래도 병원으로 옮겨야 할 것 같은데 이러지도 못하고 저러지도 못하고…… 어, 그래."

"내가 좀 거들어 줄까?"

"아, 아닙니다, 선생님."

광현은 좋은 모습만 보여도 시원찮을 판에 추악한 일면을 보이고 만 것이 마치 제 탓이라도 되는 양 정신을 잃은 마리를 가리고 섰다. 그래도 거의 발가벗은 것과 마찬가지인 상반신과 함부로 찢긴 스타킹에 감싸인 다리는 다 가릴 수 없었다. 한눈에 봐도 앞서 나간 사내에게 무지막지한 폭행을 당하고 기절을 한 것이 틀림없었다. 지훈은 광현을 채근했다.

"인마, 의식이 없는 것 같은데 이러다 큰일 나겠다. 얼른 병원으로 옮겨야지."

"아니, 그게……."

선뜻 자신의 뜻을 따르지 못하는 광현의 난처함을 알아본 지훈은 광현이 짊어져야 할 책임을 대신 지겠다 자처하고 나섰다.

"일단 사람은 살려 놓고 봐야 할 거 아니냐. 선생님이 책임질 테니까 비켜 봐."

지훈은 여전히 머뭇거리고 있는 광현을 옆으로 떠밀었다. 그러자 모로 쓰러져 있는 금발의 백인 여자가 보였다. 물리적

폭행뿐 아니라 성폭행까지 당할 뻔했는지 옷차림은 엉망이었고 유난히 흰 팔과 얼굴에 붉은 핏자국이 선명했다. 생각했던 것보다 훨씬 심각한 상태에 지훈은 얼른 코트를 벗으면서 광현에게 저를 도울 방법을 지시했다.

"119 부르면 곤란하니까 택시를 잡아. 병원에는 선생님이 데려갈 테니까 걱정 말고."

"예, 선생님."

"무슨 일이야?"

"어, 로미오. 너 나가서 택시 좀 잡아. 서둘러."

"어? 어. 그래."

영문을 알 수 없지만 분위기로 대충 감을 잡은 로미오가 쏜살같이 룸 밖으로 뛰어 나갔고 광현은 벗은 코트로 여자를 덮고 있는 지훈을 거들기 시작했다.

"아씨, 하필이면 오늘 같은 날 진상을 부리냐?"

광현의 속상함을 모를 리 없는 지훈이 흔연스레 대꾸했다.

"그러게 말이다. 오랜만에 몸 좀 풀려고 했더니 이상하게 푸네. 좀 업혀 봐라."

"예."

지훈과 광현은 합심해 바닥에 널브러져 있는 여자를 일으켜 세웠다.

"으차!"

망가진 인형 같은 여자의 고개가 꺾이면서 베일 같은 금빛 머리카락에 가려졌던 얼굴이 드러났다. 여자를 들쳐 업기 위해 무릎을 꿇던 지훈의 눈이 좁아들었다. 비록 피로 엉망진창이 되었고 눈을 감고 있긴 했지만 뚜렷하고 화려한 이목구비를 가진 여자를 알고 있었다. 동작을 멈춰 버린 그의 머릿속에 왜, 라는 의문점이 뱅뱅 맴돌았다.

'왜, 왜 마리가 왜……'

일분일초를 다투던 그가 갑자기 멈춰 서 버리자 의아한 광현이 조심스레 지훈을 불렀다.

"선생님, 선생님?"

"어? 어."

마른침을 삼키는 것으로 뇌리를 강타한 충격에서 헤어 나온 지훈은 얼른 등을 내밀었다. 광현이 끙끙거리며 마리를 그의 등에 얹고 흘러내리려는 코트를 다시 추스르기 시작했다. 가슴께에서 마리의 하얀 팔이 시계추처럼 흔들리자 와락 겁이 달려든 지훈은 광현이 뒷마무리를 하기도 전에 발을 뗐다. 코트가 툭 떨어졌다.

"어어, 선생님!"

놀란 광현이 외쳐 불렀지만 지훈은 뒤도 돌아보지 않고 내달렸다.

제2화

왜 너여야만 하는 거니?

"**존**슨, 여긴 내 딸 마리."

"안녕. 내 이름은 할리 존슨입니다. 반가워요."

유난히 하얀 이가 빛나는 존슨 상사가 먼저 손을 내밀었다. 하지만 마리는 윤이 반지르르 흐르는 초콜릿 빛 손을 말끄러미 쳐다볼 뿐이었다. 무안해진 존슨이 눈을 깜빡거리며 오드리를 쳐다보았다. 당연히 미간 정도는 찌푸릴 법한데 모전여전이라고 그녀는 아무렇지 않게 모양 좋은 입매를 슬쩍 늘릴 뿐이었다.

[공주라 도도해. 정 악수하고 싶거든 무릎 꿇고 정식으로 해 봐.]

[아, 그래야 하는 건가?]

[반갑습니다. 마리예요.]

무안함을 달래기 위해 무릎을 꿇을 것을 심각히 고려중이던 존슨 상사는 눈을 동그랗게 뜨고 마리를 쳐다보았다. 그러자 프랑스 인형처럼 완벽한 이목구비를 가진 마리가 고개를 까닥 숙여 보였다. 아들만 둘 있을 뿐 딸이 없던 존슨 상사는 할 수만 있다면 주머니에 쏙 넣고 싶은 예쁜 마리에게 마음을 온통 빼앗겨 버렸다. 하지만 그의 설렘은 미처 1초도 가지 못했다. 고개를 쳐든 마리가 생긋 웃으며 건네 온 당부 때문이었다.

[피임에 힘써 주세요. 피부색 다른 동생 따위는 사양이니까. 블랙 앤 화이트. 그거 너무 웃기지 않나요?]

[뭐, 뭐?]

"마리, 너!"

[그럼 이만.]

다시 까닥 고개를 숙여 보인 마리는 놀라움을 금치 못하고 입을 떡 벌린 존슨 상사와 골치 아프다는 듯 머리를 흔드는 엄마를 두고 방문을 닫았다. 바르르 떨리는 주먹을 불끈 쥔 채 곧장 이층 제 방으로 향했다. 캐노피가 치렁치렁한 흰 침대며 책상과 책장, 그리고 앙증맞은 화장대까지, 그야말로 완벽한 공주의 방이었다.

방으로 들어선 마리는 부들부들 떨리는 손으로 머리를 쥐어뜯었다. 그러자 칠흑 같던 검은 머리카락이 홱 떨어지고 샛노란 금발이 모습을 드러냈다. 허리까지 닿던 검은 머리카락과는 달리 어깨선을 덮는 머리카락은 분명 금실 같은 금발이었다. 마리는 들고 있던 가발을 바닥에 아무렇게나 내던졌다. 그리고는 곧장 책장으로 향했다.

한쪽 벽을 꽉 채운 책장에 가지런히 꽂힌 엘피판들을 마구 끄집어낸 그녀의 손이 그것들을 반으로 접었다. 투두둑 하고 엘피판의 귀퉁이가 깨졌다. 마리는 마치 실성을 한 것처럼 그것을 부수고 또 부셨다. 순식간에 검은 엘피판과 형형색색의 커버들의 잔해로 방을 난장판으로 만들어 버리고 가슴을 들썩였다.

"허억, 헉!"

도자기 인형처럼 완벽한 얼굴이 일그러졌다. 그리고 순결하게만 보이는 입술 사이로 무시무시한 저주가 터져 나왔다.

"차라리 죽어 버려!"

마리의 저주 상대는 다름 아닌 마담 오드리, 그녀의 어머니였다. 파주에서 가장 큰 업소의 사장으로 수완과 배포 역시 따를 자가 없었다. 맨몸으로 시작해 이만한 성과를 얻기까지 그녀의 삶이 얼마나 기구하고 처절했는지 굳이 말로 하지 않아도 알 수 있었다. 함부로 살아 거칠기 짝이 없는 아가씨들이고 껄렁껄렁한 건달 녀석들도 한 손아귀에 휘어잡고 뒤흔드는 여장부인 그녀에게도 치명적인 단점이 있었으니, 바로 남자였다. 단 한시도 남자가 없이는 살 수가 없는 도화살을 가진 것이다.

수도 셀 수 없이 바꿔 친 남자들이 까만 머리카락과 까만 눈동자를 가진 한국 남자였다면 이렇듯 증오하지는 않을 것이다. 하지만 오드리의 취향은 동양인을 제외한 모든 인종의 남자였고 그로 인해 노란 머리카락과 푸른 눈을 물려받은 마리의 증오심은 날로 키가 자라갔다.

단일민족이라는 웃기지도 않은 자부심으로 똘똘 뭉친 대한민국에서 완전한 백인도 아니고 황인종도 아닌 혼혈, 일명 튀기로 살아가는 것은 저주였다. 거기다 편모에 파주라는 본적은 양공주의 딸이라는 그녀의 출신을 적나라하게 암시했다. 아무리 가발을 쓰고 렌즈를 낀다 해도 혈관을 맴도는 더러운 피가 바뀌지 않는다는 것은 마리에게 천형이었다.

마리가 갑자기 깨진 엘피판 조각을 움켜쥐었다. 그리고 뾰족한 부분으로 팔을 죽죽 그어대기 시작했다.

"더러워, 더러워!"

할 수만 있다면 제 몸에 흐르고 있는 누군지 모를 백인의 피와 창녀의 피 따위는 죄다 파내 버리고 싶었다. 백지장같이 하얀 팔에 붉은 자국이 금세 빼곡하게 차들었다. 그러나 생채기가 보태지면 보태질수록 마리의 불안정한 감정의 기류는 더욱 난해해져만 갔다. 온몸을 터트려 버릴 것 같은 비명을 삼키기 위해 꽉 깨문 입술이 터져 비릿한 피 맛이 입 안에 가득 퍼져 나갔다.

그 때 문을 두드리는 소리가 났다. 그리고 어딘가 모르게 못마땅한 기가 묻어나는 목소리가 뒤따랐다.

"박마리, 내려가봐. 찾으셔."

크지는 않았지만 분명 들릴 만큼의 소리였다. 그러나 이미 이성을 상실해 버린 마리의 귀에는 단 한 마디도 들리지 않았다. 그러자 짜증이 묻어나는 목소리가 다시 문을 파고들었다.

"박마리, 안 들려? 박마리, 박마리, 박마리!"

"헉!"

숨 넘어가는 소리와 함께 마리의 눈이 열렸다.

"박마리!"

누군가가 팔을 으스러뜨릴 듯 붙잡고 벼락같은 소리를 내질렀다. 그렇지만 오랫동안 감고 있어 안개가 낀 것 같은 눈으로는 그를 알아볼 수 없었다. 코끝으로 스며드는 소독약 냄새와 윙윙대는 귓가로 파고드는 알 수 없는 신호음과 사람들의 웅성거림으로 지금 자신이 있는 곳이 병원임을 알아차릴 무렵 그녀의 입술이 열렸다.

"여기…… 어디……."

하지만 대답은 돌아오지 않았다. 대신 누군가를 외쳐 부르는 소리만은 또렷이 귀를 파고들었다.

"여기 좀 봐주십시오!"

희끗한 형상으로 제 팔을 붙잡고 있는 사람이 남자임을 알 수 있었다. 그러나 여전히 그가 누구인지는 알 수 없었다. 그 사이 그의 호출을 받은 의료진들이 달려왔다.

"박마리 씨, 정신이 드십니까?"

"어디……예요."

"병원입니다. 자."

"아아……."

의사가 눈꺼풀을 밀어 올리고 불빛을 비추자 갑자기 마리가 인상을 찌푸리며 몸을 뒤틀었다. 미약하긴 했지만 행여 다른 징후가 있는 것은 아닌지 걱정스러운 지훈이 이유를 물었다.

"눈을 다쳤습니까?"

"아닙니다. 충혈이 좀 된 것 말고는 아무 이상 없습니다."

"바이탈 사인 스테이블 합니다."

간호사가 팔에 둘렀던 혈압기를 뺄 무렵 뿌연 시야를 물리치려 안간힘을 쓴 마리의 눈이 맑아졌다. 그러자마자 근심스러운 눈으로 저를 내려다보고 있는 지훈과 눈이 마주쳤다. 순간 절로 몸이 움찔거렸다.

"너……."

"속이 메슥거리거나 그러진 않으십니까?"

의사가 물었지만 대답 따위를 할 수 있을 리가 없었다. 파라파라의 연예부장에게 폭행을 당한 것이 기억의 끝인데 어떻게 지훈이 갑자기 눈앞에 있을 수 있을까?

'꿈인가? 악몽인가 봐. 이럴 수가 없잖아.'

지훈의 출현을 악몽이라고만 믿은 마리는 눈을 깜박거려 그를 지우려 했다. 하지만 몇 번을 연거푸 감았다 떠도 그는 사라지지 않았다. 아니, 외려 더욱 생생해질 뿐이었다. 의사가 대답을 재촉했다.

"박마리 씨?"

"선생님이 물어보시잖아."

기억의 밑바닥에 꽁꽁 봉인시켜 두었던 울림 좋은 목소리는 마리에게 지금 꾸고 있는 악몽이 꿈이 아닌 현실임을 인지시켰다. 마른침을 한 번 삼키고서야 마리는 의사의 질문에 대답할 수 있었다.

"조금요."

"충격 때문에 그러시거든요. 다행히 검사 상으로는 아무 이상 없으니까 안심하십시오. 아셨죠?"

"예에."

검사를 마친 의사가 미간을 모으고 있는 지훈에게 소견을 말했다.

"한시름 놓으셔도 되겠습니다."

"감사합니다."

"지켜보시다가 다른 증상을 보이면 바로 호출해 주십시오."

"예."

의료진들은 곧 자리를 떴고 도저히 이어 붙일 수 없는 기억의 잔해들을 긁어모으느라 안간힘을 쓰는 마리에게 지훈의 배려가 떨어졌다.

"가방을 못 챙겨서 휴대폰이 없어. 부를 사람 있으면 불러. 연락해 줄 테니까."

제 미래를 훔쳐 도망쳤던 불구대천지 원수에게 더할 나위 없이 관대한 처사였지만 마리에게는 전혀 감동스럽지 않았다. 연락을 할 만한 단 한 사람도 없었으니까. 최근에 유일하게 연락을 주고받은 사람이라고는 기획사 사장뿐인데 연예부장 건으로 길길이 날뛰며 저를 찾고 있을 테니 무용지물이었다.

그런 마리의 곤궁한 처지를 알 수 없는 지훈은 내내 모으고 있던 미간을 더 좁히더니 자신의 휴대폰을 쓱 내밀었다. 붉은 피멍으로 얼룩진 마리의 눈이 치켜떠졌다.

"치워."

냉차고 매정한 성격이 어디로 갔겠는가? 그녀를 너무나 잘 알고 있는 지훈은 두말도 하지 않고 휴대폰을 바지 주머니 속으로 밀어 넣었다. 그러자 마리가 팔꿈치에 힘을 주었다. 지훈은 온몸을 강타하는 통증에 이를 악물면서도 기어이 몸을 일으키려는 마리를 만류했다.

"아직 주사 남았어."

"됐어."

"마저 맞아. 계산했으니까."

그 한마디로 지훈이 자신의 밑바닥을 들여다보았음을 알아차린 마리의 입술이 뒤틀렸다.

"네가 뭔데?"

"너 때문이 아니야. 내가 아끼는 사람이 연루돼서 떠맡은 것뿐이야. 기억해 둘 게 있어. 넌 파라파라에서 사고를 당한 것이 아니라 지나가던 취객하고 시비가 붙었던 거야. 인상착의는 대충 둘러대. 그러라고 낸 병원비니까 확실히 해주면 좋겠어."

아직 마리를 만난 놀라움에 해묵은 앙금까지 새록새록 떠오른 지훈의 말투는 마리 못지않게 냉정했다.

"안정해야 된대."

지훈은 마리를 침대에 눕히기 위해 그녀의 어깨를 가볍게 밀었다. 그러나 마리는 그의 친절을 단호히 거부했다. 지훈의 손을 확 쳐냈다. 그리고 손등에 꽂힌 주사바늘을 미친 듯이 쥐어뜯었다.

"박마리!"

와락 달려든 지훈이 온몸으로 마리를 껴안았다. 하지만 참을 수 없는 자괴감과 치욕감에 휩싸인 마리는 난동을 멈추지 않았다.

"치워! 손대지 마! 꺼져, 꺼지란 말이야! 아악!"

"여기요, 여기!"

숨을 쉬지 못할 정도로 마리를 옥죈 지훈의 다급한 요청에 의료진들이 신속히 달려왔다. 사지를 붙잡힌 마리가 절망의 신음을 온몸으로 내질렀다.

"아아악! 아악!"

"아티반 한 앰플 주세요!"

의사의 지시에 곧바로 안정제가 투여됐다. 그리고 폭풍처럼 휘몰아치던 마리의 발작이 차츰 잦아들었다.

"꺼져, 꺼져! 꺼지란…… 말이야. 꺼……져……."

뒤집힌 마리의 눈꺼풀이 파르라니 떨리더니 그대로 내리워졌다. 그리고 지훈은 이마를 찡그린 채 눈에 익은, 그러나 지독히도 낯선 마리를 내려다보았다.

"말도 안 돼. 상해나 사고나 다친 건 매한가진데."

한 손에 탐스러운 사과와 귤이 담긴 비닐봉지를 든 채 다른 손으로 병원비 내역서를 든 지훈이 그렇게 구시렁댔다. 미리 설명은 들었지만 예상치를 훌쩍 넘는 금액은 절로 한심스러운 생각을 들게 했다. 이불만 푹 둘러쓴 채 오냐 가냐 말 한마디 없는 마리에게 속이 쓱쓱 아리는 병원비에 과일까지 갖다 바치고 있으니 왜 아니 그럴까? 더군다나 오백만 원이라는 거금을 갚을 의무가 있는 채무자 아닌가? 그것도 좋게 말해야 채무자고 실상은 강도나 다름없는 마리다.

그럼에도 이렇게 보호자 역할을 자처하고 있는 이유는 딱히 마담에 대한 은혜가 아니더라도 인생의 밑바닥을 전전하고 있는 마리에게 느끼고 있는 동정심 때문이었다. 아마 지금 자신의 생활이 안정적이지 않았더라면 그런 험한 일을 당하고도 도움을 요청할 단 한 사람도 갖지 못한 그녀를 가엽게 여기지는 못했을 것이다. 그러기는커녕 훔쳐간 내 돈 내놓으라고 멱살잡이를 했을 터다. 그렇지만 그녀에게 뺏겼던 금액을 개의치 않을 만큼의 경제적인 여유가 지난날은 잊으라고 권유했고 그에 따르고 있는 중이다.

"생판 모르는 남들한테 봉사도 하는데……."

좋게 정의를 내리던 지훈이 말끝을 흐렸다. 내내 잊고 있었던 기억이 불쑥 떠오른 탓이었다. 색정적인 붉은 네온사인 불빛이 더러운 여인숙의 창문을 파고들던 그 밤에 저희 둘이 벌였던 광란의 몸짓을 그동안 정말 거짓말처럼 잊고 있었다는 사실에 머리끝이 올라섰다.

갑자기 발걸음을 뚝 멈춰 버렸다. 그리고 그 자리에 우뚝 서 길 잃은 아이처럼 행로를 찾지 못하고 방황했다. 그런데 그 때 마치 방황하는 그를 찾으러 나선 것처럼 마리가 병실 문을 열고 나타났다.

"어."

눈이 마주쳤고 지훈이 어정쩡한 소리를 내는 사이 못 볼 것을 본 것처럼 놀라하던 마리는 쌩하니 병실 안으로 들어가 버렸다. 그녀의 등장으로 자괴감이라는 질척한 늪을 빠져나온 지훈이 불안한 심리 상태 때문에 떡하니 일인실을 차지하고 있는 마리에게로 향했다. 박마리라는 명패가 붙은 병실 문을 두드렸다.

똑똑!

언제나 그렇듯 답은 돌아오지 않았다. 속으로 천천히 다섯을 센 다음 문을 열자 마리의 모습이 보였다. 어쩐 일인지 침대에 웅크려 눕지도, 이불을 머리끝까지 뒤집어쓰지도 않고 팔짱을 낀 채 창 너머를 바라보고 있었다. 목련꽃잎처럼 부드러운 크림색을 띠는 얼굴은 붉고 파란 멍들이 군데군데 박혀 있고 화장 따위를 하지 않아도 붉은 입술에는 갈빛 딱지가 앉아 있었다. 지훈은 쭈뼛쭈뼛 걸어가 침대 옆 탁자에 들고 온 과일 봉지를 놓았다.

"사과 좀 샀어. 귤이랑. 뒀다 먹어."

지훈에게 등을 보이고 서 있는 마리는 입술 안쪽을 오도독 깨물었다. 어쩌면 더러워도 이렇게 더러운 팔자를 타고났는지 모를 일이었다. 젊은 애들에게 밀리고, 짐승 같은 놈에게 폭행을 당한 것도 모자라 꿈에라도 마주치기 싫은 지훈에게 구조되다니, 정말 최악이었다. 아니, 정말로 최악인 것은 그가 아니면 기댈 곳이 없다는 현실이었다.

십일 년 전 겨울, 새벽녘의 클럽 화재로 엄마가 죽고 미처 빠져나오지 못한 아가씨들 다섯 명이 목숨을 잃은 참사가 일어났다. 만기일을 넘겨 버린 화재보험을 갱신하지 않아 보상은 단 한 푼도 받지 못했고 재산은 아귀처럼 달려든 피해자들의 손에 넘어갔다. 그 바람에 빈털터리가 되어 버린 저를 버리지 않은 지훈이었다.

저를 좋아한다는 것을 감쪽같이 속인다고 생각했지만 제 그림자를 더듬는 그의 달뜬 눈빛을 오래전부터 알고 있었다. 그 마음을 감추느라 부러 무뚝뚝하게 굴던 터라 위로의 말 한마디 건네지 않았지만 밥을 챙기고 잠자리를 챙겨 주었다. 그런데 원치 않던 생명을 주고 원치 않는 세상에 홀로 버려두고 훌훌 떠나버린 엄마에 대한 증오의 발산이라는 말도 안 되는 이유로 거부하는 그를 유혹하고 자극했다. 자해의 수단으로 삼은 것이다.

그리고 막장 인생을 사는 아가씨들의 잔심부름을 도맡아 가며 번 돈이 차곡차곡 쌓여 있는 통장을 제 유혹을 이기지 못한 대가라 우기고 훔쳐 달아났었다. 그것이 그의 미래라는 것을 너무나 잘 알면서……. 그런 이유 때문에 아직 지훈을 마주칠 엄두를 내지 못해 별 볼일 없는 창밖만 내다보고 있는 마리 대신 지훈이 말을 이어 나갔다.

"일주일 정도 더 입원해야 한대."

"퇴원시켜 줘."

말이 끝나기가 무섭게 약간 허스키한 마리의 목소리가 떨어졌다. 까맣게 잊고 있었던 기억을 떠올린 후유증으로 인해 자신의 몫이 아닌 자책감을 떠안고 있던 지훈은 그녀의 걱정을 덜어주려 했다.

"병원비 때문이라면 걱정 말고 치료 받아."

그런데.

"지금 할래?"

"뭐?"

영영 등만 보일 것 같던 마리가 영문을 몰라 되묻는 지훈을 향해 돌아섰다. 그리고는 입술 한쪽 끝을 비틀어 올렸다.

"나 돈 없어. 그래서 그때 그 돈은 물론이고 병원비도 못 갚아. 설사 있다 해도 갚을 생각도 없고. 그러니까 이 몸뚱이로라도 받을 생각 있으면 지금 해, 섹스."

부끄러움으로 가득 찬 마음과는 달리 내뱉는 소리는 상스럽고 몰염치함의 극치였다. 순간 마리에게 들었던 동정심이 연기처럼 싹 사라져 버린 지훈이 더듬더듬 경악스러움을 토로했다.

"너⋯⋯ 지금 그걸 말이라고 하는 거냐?"

지훈의 극렬한 반응에 스스로 생채기를 낼 때처럼 야릇한 흥분과 통쾌함을 느낀 마리의 표정이 상쾌해졌다.

"못 봤니? 돈이라면 못할 짓이 없어."

"박마리!"

"새삼스럽게 뭘 그래? 좋아했잖아."

얼굴에 불덩이를 뒤집어쓴 것 같았다. 좋아했다라는 마리의 야실거림을 회유나 강요로만 못 박을 수 없는 탓이었다.

퇴색했던 기억들이 생생하게 되살아났다. 하얗고 보드라운 젖가슴을 함부로 일그러뜨리고 아찔할 정도로 뜨거웠던 자궁의 끝까지 밀고 들어갔다 나오기를 반복했다. 거친 숨과 번들거리던 땀, 마리의 거짓 교성과 재촉, 비릿한 정액의 냄새. 욕지기가 치밀어 올랐다. 참을 수 없는 역겨움은 곤궁한 마리를 돌보고자 하나하나 짚어 갔던 이유들을 모래성처럼 깡그리 무너뜨려 버렸다.

"역시 타고난 본성은 못 속이나 보지?"

얼음송곳으로 심장이 꿰뚫리는 것 같았다. 창녀였고 포주였던 어머니의 전철을 밟고 있음을 통렬히 꼬집는 이야기였다. 하지만 역시나 같은 본성을 타고난, 아니, 그보다 못한 본성을 타고난 지훈에게는 걸맞지 않았다. 마리의 표정이 더욱 화사해졌다.

"글쎄, 너란 예외도 있는 걸 보면 딱히 그렇지도 않은 것 같아. 그때나 지금이나 잘 위장하고 있잖아, 너."

지훈은 즉시 마리의 주장을 부인했다.

"위장? 아니, 넌 위장 따위가 필요할지 모르지만 내게는 필요치 않아. 죽을 만큼 노력한 덕에 남에게 책임전가만 시키고 나태해 막장에서 나뒹굴고 있는 너와는 달리 세상에 잘 적응했고 앞으로도 더 노력할 테니까."

지훈의 신랄하고 혹독한 지적에 마리는 잘 기억하고 있는 그의 유일한 아킬레스건을 건드려 버렸다. 눈매를 독하게 만

들고 가시 돋친 혀와 입술을 함부로 놀렸다.

"그래봤자 넌 지나 송의 아들일 뿐이야. 마담 오드리 밑에서 백인, 흑인 안 가리고 몸을 팔던. 나중엔 그마저도 못한 퇴물 지나 송 말이야."

마리의 본능은 응당 돌아올 지훈의 격렬한 분노를 맞을 준비를 하기 위해 숨을 멈추고 근육을 긴장시켰다. 하지만 예상은 보란 듯이 비켜 나갔다. 지훈은 눈썹 하나 까닥이지 않을 정도로 잔잔했다. 그리고 차분한 목소리로 그녀의 유치한 앙갚음에 보복했다.

"부인하지 않아. 사실이니까. 하지만 박마리, 넌 마담 오드리의 사생아라는 사실을 부인하지도 인정하지도 못하겠지? 그녀의 전철을 고스란히 밟아가고 있으니까."

"닥쳐!"

"너야말로 닥쳐! 당장 내쫓기고 싶지 않거든!"

마리의 악다구니를 거뜬히 잠식해 버릴 만한 고함을 내지른 지훈이 양 주먹을 그러쥐었다. 그리고 구제의 기미라고는 발견할 수 없는 마리에게 더 이상 경계가 분명치 않은 애증 따위는 갖지 않을 것이라 맹세했다.

"나쁜 계집애."

그렇게 냉차게 지껄이고는 병실을 박차고 나갔다. 탁, 문이 닫히고 그 반동에 놀라 봉지를 탈출한 귤이 또르라니 마리의 발치로 굴러왔다. 깃털처럼 살짝 엄지발가락을 건드렸을 뿐인데 마리의 얼룩덜룩한 얼굴이 기묘하게 일그러졌다. 하얀 이가 붉은 입술을 깨물었다.

"으읍, 윽!"

두 팔을 엇갈려 금방이라도 부서지고 말 것 같은 몸을 감싸 안았다. 고개가 끄덕끄덕 앞뒤로 움직이며 눈시울에 찰랑거리고 있는 눈물을 펌프질했다. 회한의 눈물이 눈가를 적시고 주르륵 뺨을 타고 내렸다.

"흐흐흑! 흑!"

울음을 토해내며 저주했다. 쓰다듬으려는 손길을 마구 찔러 버리고 저 또한 만신창이로 만들어 버린 가시투성이인 자신을 저주했다. 그리고 지훈이 선명히 보여준 제 앞날에 대한 절망감을 떨쳐내기 위해 와락 절규했다.

"아니야! 아, 아니야. 아니란 말이야. 아냐. 그렇지 않아…… 흐흑!"

그러나 누구보다도 저 자신을 잘 알고 있는 이성은 그녀의 처절한 부인을 가볍게 억눌렀다. 그것을 감당해내지 못한 마리의 울음소리가 깊고 커졌다.

나른한 토요일 오후, 다른 날보다 빨리 일과를 마무리한 교무실에는 막간을 이용한 토론이 한창이었다. 지훈의 옆 지기인 권 선생이 신문 한쪽을 손으로 툭툭 쳐대 가며 불만을 토로했다.

"이것들이 미쳤나. 어디 강남하고 비교를 해가지고 이따위 기사를 써대는 거야? 인라인 스케이트도 과외 받는 강남 애들하고 졸업할 때까지 학원 꼴 구경도 못하는 이쪽 애들을 어떻게 비교를 해?"

"그러게 말이야. 교육자로서 이런 말 하기 정말 뭐하지만 일 대 오십하고 일 대 일하고 어떻게 같겠어? 괜히 공교육이 어쩌고저쩌고 하지 말고 교육 현실을 똑바로 좀 보라고 해."

"제 말이 그 말 아닙니까? 어이, 송 선생. 어떻게 생각해?"

내일 수업 준비에 마침표를 찍은 지훈은 권 선생의 부추김에 맞장구를 쳐주었다.

"어이 상실인데요."

"그치?"

"예."

"개천에서 용 난다는 말은 그야말로 새마을운동 전 말이고, 투자를 못하는데 결과가 어떻게 나오겠어?"

당장 국회로 보내도 손색이 없을 권 선생의 변이 이어졌다. 그러나 두 번이나 맞장구를 쳐주었으니 제 할 몫은 다 했다 여긴 지훈은 자리에서 일어나 의자에 걸쳐 두었던 점퍼를 걸쳤다. 그러자 열렬한 연사 권 선생이 송충이 같은 눈썹을 모으고 턱을 잡아당겼다. 그리고는 뜬금없는 소리를 툭 내뱉었다.

"우렁 각시 됬어?"

생뚱맞은 그 소리에 지훈의 대답이 걸작이었다.

"어떻게 아셨습니까?"

권 선생이 턱을 쏙 뺐다.

"정말?"

방 선생이 손사래를 쳤다.

"에이, 그 말을 믿냐? 송 선생 얼굴을 봐. 우렁 각시는 무슨. 그나저나 누가 과학실 업어 갈까 엉덩이 딱 붙이고 있던 사람이 요샌 왜 칼퇴근이야? 투 잡 해?"

"우렁 각시가 좀 아파서 뒤치다꺼리 하러 다닙니다. 훗!"

본의 아니게 근 일주일 간 마리의 보호자 역할을 하고 있으니 완전 거짓말은 아니었다. 보호자 따위는 하고 싶은 마음이 없었지만, 경찰이고 병원이고 저만 찾아대니 도리가 없었다. 그러나 오늘 퇴원을 한다니 꺼림칙한 옛 기억의 원흉인 그녀와도 이제 작별이다. 그래서 가벼운 지훈의 짧은 웃음을 우스갯소리로 들은 권 선생이 잔을 꺾는 시늉을 해 보였다.

"있지도 않은 우렁 각시 핑계 대지 말고 골뱅이에 생맥주 한잔 어때?"

"전 우렁 각시가 기다려서 먼저 갑니다."

"정말인가 보네?"

"어이, 송 선생! 정말이야?"

쏟아지는 권 선생과 방 선생의 추측만 무성하게 키우는 알쏭달쏭한 미소만 베어 문 지훈은 총총히 교무실을 빠져나갔다.

저승사자들은 간혹 실수라도 한다는데 사채업자 녀석들은 그들보다 훨씬 더 고단수인가 보다. 아무런 언질도 주지 않았는데 며칠 만에 이렇게 입원 중인 저를 찾아낸 것을 보면 말이다. 병실로 들어서자마자 주먹을 쥐었다 폈다 하는 사채업자들에게 마리는 사정에 사정을 했다.
"갚을게. 그러니까 좀 가."
"장난해? 너 벌써 소문 싹 돌아서 노래 못 부르거든? 그런데 뭘로 갚을 건데?"
"뭘 해서든 갚는다니까!"
"그러니까 쓰라고!"
옆구리에 일수 가방을 낀 사채업자는 마리의 면전에 신체포기각서를 펄럭거렸다.
"막말로 너한테 남은 게 몸뚱이밖에 더 있어? 다행히 칼라가 총천연색이라 흑백들보다는 훨씬 유리하잖아. 눈 딱 감고 한 반년만 푹 썩어. 그럼 너도 좋고 나도 좋고 모두 해피하지. 안 그래? 그러니까 쓰자. 응?"
사채업자는 언제 윽박을 질렀냐는 듯 알랑거리며 마리를 달랬다. 그리고 마리는 초조하게 시계를 쳐다보았다. 오늘 아침 회진 때 퇴원을 해도 좋다는 소식을 전해 들었다. 그러니 은혜를 들먹거리며 보호자 역할을 자처하고 있는 지훈 역시 그 사실을 알고 있을 것이다. 운명의 장난으로 막장에서 나뒹굴고 있는 추한 모습을 보여주긴 했지만 이런 모습까지는 보여주고 싶지 않았다. 지훈이 도착하기 전에 어떻게 해서든지 사채업자들을 돌려보내야만 했다.

"며칠 생각할 시간을 줘."

"얼마나."

"일주일."

"일주일 이자면 너 저기 섬으로 가야 하거든? 이틀 줄 테니까 생각해. 사람 심어 놓을 거니까 토낄 생각 말고. 그랬다가는 똥 밟았다 셈 치고 확 묻어 버릴 테니까. 알았어?"

"알았어."

"피차 혈압 올려서 좋을 일 뭐 있냐? 좋게 좋게 가자. 알았지? 가자."

"예!"

고분고분해진 마리의 어깨를 툭툭 쳐댄 사채업자가 똘마니들을 챙겨 사라지자 기운을 죄다 소진해 버린 마리가 털썩 침대로 누워 버렸다. 이제는 보랏빛으로 변한 멍 자국을 훈장처럼 달고 있는 눈이 꼭 감겼다.

'어떡하지?'

오로지 그 물음만이 뇌리를 뱅뱅 맴돌았다. 사채업자들은 젖혀두고서라도 지훈이 도착하면 곧장 병원을 나서야 할 텐데 입고 있는 환자복 말고는 갈아입을 옷 한 벌조차 없었다.

죽고 싶어도 쥐약 살 돈이 없어 못 죽었다더니 자신의 처지가 딱 그 짝이었다.

"하아!"

암담한 현실 앞에 짙은 탄식을 내놓은 마리는 손톱 여물을 썰어댔다. 그리고 온종일 머릿속을 떠나지 않는 한 사람을 떠올렸다. 지훈이었다. 죽기보다 싫었지만 그 말고는 방법이 없었다. 여전히 싸가지 없이 굴고 있긴 하지만 엄마를 생각해서 병원비는 물론 제 뒤치다꺼리를 마다하지 않고 있으니 사정을 이야기하면 편의를 봐줄지도 모른다는 희망이 새록새록 피어올랐다. 하지만 그 희망은 이내 서리를 맞은 꽃처럼 시들어 버렸다.

'전과가 있잖아. 그런데 잘도 도와주겠다. 뱉어내라고 안 하는 것만으로도 다행으로 여겨야지 무슨 소리야.'

마리의 희망의 꽃이 똑 하고 떨어지는 그 때 병실 문이 열렸다. 벌떡 자리에서 일어나자 커다란 약 봉투를 들고 문 안 쪽으로 들어서는 지훈이 보였다. 아직 환자복 차림의 마리를 본 그는 못마땅함을 그대로 나타냈다.

"퇴원하라는 소리 못 들었어?"

지훈이 물었지만 마땅한 대답을 갖지 못한 마리는 침묵을 고수했다. 그러자 그것을 못된 성질머리 자랑으로 여긴 지훈은 고대하던 작별의 시간이 드디어 도래했음을 알렸다.

"병원비 정산했으니까 그냥 나가면 돼. 이건 약이니까 챙겨 먹어. 잘 가라."

지훈은 침대 발치에 약봉투를 톡 내던지고 돌아섰다. 마담 오드리에게 받았던 은혜를 갚는다는 심정으로 짊어졌던 마리라는 무거운 짐을 드디어 내려놓자 발걸음이 구름 위를 걷는 것처럼 가벼웠다. 그런데 마리의 다급한 목소리가 날렵하게 문 쪽으로 향하던 그의 양 발목을 확 움켜잡았다.

"잠, 잠깐만!"

지훈이 천천히 고개를 돌렸다. 그러자 뭔가 중요한 이야기가 있는 듯 잇달아 눈을 깜박인 마리가 딱지가 얹은 입술을 움직였다.

"송지훈."

"왜."

"할 말이 있어."

"해."

지훈은 연거푸 한 마디 말로 마리가 저에게 묶으려는 구원의 동아줄을 싹둑싹둑 잘라냈다. 그렇지만 병실 밖 세상으로 나갈 힘도 용기도 상실해 버린 마리는 죽는 것과 맞바꿀 만큼의 굴욕스러움을 택했다.

"나…… 갈 데가 없어."

지훈의 코가 찡긋거렸다.

"그런데."

내 알 바 아니라는 기미가 물씬 묻어나는 지훈의 퉁명스러운 대꾸에 마리는 잠시 할 말을 잃었다. 저란 존재에게 미움마저 남지 않은 그에게 구걸 따위를 해서는 안 될 일이었다. 뭔가 더 강력한 올가미가 필요했다. 하지만 하얗게 비어나 버린 머리로는 그 올가미를 찾을 수 없었다. 그렇다고 해서 입을 꼭 다물어 대화를 끊어 버린다면 곧장 벼랑 끝으로 내몰릴 것이니 아무 말이나 지껄여야 했다.

"기획사에서는 잘렸고 방은 방세가 밀렸다고 주인이 뺐대."

"그래서."

"그리고 조금 전에는…… 사채업자들이 찾아왔어."

발가벗겨진 것 같은 치욕감에 발가락을 곱아가며 내놓은 소리에 지훈은 손톱만큼의 안타까움을 표시했다.

"안됐네."

"그래서 말인데……."

"설마 물주가 되어 달라는 소리는 아니지? 아서. 덤터기는 한 번으로 족하니까."

말을 잘라 먹고 들어서 내놓은 지훈의 해결책은 마리를 얼어붙게 만들었다. 진창에서 나뒹굴던 모습을 모두 들켰으니 변명의 여지는 없었다. 그렇지만 그래도 이렇게 심장이 옴팍 뜯겨나갈 비아냥거림과 무시는 제 몫이 아니었다. 한없이 차갑던 마리의 머리가 순식간에 뜨거워졌다. 그사이 지훈은 뜻하지 않게 함께 공유한 일주일에 대한 정의를 내렸다.

"너와 내 악연은 오늘부로 끝이야. 고아원으로 갔어야 할 날 거둬 준 마담에 대한 은혜는 그때 그 일과 이번 일주일로 모두 정리⋯⋯."

"아이가 있었어."

말을 잘라 먹은 것에 대한 보복이라도 하듯 냉큼 말을 자르고 들어서 내뱉은 마리의 말이 가져올 파장을 상상치도 못한 지훈은 짜증을 부렸다.

"네 애 이야기를 왜 나한테 하는 건데? 그런 이야기는 애 아버지하고 해야 맞지. 안 그래?"

"네가 애 아버지야."

"뭐?"

말도 안 되는 소리라고 쏘아붙여야 하지만 지독히도 불쾌했던 기억을 떠올려 버린 지훈의 낯빛이 하얗다 못해 파리해져 갔다. 그의 동요를 눈치 챈 마리가 회심의 미소를 베어 물었다.

"그 밤을 잊은 건 아니겠지?"

줄기차게 발뺌하던 살인증거를 들켰을 때 기분이 이럴까? 지훈은 더듬더듬 자신의 죄상을 확인하려 애썼다.

"너 지금 뭐라는 거야. 아⋯⋯이?"

"그래. 임신했었어. 그리고 유산했고."

자포자기하는 심정으로 함부로 살았던 때다. 저처럼 세상에 적응하지 못한 무리들 속에 끼여 밥보다 술을 더 마셨고 오토바이 뒤에 올라타 죽음의 질주를 일삼았다. 그러다 사고가 났고 아이러니하게도 그 결과 일어난 유산으로 임신 사실을 알았다.

하얗다 못해 푸른빛을 띠는 지훈의 얼굴을 바라보는 그녀의 심장은 공기 한 점도 들어가지 못할 정도로 바싹 졸아들었고 뇌리에서는 불꽃이 팡팡 터졌다. 존재하는지도 모르고 있다 떠나보냈고 그 뒤로 의식적으로 무의식적으로 잊어버리려 노력했고 줄곧 잊고 있었던 아이 이야기를 이런 식으로 꺼내서는 안 됐다. 사람이 할 짓이 아니었다.

하지만 절망의 낭떠러지에 대롱대롱 매달려 있는 지금은 그것 말고는 도리가 없었다. 이미 돌이킬 수 없는 일을 저질러 버렸으니 이 기회를 놓쳐서는 안 됐다. 그래서 결코 용서받지 못할 추악한 거짓말을 보탰다.

"그 벌로 다시는 엄마가 되지 못해. 그러니까 날 책임져야 할 사람은 바로 너야."

마리의 몰염치한 억지는 헤어 나올 수 없는 충격의 늪에서 허우적거리던 지훈을 끄집어냈다. 설령 아이가 있다 해도 선뜻 책임지겠다는 소리를 내뱉지 못했을 것이다. 그런데 저희들의 불장난으로 잉태되고 희생된 아이에 대한 미안함과 죄책감이라고는 전혀 느껴지지 않는 마리와의 인연은 잘라내야 마땅했다. 그래서 부들부들 떨리는 입술 사이로 그녀가 기대하는 보상 따위는 없음을 통보했다.

"억지 부리지 마. 믿을 수도, 믿기지도 않는 이야기지만 설사 그렇다 해도 널 책임질 이유는 없어. 돈을 원한다면 빌려 줄 수 있어. 하지만 그따위 거짓말은 용납지 않아."

"학교로 찾아가길 원하니?"

"너!"

지훈이 와락 끔찍한 분노를 내질렀다. 그러나 마리의 태도에는 변함이 없었다. 정말 그에게 책임이 있다는 듯 당당히 요구했다.

"책임져."

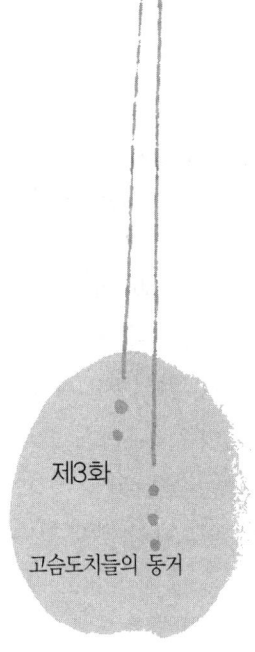

제3화

고슴도치들의 동거

*번*듯한 아파트에 비하면 초라한 단층짜리 집이지만 손바닥만 한 마당에 내리쬐는 햇볕에 더할 나위 없이 포근해 보였다. 빨간 벽돌을 줄줄이 이어 마무리를 한 작은 텃밭이 있고 노란 비닐 장판을 덮은 평상이 있었다. 그리고 댓돌 위에는 큼직한 남자용 슬리퍼와 검정 구두 곁에 화려한 호피 무늬가 인상적인 9센티짜리 힐이 놓여 있었다.

반질반질한 유리문 사이로 된장찌개 냄새가 솔솔 새어 나오는가 싶더니 문을 여닫는 소리도 함께 비집고 나왔다.

"으으음!"

금방 자리에서 일어난 마리는 문턱에 선 채 배꼽이 드러나도록 늘어지게 기지개를 폈다. 그리고 그러거나 말거나 눈길 한 번 주지 않고 멀건 흙탕물 같은 된장찌개를 푹푹 퍼 먹고 있는 지훈을 힐끔 쳐다보았다.

'인정머리라고는 없는 녀석.'

원금 삼백에 이자 육백이십만 원, 거기다 방세 구십만 원까지 갚아 주고 자질구레한 옷가지들을 찾아 주고 방 하나를 내어준 지훈에게 할 만한 소리는 아니었다. 그러나 그러고 나서는 저를 완전 투명인간 취급하는 소리 없는 폭력을 휘두르고 있으니 속엣말 정도는 무방하다 여겼다. 욕을 더럭더럭 퍼붓는 줄도 모르고 줄기차게 식사에만 전념하는 지훈의 정수리에다 말을 걸었다.

'오늘은 간이 맞으시나 보네? 그럼 그렇지.'

지훈은 습관처럼 식탁 한쪽에 놓아 둔 조미료 통을 열었다. 십 년이 넘는 자취 경력에 무색하게 도통 간을 맞추지 못하는 그에게 조미료는 필수였다. 수저 끝에 묻혀 휙휙 젓는 것을 보던 마리가 이마를 찌푸렸다.

"맛있니?"

"신경 꺼."

특유의 무뚝뚝한 대답을 되돌려 받은 마리가 털썩 식탁 의자로 내려앉았다. 그리고 뻔뻔함의 진수를 보여주었다.

"돈 좀 줘."

"얼마나."

"생리대 살 거야."

그냥 주고 싶은 대로라고 해도 될 것을 사람을 앞에 두고도 고개도 들지 않는 것이 얄미워 일부러 붙인 생리대 소리였다. 비위라도 상하라고 말이다. 효과가 있는지 지훈이 고개를 들었다. 그리고는 얄미움의 정수를 보여주었다.

"문제 있다며."

마리가 할개눈을 해 보였다.

"까발려 보여줘?"

"됐어."

마리의 반항을 한 마디로 잘라먹은 지훈은 묵묵히 만 원짜리 몇 장을 건넸다. 그리고 열하루 동안 입 안에만 담고 있던 말도 함께 건넸다.

"조그만 원룸 정도는 알아봐 줄 수 있어. 넉넉지는 않겠지만 생활비도 줄 테니까 나가."

"싫어."

"왜."

"난 지금이 매우 마음에 들어. 그러니까 가까스로 마음 잡아가는 사람 자극시켜서 팽 돌게 만들지 마."

찰싹 달라붙어 줄기차게 등골을 빼먹겠다는 소리처럼 들리라고 작정하고 한 소리였지만 실상은 달랐다. 사채를 떨쳐 버렸으니 아무 일이나 구하는 대로 방을 얻어 나갈 생각이다. 노래 부르는 것 외에는 해 본 일이 없어 무슨 일을 할 수 있을지 아직 미지수다. 그러나 불쾌하고 불편한 지훈과의 동거를 길게 끌 생각은 추호도 없었다. 독심술 따위는 하지 못하는 지훈은 다시 한 번 고려해 볼 것을 당부했다.

"생각해 봐."

그리고는 수저를 놓고 일어서 코트를 걸쳤다. 그러자 발딱 일어난 마리가 제 방으로 쏙 들어가 긴 털 스웨터를 팔에 꿰고 나타났다. 지훈의 미간이 대번에 좁아 들었다. 마리가 톡 쏘아붙였다.

"사야 막을 거 아냐!"

심하게도 적나라한 대꾸에 얼음공주라 불리던 도도한 모습은 어디로 갔냐고 묻고 싶은 충동을 꾹 내리누른 지훈은 당부를 건넸다.

"괜한 소리 흘리지 마."

"인간관계가 그리 돈독하면 너한테 이런 개무시 당하면서 들러붙어 있겠니?"

"물어보면 외국서 살다 잠깐 들어와 있다고 해. 사촌이든지 사돈네 팔촌이든지 알아서 둘러대고."

"됐거든?"

밉살스러운 입을 한 대 쥐어 박아주고 싶은 사악한 욕구를 놀랄 만한 인내심으로 저지시킨 지훈이 문을 열고 밖으로 나섰다. 마리가 그 문을 닫고 따라나서 그가 연 대문을 또 닫았다. 그리고 두어 발짝쯤 떨어져 지훈의 얄미운 뒤통수를 보고 걸으며 흐뭇한 상상을 즐겼다. 조금 유치하긴 하지만 딱 소리 나게 치고 쪼루라니 도망치는 뭐 그런 류 말이다.

'그러면 꼭 제가 끓인 된장찌개처럼 밍밍한 얼굴에 변화가 생기려나? 아니, 아니지. 저 독종이 그럴 리가 없지. 한 번 찌릿 쳐다보고는 쌩하니 가버릴걸? 재미없어. 그나저나 마냥 놀 수는 없고 뭘 하지? 쇼핑몰 피팅 모델도 괜찮다던데……'

줄곧 노래만 불러 온 자신이 할 만한 일거리가 전단지에 붙을 리 만무하다는 걸 알지만 절로 눈이 담벼락과 전봇대로 향했다. 그리고 지나치는 사람들의 시선을 끄는 마리를 매단 지훈은 태엽이 감긴 병정인형처럼 무조건 앞만 보고 걸었다. 그의 머릿속은 절대 제 몫이 아닌 재앙에 대한 고뇌가 꽉 차 들어 있었다.

'5천쯤 쥐어 줄까? 그 정도면 먹고 떨어질 것도 같은데 돈을 주고 각서를……. 아, 아니야. 돈을 주는 것은 문제가 있어. 떨어지면 또 돈을 요구할 거고 각서나 공증을 받는다고 해도 입 벙긋해 버리면 무슨 소용이 있겠어? 젠장!'

좀처럼 입에 올리지 않는 욕설까지 퍼부었다. 누가 먼저 시작했는가는 중요치 않았다. 동기와 과정이 어떻든 간에 마리와 관계를 가진 것도 임신을 시킨 것도 사실이었다. 또 그녀의 인생 한 부분을 상실케 한 책임은 어떤 식으로도 회피할 수 없을 것이다. 그 모든 사실들이 완벽한 올가미가 되어 목을 죄어오자 저도 모르게 올라간 손으로 목에 두른 머플러를 쥐어뜯었다.

그렇게 각자의 생각에 빠져 입 달싹도 하지 않고 일정한 거리를 두고 걷던 두 사람이 마리의 목적지인 슈퍼를 지나칠 때였다. 빈 종이박스를 들고 불쑥 나온 펑퍼짐한 주인이 지훈을 보고 반색을 해왔다.

"삼촌!"

"안녕하세요."

"안 그래도 언제 지나가나 줄곧 내다봤는데 이렇게 딱 마주치네."

식품점과 슈퍼를 겸하고 있는지라 퇴근할 때면 들러 종종 찬거리를 고르곤 하는 지훈은 슈퍼 주인의 유별난 환대를 그렇게만 해석했다.

"찬거리는 저녁에나 살 건데요."

"아유, 누가 찬거리 말인가? 삼촌이 설 쇠면 서른이지?"

"예."

온 동네 총각들을 다 삼촌으로 통일시키고 있는 슈퍼 주인이 살살 눈웃음을 쳐가며 본론을 꺼냈다.

"아니, 다름이 아니라 내가 삼촌 이야기를 했더니 우리 언니가 나를 아주 물고 늘어지잖아. 우리 질녀가 스물다섯인데……."

굳이 끝까지 안 들어 봐도 맞선 이야기가 분명했다. 다른 때도 사양이지만 뒤통수에 마리의 비웃음을 달고 있는 지금은 더더욱 사양이다. 꾸벅 고개를 숙였다.

"늦어서 이만."

"아니, 삼촌. 삼촌!"

정말 바쁜 것처럼 종종걸음으로 도망치는 지훈을 외쳐 불렀지만 허탕을 친 슈퍼 주인이 혀를 끌끌 찼다.

"쯧쯧. 어째 젊은 사람이 저리 숫기가 없어? 저래 가지고 요새 애들은 어찌 가르치나 몰라. 하긴 뭐 발랑 까진 녀석들보다는 훨씬 진국이긴 하지. 그럼, 그럼."

연방 두터운 목을 까닥거리는 주인의 흐뭇함을 쓱 나선 마리가 방해했다.

"아이고, 깜짝이야. 어머나? Hi!"

팔짱을 낀 마리는 노란 머리에 파란 눈을 한 저를 보고도 넉살 좋게 건네 오는 슈퍼 주인의 인사가 마뜩지 않았지만 지훈의 주의도 있고 해서 시큰둥하나마 맞장구를 쳐주었다.

"Hi."

그러자 상기한 슈퍼 주인은 좀처럼 보기 힘든 외국인 손님을 맞기 위해 중학교 때 배운 영어 실력을 유감없이 펼쳐 보였다.

"May I help you?"

지훈에게도 밝혔듯이 원만한 인간관계를 갖지 못하는 마리에게 맞장구는 한 번으로 족했다. 무슨 말이 튀어 나올까 하고 살짝 긴장까지 한 슈퍼 주인에게 자신이 원하는 것을 보유

하고 있는지 물었다.

"즉석 미역국 있어요?"

"엥? 한국말 할 줄 아네?"

"그럼 한국 사람이 한국말 하지 중국말 해요?"

"아, 한국 사람이에요? 괜히 쫄았네. 안으로 들어가 봐요."

시니컬한 대꾸를 한 마리가 무색하게 웃음을 잃지 않는 슈퍼 주인이 슈퍼 안쪽을 가리켰다.

"저쪽에 있어요."

마리는 펑퍼짐한 슈퍼 주인의 모양새처럼 정리라고는 모르는 어수선한 물건들이 즐비한 슈퍼 안으로 들어섰다. 그리고 뽀얀 잔먼지를 뒤집어쓰고 있는 카레 옆에 착 달라붙어 있는 즉석 미역국을 발견하고 9센티짜리 굽을 또각또각 울리며 그쪽으로 전진했다. 그리고 그 뒤로 생선비늘 몇 개가 반짝이는 슈퍼 주인의 갈색 슬리퍼가 뒤따랐다. 즉석 미역국을 집은 마리는 그 옆에 있는 즉석 카레와 자장에게도 눈길을 주었다.

도저히 먹을 수 없는 음식을 만들어 꾸역꾸역 먹어대는 지훈의 음식 솜씨와 별다를 것이 없는 솜씨라 뭔가를 만들어 먹는다는 것은 불가능했다. 그래서 데우기만 하면 먹을 수 있는 즉석 식품을 심도 있게 고르는데 궁금증을 참지 못한 슈퍼 주인이 불쑥 끼어들었다. 그리고 호기심을 마구 드러냈다.

"염색했나 보구나. 눈은 렌즈 끼고. 그죠?"

마리는 매너 없는 주인의 과도한 질문공세에 들고 있던 물건들을 놓아 버릴까 말까 신중히 고민했다. 하지만 한참을 내려가야 하는 다음 슈퍼를 떠올리고 자신이 할 수 있는 가장 성의 있는 답을 내놓았다.

"예."

그리고 곧장 생리대가 있는 쪽으로 향하는데 이 아주머니, 그것을 말 신청으로 알아들었는지 다른 질문을 줄줄이 비엔나처럼 내놓았다.

"근데 어쩜 피부도 이리 뽀얘? 영락없이 마론 인형이네. 어머, 근데 이건 멍 아냐? 남편이 그랬어?"

"코 수술 했거든요?"

"어, 어. 그렇구나."

마리의 짜증 섞인 대꾸에 동네 반장을 자처하는 자신과는 취향이 다른 손님임을 알아차린 주인이 말을 얼버무렸다. 그러는 사이 마리는 스낵 몇 가지를 더 골랐다.

"얼마예요?"

"날개형이니까 3300원에, 이게 1500원에, 이게 2000원씩 두 개…… 다 해서 12000원이네요."

"여기요."

"8000원 내드리면 맞죠? 여기."

셈을 치른 마리는 허리를 꼿꼿이 펴고 또각또각 힐 소리를 내며 출입구 쪽으로 향했다. 길쭉길쭉한 팔다리와 호리호리한 뒷모습을 눈여겨보던 주인이 무심코 속엣말을 흘렸다.

"튀긴가?"

마리가 우뚝 멈춰 섰다.

"헉!"

놀라 훅 숨을 들이켰지만 이미 때는 늦었다. 휙 몸을 돌린 마리가 먹잇감을 덮치는 암사자처럼 눈에 불을 켜고 다가오는 것이 아닌가? 뒷심 무른 슈퍼 주인은 진땀을 뻘뻘 흘리며 먼저 죄를 자복했다.

"미안해요. 난 그냥……."

"하바드 알아요?"

"예?"

당장 머리채를 휘어잡을 줄로만 알았던 마리가 던진 생뚱맞은 질문에 주인의 눈이 말똥말똥해졌다. 마리는 큰 키를 십분 활용해 주인을 깔아 내려 보며 혀를 있는 대로 꼬았다.

"하바드 유니버셜. 미국에 있는 하바드 대학 몰라요?"

"아, 그 하바드. 그럼 혹시 법대?"

"Yes."

유치하기 짝이 없지만 뒤통수에다 대고 튀기라고 지껄이는 사람들의 주둥이를 꼬집어 주는 데는 이만한 것이 없었다. 아니나 다를까, 턱을 쏙 뺀 슈퍼 주인은 감탄을 금치 못했다.

"어머나! 세상에 얼굴도 이렇게 예쁜 사람이 머리도 그렇게 좋아? 하바드 법대라니!"

슈퍼 주인이 손뼉까지 마주쳤지만 마리의 욕심은 그치지

않았다.

"아까 송 선생 봤죠? 거기가 우리 외삼촌이에요."

"어머나, 어머나! 웬일이니? 엄마가 한국 분이시구나. 어쩐지 말이 청산유수더라. 그럼 한국에 놀러 왔구나? 삼촌한테 놀러 왔어. 그치?"

주인의 말투는 어느새 친근함을 가득 담고 있었다. 마리는 오소소 돋아나려는 소름을 겨우 참고 단속을 단단히 했다.

"몇 달 있을 테니까 종종 뵙겠네요. 잘 부탁드려요. 그럼."

"잠깐만, 잠깐만. 우리 송 선생 삼촌 조카라는데 그냥 보낼 수 없지. 자, 이거 가지고 가서 먹어. 이게 코리아 오렌지잖아. 귤. 귤 알지?"

솥뚜껑만 한 손으로 덥석 귤 몇 개를 쥐어 준 주인의 놀랄 만한 친화력에 차라리 벙어리 흉내를 낼 걸 잘못했다는 생각이 절로 들었다. 하지만 빌어먹을 송 선생을 생각해 후딱 답례를 건넸다.

"Thanks."

그러자 이때만을 기다렸다는 듯 변변찮은 영어 실력을 또 유감없이 발휘했다.

"You're welcome!"

그러더니 뒤통수가 찌릿찌릿해 거의 달리는 수준으로 슈퍼를 벗어나는 마리의 뒤통수에다 손을 모아 외쳤다.

"심심하면 놀러 와! 내가 포테이토도 삶아 주고 쿠키도 주고 커피도 줄게. 알았지!"

저녁 8시가 넘어갈 무렵, 지훈은 터덜터덜 언덕배기를 오르고 있었다. 평소보다 늦은 시간이었다. 사람 사귀는 데도 소질이 없고 잡기에도 취미가 없는 터라 퇴근만 하면 쌩하니 달려가던 집이다. 그런데 오늘은 그 포근한 둥지 같은 보금자리가 가까워지는 것이 영 반갑지 않았다. 불청객 때문이었다.

과거에 어떤 짓을 저질렀든지 그것을 탓할 생각은 없다. 고생은 했지만 무사히 학업을 마치고 교직에 몸담고 있으니 밤무대 자리도 못 꿰차고 천대를 받는 마리의 신세에 비할 바가 아니니까 말이다. 은인인 마담 오드리의 딸이고 미우나 고우나 십수 년을 한 울타리에서 함께 살았다. 그런 이유들이라면 방 하나 내어주는 동거를 못할 리가 없다.

하지만 치욕스러움으로만 기억되는 밤을 공유하고 또 존재하는지도 몰랐던 아이를 공유한 사이 아닌가.

'아이······.'

아이를 생각하니 명치끝이 돌덩이를 얹은 것처럼 먹먹해졌다. 생각지도, 원하지도 않았던 아이지만 그래도 자신의 분신이 존재했었다는 사실은 말로 형용하기 어려운 미묘한 감정을 불러일으켰다. 그리고 저란 존재를 알리지도 못한 채 사라졌다는 사실은 길게 기른 손톱으로 심장을 규칙적으로 긁어대는 것만 같은 통증을 선사했다.

"휴우!"

절로 답답해진 가슴을 한숨으로 풀어내는데 생선을 정리하던 슈퍼 주인이 손뼉을 마주치며 알은체를 해왔다.

"삼촌!"

비온 가을날처럼 울적하기만 한 지훈은 대꾸 대신 고개만 까닥 숙였다. 반찬거리를 사겠다고 한 약속을 떠올리긴 했지만 이 기분으로는 단지 배만 불릴 목적의 음식을 만드는 일 따위는 하고 싶지 않아서였다. 그러나 비린내 폴폴 나는 생선 한 마리와는 비교할 바가 아닌 놀라운 사실을 접한 슈퍼 주인은 그를 덥석 잡았다.

"세상에, 하바드라며?"

"무슨 말씀이신지……."

"에이그! 겸손하긴! 내가 다 알고 있어. 어쩜 그럴 수가 있어? 그런 장한 일을 꼭 옆구리 찔러 알게 해야겠어? 그나저나 삼촌네가 머리가 다 좋은가 보다. 삼촌은 내놓으라하는 좋은 대학 나왔고 조카는 하바드 법대고."

당최 감을 잡을 수가 없었다. 하버드 법대는 뭐고 조카는 또 무슨 뚱딴지같은 소리란 말인가? 그런데 문득 떠오른 생각이 있었다.

'설마?'

고요하다 못해 적막한 자신의 인생에 이런 번잡스러움을 일으킬 사람은 단 하나, 박마리뿐이었다. 아니나 다를까, 슈퍼 주인이 눈웃음을 살살 지으며 그의 눈치가 귀신점쟁이와 맞먹음을 일러 주었다.

"어쩜 머리도 좋고 얼굴도 그리 예쁘냐? 미녀들의 수다에 나가면 짱 먹겠더라."

지훈은 할 말을 잃었다. 국내 대학도 아니고 하버드에, 그것도 무려 법대? 거기다 조카? 나사가 풀려도 단단히 풀린 모양이었다. 갑자기 세상만사가 다 귀찮아져 버린 지훈은 다시 고개를 꾸벅 숙여 보였다. 그런데 꿍꿍이속이 있는 주인이 그의 팔꿈치를 잡고 늘어졌다.

"저기 삼촌, 내가 부탁이 하나 있는데."

"내일 살게요."

"엉? 아이고, 반찬 사라는 소리가 아니야. 그게 아니라 조카한테 우리 지영이 영어 좀 가르쳐 주라고 청 좀 넣어 주라고. 내가 돈은 두둑이 줄게. 삼촌 알다시피 내가 요건 좀 있잖어? 내가 유학 보냈다 셈 치고 섭섭지 않게 해줄게."

원어민 선생을 초빙할 생각에 들뜬 슈퍼 주인은 엄지와 검지를 동그랗게 말아 보였다. 지훈은 헛웃음을 흘릴 뻔했다. 태생이 태생인 만큼 저나 마리나 간단한 회화 정도는 한다. 하지만 그것은 영어도 한국말도 아닌 괴상한 영어일 뿐, 학생들을 가르칠 만한 영어는 절대 아니었다. 하버드 법대생이라고 우기기엔 더더욱 부족한 저질 영어고 말이다.

창피를 당할 마리를 위해서가 아니라 아등바등 어렵게 번 돈을 시궁창에 처넣는 이웃의 불행을 막자는 심정으로 지훈은 피곤한 입술을 열었다.

"비자 때문에 안 됩니다."

"비자?"

"관광비자라 취업하는 즉시 강제 출국 당하거든요."

"정말?"

"예."

지훈의 딱 부러진 대답에도 불구하고 슈퍼 주인은 쉽사리 미련을 버리지 못했다.

"정식으로 취업을 하는 것도 아니고 그냥 아르바이트 같은 건데 그것도 안 될까? 내가 돈은 현찰박치기로 해줄 수 있는데……."

"죄송합니다."

"삼촌이 죄송할 게 뭐 있어. 뭣도 모르고 김칫국 마신 내가 잘못이지. 그나저나 싸게 줄게, 이거나 한 마리 들여가."

사겠다는 말도 안 했는데 슈퍼 주인은 벌써 생태 머리를 봉지 속으로 들이밀고 있었다. 심란하고 울적한 지금 생선 비린내까지는 감당하기 버거운 지훈은 손을 내저었다.

"저기, 지금은 돈이 없어서……."

"우리 사이에 무슨 그런 서운한 소리를 해? 달아 놓을 테니까 가져가. 무는 있어? 무 좀 숭덩숭덩 썰어 넣고 된장 좀 풀고 고춧가루 풀어서……."

뜨악한 표정의 지훈이 보이는지 마는지 슈퍼 주인의 친절한 요리강좌는 계속됐다.

축복받은 체질 덕에 한밤중에 라면을 끓여 먹어도 계란형을 유지하고 삼겹살 3인분을 먹어도 똥배라고는 모르는 마리는 슈퍼에 갔다 오다 주워온 생활정보지를 탐색하고 있었다. 한 손으로는 턱을 괴고 한 손으로는 쉴 새 없이 스낵을 탐해가며 마땅한 일자리를 찾았다. 파라파라 연예부장의 입김이 싹 돌았으니 노래는 꿈도 꾸지 못할 터, 다른 일자리를 찾아야 했다. 보수로만 보자면 월수 300 보장, 가족처럼 일하실 분 쪽이 적합했다. 그렇지만.

"난 아티스트야."

비록 밤무대 가수지만 나름 가지고 있는 자부심이 용납을 하지 않았다. 그리고 특이한 제 외모만 보고 오디션을 빙자해 일삼는 성희롱에는 넌더리가 났다. 그래서 낮에 하는 일을 찾아보기 위해 보수를 좀 낮춰 보았다. 그런데 또 문제가 발생했다. 사무직을 가자니 고등학교 중퇴의 학력이 발목을 잡고 판매직을 가자니 스물아홉이라는 나이가 목에 걸렸다. 입술이 툭 튀어나왔다.

"검정고시라도 봐둘걸. 에효! 어?"

샐쭉하니 입술을 내밀던 그녀의 눈에 군침이 마구 당기는 박스 광고가 들어왔다.

"찹쌀, 망개떡 판매? 사십 세 미만, 여성분 환영. 일 오만 원에서 십만 원 가. 당일 지급? 망개떡이 뭐야?"

뭔지는 몰라도 매우 건전할 것 같은 냄새를 폴폴 풍기는 광고의 전화번호를 훅 훑었다. 그리고는 몸을 일으켜 무릎걸음을 걸었다. 과자 가루가 묻은 손을 레깅스에 쓱 문지른 다음 재미도 없는 일일 연속극을 내보내고 있는 텔레비전 옆에 얌전히 앉아 있는 전화기의 수화기를 들었다.

"010-6202-22……."

휴대폰 번호를 누르고 두 번 신호가 가자마자 걸걸한 남자의 목소리가 건너왔다.

―예, 우리 떡 이야기입니다.

"저, 광고 보고 전화 드렸는데요. 판매사원 찾으신다고 해서요."

―아, 맞습니다. 나이가?

"스물아홉인데요."

―새댁이신가?

남자의 언질에 마리는 재빨리 머리를 굴렸다.

'마흔 살까지로 해놓은 걸 보면 아가씨보다는 아줌마를 구하는 것 같지?'

"예, 아줌마예요. 정육코너에서 판매 경험도 있구요."

새파란 것들에게 밀리는 바람에 무대 대신 시장통에 있는 정육점 앞에서 하루 종일 돼지고기 한 근에 천 원을 외쳤던 아픈 기억을 단숨에 훌륭한 경력으로 둔갑시켰다. 그러자 아주 대환영의 목소리가 넘어왔다.

―딱이네. 내일부터 출근해요.

흔쾌한 허락이 얼떨떨했지만 난생처음 가져 보는 건실한 일자리를 준 사장에게 일단 감사의 말을 전했다.

"감사합니다. 그런데 일당은 여기 써진 게 맞는 거죠?"

―그럼. 능력제니까 잘만 하면 15만 원도 거뜬해요.

"능력제요?"

―방문판매거든. 인상 좋고 발 빠르면 이게 대박입니다.

"방문……판매요?"

―마침 목 좋은 유흥가가 하나 있는데…….

뇌리를 딱 스치는 생각이 있었다. 각설이 분장을 하고 업소나 상가를 돌면서 엿이나 떡을 파는!

"저기요, 그러니까 업소 같은 데, 식당이나 뭐 이런 데 돌아다니면서 파는 건가요? 마트나 이런 데 아니고요?"

―잘 아시네? 내가 특별히 새댁을 생각해서 좋은 자리로 줄 테니까…….

"죄송합니다."

―이것 봐. 새댁!

마리가 일방적으로 전화를 끊는 때를 맞춰 현관문이 열렸다. 그리고 지훈이 들어섰다. 거실을 보자마자 마리의 일과가 고스란히 떠올랐다. 정보지 위에 과자를 쏟아 부어 놓고 텔레비전을 보다 낮잠을 자다 그것도 심심하면 지금처럼 전화로 수다를 떨어댔을 거다. 일분일초도 허투루 쓰는 법이 없는 자신과는 완전 다른 그녀의 나태함에 절로 눈살이 찌푸려졌다. 그에 맞춰 지훈의 표정으로 그의 머릿속을 훑어본 마리의 눈살도 여지없이 뭉개졌다.

"딱 한 통화 했거든?"

속내를 들킨 지훈은 미간에 주름을 더 촘촘히 하며 현관문을 닫았다. 그리고 비린내 물씬 나는 봉지를 손가락 끝에 걸고 부엌으로 향하며 한마디 했다.

"치워."

"누가 선생 아니랄까봐 잔소리는. 칫!"

마리는 불만으로 가득 찬 입술을 오리주둥이처럼 내밀고 주섬주섬 정보지와 과자 봉지를 치웠다. 그러자 싱크대에서 손을 씻던 지훈이 자신이 말한 치움의 정의를 설명했다.

"신발장 안에 빗자루 내서 쓸고 서랍에 걸레 있으니까 닦아."

"안 흘렸어."

"닦고 걸레는 빨아 널어 놔."

지훈은 그렇게 말하고는 곧장 방으로 들어가 버렸다. 마리는 엉거주춤 쭈그려 앉은 채 입을 벙긋 벌렸다.

"허!"

절로 제 신세가 처량해진 마리의 눈알이 뜨끈해졌다. 어떻게 병원비만 신세를 졌다면 엄마를 들이밀고 빽 소리라도 질러 볼 텐데 사채까지 빚지고 있는 터라 목구멍까지 치민 고함을 꾹꾹 내리누른 탓이었다. 건방진 낯짝 따위를 보느니 망개떡이 아니라 각설이 엿장수를 해서라도 보란 듯이 나가야겠다는 오기가 치민 그녀는 벌떡 자리에서 일어났다. 그리고 과자 봉지를 쓰레기통에 처박고 발을 쿵쿵 울리며 신발장으로 향했다.

빌어먹게도 가지런히 정리된 신발장 한쪽에서 빗자루를 막 꺼내는데 지훈이 다시 거실로 나왔다. 오래 입어 낡은 티와 트레이닝 바지로 갈아입고 싱크대로 가 억지로 떠맡은 생태를 봉지에서 꺼냈다. 마리는 그의 뒤통수에다 대고 가운데 손가락을 치켜 올려 세우는 소심한 복수를 한 후 비질을 시작했다. 하다 보니 저만치에서 나뒹굴고 있는 머리카락과 작은 먼지들이 눈에 띄어 그쪽으로 움직이는데 지훈이 발목을 잡아 세웠다.

"하버드 졸업생답게 처신해."

"뭐?"

"딸 영어 과외 해달라고 해서 비자 때문에 안 된다고 했으니까 다음에 물어보거든 똑같이 대답해."

어떻게 된 일인지 감을 잡았다. 생선을 사러 갔다가 아침나절에 제가 지껄인 소리를 들은 모양이었다. 꼭 하지 않아도 되는 얼토당토않은 거짓말을 들킨 것이 민망해 고시랑고시랑 슈퍼 주인에게 책임을 떠넘겼다.

"텔레비전도 안 보나? 하버드 출신이 미쳤다고 이러고 있겠냐고. 괜히 사람 성질 건드려가지고 덤터기를 씌워, 씌우길."

그리고는 힐끗 지훈의 등짝을 쳐다보았다. 핑계를 대는 저에게 버럭 부아를 낼 줄 알았는데 묵묵히 생선 손질에만 열중이었다.

'어쩌려고 저렇게 잠잠하지? 별일이네. 건드려서 좋을 일도 없으니 얼른 걸레질하고 들어가야지.'

마리는 빗자루를 놓고 행주인지 걸레인지 구분이 안 가는 백설기 같은 걸레에 물을 묻히기 위해 욕실로 들어갔다. 세면대에서 물을 축이는데 너무나 뚜렷하게 제 것임을 나타내는 노란 머리카락이 수도꼭지에 감겨 있는 것이 보였다. 결벽증 환자가 분명할 집주인이 보면 질색할 일이었다. 착 달라붙은 머리카락을 떼어냈다.

그러고 보니 여기저기에서 제 흔적이 나타났다. 물러터진 비누에 반항아처럼 삐딱하게 누워 있는 샴푸와 대충 휙 걸어 놓은 수건까지, 불벼락 맞기 전에 어서 원상태로 돌려 놓으라 아우성을 쳐댔다.

"짬뽕 나."

마리는 걸레를 놓고 손을 바삐 놀려 자신의 흔적을 일사천리로 지워 나갔다. 그런 후 걸레를 들고 거실로 나오자 그새 생선정리를 끝낸 지훈이 늦은 저녁상을 차리고 있었다. 시디신 김치 달랑 한 가지에 돈 줘도 못 먹을 된장찌개가 전부인 초라한 밥상이었다. 즉석 미역국에 냉장고에 있던 계란으로 프라이까지 해먹은 제가 마치 동명이인인 마리 앙뜨와네뜨 왕비처럼 느껴질 정도였다.

'짜장 하나 갖다 줄까? 내 돈도 아니고 저 녀석 돈이니까 하나쯤은 인심 써도……'

마리가 일찍이 해 본 적이 없는 이런 갸륵한 생각을 하고 있는데 고개도 안 들고 국 한 수저를 떠먹은 지훈이 불쑥 말을 꺼냈다.

"오는 전화 받지 말고 6시까지는 보일러 돌리지 마."

정나미가 삼천리로 떨어져나갔다.

'내가 나쁜 년이지. 도대체 뭘 바란 거야?'

지훈이 타고난 선생님이라면, 타고난 문제학생인 마리가 그가 깜빡 잊고 있는 요즘 기온을 상기시켜 주었다.

"전화는 그렇다 치지만 보일러는 너무 쪼잔하다고 생각하지 않니? 해 떨어지면 얼마나 추운지 알아? 집이 낡아선지 외풍 때문에 손끝 발끝이 다 시리다고."

"추우면 그렇게 헐벗지 말고 옷을 껴입어. 양말도 신고. 그리고 밥은 내가 해놓을 테니까 먹고 싶음 먹고 네 방 청소 외에는 아무것도 하지 마. 네가 쓰는 식기들하고 욕실용품, 그리고 텔레비전 말고는 일절 손대지 말고."

언뜻 들으면 손에 물 한 방울 묻히지 않도록 해주겠다는 소리 같았지만 실상은 완벽한 따돌림이었다. 보일러까지만 이야기했으면 아마 더러워서라도 마냥 선생 박봉 축낼 생각이 없음을 귀띔해 주었을지도 모른다. 하지만 외모 때문에 당했던 숱한 따돌림으로 인해 영원히 치유될 수 없는 트라우마를 건드린 그에게 반항이라면 모를까 순종은 가당치도 않았다.

"내가 전염병 환자니?"

"돈 떨어지면 미리 말해. 돈 떨어지게 했다는 핑계로 물어뜯기는 불상사는 피하고 싶으니까."

"야!"

"새벽까지 불 켜놓지 마. 차단기 내려 버릴 테니까."

"송지훈!"

인내심이 바닥나 버린 마리가 아득바득 악을 질러댔지만 작은 쟁반에 차린 밥상을 든 지훈은 들은 척도 하지 않고 자신의 방으로 들어가 버렸다. 분을 이기지 못한 마리가 곧장 뒤쫓았지만 문은 코앞에서 닫혔다. 머리가 지글지글 끓어오르는 것 같아 도저히 참으려야 참을 수가 없어 손바닥으로 문을 쳐댔다.

"야, 나와. 안 나와! 이게 정말!"

치는 것으로는 모자라 양손으로 손잡이를 잡고 뒤흔들었지만 일부러 약을 올리기로 작정한 것처럼 인기척도 내지 않았다. 절로 발이 나갔다.

"에잇!"

최고의 스트라이커처럼 문짝을 걷어찬 것까지는 좋았다. 그러나 되돌아온 것은 지훈의 대꾸 대신 엄지발가락이 쏙 뽑힐 것만 같은 극렬한 통증이었다.

"아악! 아야야! 아야!"

풀썩 주저앉아 발가락을 움켜쥐고 어쩔 줄을 몰라 했다. 어찌나 옴팡지게 박았던지 눈물이 찔끔 새어 나올 정도였다. 성마른 성격의 마리는 목이 찢어져라 소리를 질러댔다.

"네가 그런다고 나갈 줄 알아? 천만의 말씀! 네가 아무리 그래도 도로 위에 붙은 껌딱지처럼, 거북이 등의 등껍질처럼! 흰자위의 노른자처럼! 딱 들러붙어 네 녀석 등골을 쏙 빼먹을 거야! 알아아으! 켁켁!"

웃기지도 않은 삑사리까지 내가며 부르짖었건만 지훈은 어느 집 개가 짖냐는 듯 어떤 대꾸도 하지 않았다. 손뼉도 마주쳐야 소리가 난다고 했다. 술정신이면 모를까 맨정신으로는 대꾸도 없는 녀석을 상대로 고성방가를 더 진행시킬 수는 없는 노릇. 마리의 악다구니는 구시렁거림으로 변했다.

"저런 녀석한테 애들이 뭘 배우겠어? 임용고시 전에 인성고시를 치르게 해야 해. 그래야 저런 재수 없는 독종들이 교단에 못 서지. 확 교육부에 투서할까 보다. 두고 봐, 내가 불 끄나!"

제가 무슨 잔 다르크라도 되는 양 절전 따위는 필요 없어를 외치고 나서 자리에서 일어났다. 그리고 절뚝거리며 냉장고로 가 생수병을 꺼내 고함을 지르느라 쩍쩍 갈라진 목을 축이고 다시 절뚝이며 제 방으로 향했다. 그런데 눈에 딱 들어오는 것이 있었으니 바로 밉살스러운 지훈과 떼어 놓으려야 떼어 놓을 수 없는 조미료 통이었다.

힐끔 지훈의 방문을 쳐다본 마리가 까치발을 들고 잽싸게 움직여 먼지와 과자 부스러기를 쓸어 담아 놓은 쓰레받기를 낚아챘다. 그리고 조미료의 뚜껑을 번개처럼 벗겨내고 사랑스러운 오물들의 일부를 그 안으로 투하했다. 그 다음 얼른 조미료 통의 뚜껑을 닫고 문을 바라보면서 미친 듯이 흔들어댄 후 슬그머니 제자리에 놓았다. 양쪽 입술 끝이 춘향이의 그네처럼 사라락 올라섰다. 절로 잔웃음이 터져 나왔다.

"쿡! 쿠쿡! 흡!"

폭소로 변할 것 같은 웃음을 손바닥으로 막고 발레리나처럼 사뿐사뿐 걸어 오만 잡동사니가 널려 있는 자신의 방으로 향했다.

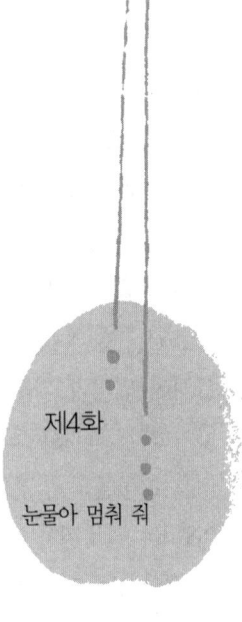

제4화

눈물아 멈춰 줘

두통 중에서도 악질인 편두통 때문에 관자놀이의 혈관이 펄떡펄떡 뛰는 것만 같은 지훈은 서랍을 열고 내용물을 뒤적거렸다. 점심을 먹자마자 시작된 두통의 원인은 아무리 생각해도 스트레스였다. 원치 않은 동거로 인한 스트레스 말이다. 무시를 하니 그나마 숨을 쉬지, 만약 그렇지 않았더라면 울화병에 지레 말라 죽고 말았을 것이다.

염치고 체면이고 도통 모르는 인간이다. 무슨 밤 귀신이 붙었는지 저녁에는 안 자고 해가 중천에 뜰 때까지 늘어지게 잔다. 그리고 저녁에 돌아와 보면 거실은 난장판이고 싱크대에는 그릇이 한 가득, 욕실은 노란 머리카락으로 도배를 하고 있다. 손 하나 까딱하지 말라던 전제조건을 아주 즐기는 듯하다. 왜 구제 못할 인간들에게 기생충이라는 별호를 붙이는지 통감하는 요즘이다.

"젠장!"

퇴근 후에 마주칠 일을 생각하니 편두통이 더 심해져 버린 지훈은 도통 보이지 않는 두통약에게 욕을 해대며 신경질적으로 서랍을 뒤졌다. 그러자 모니터를 보고 있던 권 선생이 말참견을 해왔다.

"뭐 찾아?"

"두통이 좀 나서요."

"나한테 있어."

어지러운 책상을 뒤적이더니 다 까먹고 딱 한 알 남은 두통약 판을 건넸다.

"나중에 갚을게요."

"정머리 없이 뭘 갚아. 나중에 소주나 한 잔 쏴."

"오늘 드시겠습니까?"

집에 들어가기 싫어하는 비행청소년을 십분 공감하게 된 지훈의 제안에 권 선생이 눈을 끔벅거렸다.

"어라? 오늘 해가 서쪽에서 떴나? 웬일이야?"

"날씨도 스산하고 또 내일은 쉬는 날이고 겸사겸사해서요."

"나야 좋지. 나도 심정이, 심정이 아니거든."

"무슨 일 있으십니까?"

예의상 건넨 말인데 주위 눈치를 살핀 권 선생이 목소리를 한껏 죽였다.

"송 선생만 알고 있어. 딱지 맞았어."

"딱지요?"

"어젯밤에 소개팅 했거든? 무려 서른두 살에 거기다 백조야. 그런데 대번에 퇴짜 놓더라. 덕화 형님하고 같은 회사 제품 쓴다고. 에휴! 이제 별것들이 다 무시를 해."

권 선생의 푸념을 들어 주던 지훈이 심각하게 물었다.

"결혼이 그렇게 하고 싶으십니까?"

"말이라고 하냐? 우리 어머니는 나만 보면 미역국만 축낸 못난 놈이라고 성화시지 친구 녀석들은 학부형 됐다고 으스대지. 아니, 그것보다 옆구리 시려서 못 살겠다. 그런데 그건 왜 물어? 왜, 누구 소개라도 해주려고?"

흠칫 놀란 지훈이 우물쭈물 말을 얼버무렸다.

"예? 아, 아니요. 제 앞가림도 못하는 위인이 무슨."

조기탈모에 수다스러운 싼 입 때문에 번번이 소개팅이고 선이고 여지없이 퇴짜를 맞고 마는 권 선생의 애로사항을 떠올린 순간 정말, 정말 미안하게도 마리를 소개시켜 주면 어떨까 생각했었다. 치마만 두르면 감지덕지할 권 선생에게 떠넘긴 후의 후련함에 눈이 멀어 그만 권 선생의 인생을 망칠 뻔한 것이다.

'슬슬 미쳐가고 있는 거야. 미쳐가고 있어.'

권 선생은 그런 이유로 쓴 입맛을 다시는 지훈을 유유상종으로 삼았다.

"나는 그렇다 치고 송 선생은 어째 연애생활이 그래? 나보다 더 척박해. 소개팅도 안 하고 맞선도 안 보고."

"변변찮아서 그렇죠. 아, 시작 종 울렸네요. 수고하십시오."

지훈은 마침 울린 수업 종을 핑계로 자리에서 벌떡 일어났다. 그러자 권 선생은 그의 뒤통수에다 대고 오늘의 약속을 상기시켰다.

"약속 펑크 내지 마!"

"예에!"

서둘러 교무실 문을 열고 나간 지훈은 길게 답을 뽑아내고서야 두통약을 먹지 않았음을 알았다.

마리는 구두쇠 지훈 때문에 레깅스에 양말에 두툼한 티까지 껴입은 것으로 모자라 이불 속에 굴을 파고 누워 있었다. 짜장 라면으로 아침 겸 점심을 먹고 벌써 두 시간째 텔레비전만 보는 중이다. 쓸데없이 리모컨의 버튼만 자꾸 눌렀다. 한국 영화도 하고 외화도 하고 보는 것만으로도 군침이 돌게 만드는 제주 은갈치를 파는 홈쇼핑도 지나갔지만 어느 것 하나 재미가 나지 않았다. 며칠 간 줄기차게 본 탓이었다.

"심심해. 털썩!"

입으로 소리까지 내며 껴안고 있던 베개에 풀썩 턱을 묻고는 휑한 집 안을 빙 둘러보았다. 본디 사람과 말 섞는 것을 좋아하지 않는다. 하지만 이렇게 며칠씩이나 대화를 하지 않다 보니 실어증에 걸리는 것은 아닐까 은근히 걱정이 될 정도였다. 일자리라도 구하면 좀 나을 텐데 지훈을 골탕 먹이기 위해 빈둥거리다 보니 입에서 단내가 나는 것만 같았다. 무료함에 넉 다운 당해 버린 자신에게 물었다.

"바람이나 좀 쐴까? 과자도 좀 사고 정보지도 가져오고."

생각이 거기에 미치자 갑자기 뇌가 감자 칩을 달라며 농성을 해댔다. 대번에 백기를 든 마리가 꾸물꾸물 이불 밖으로 기어 나왔다.

잘 삭은 유자차 냄새가 은근하게 퍼진 슈퍼 안은 난로 가를 점령한 아줌마들의 수다가 한창이었다. 따뜻한 유자차 한 잔을 홀짝이던 세탁소 주인이 오늘도 별다른 수확이 없음을 피력했다.

"안 나타날 것 같은데?"

"그러게. 내 눈에 안 걸릴 수가 없는데 도통 안 보이네?"

"정말 그렇게 예쁘냐?"

"그럼. 원래 혼혈들이 인물이 좋잖아. 미녀들의 수다에 나오는 애들은 쨉도 안 돼. 거기다 하바드, 하바드 법대잖아."

슈퍼 주인은 별다를 것이 없는 소소한 일상에 활력소가 되어 준 마리를 그렇게 치켜세웠다. 그러자 애첩 스타일로 생긴 갈비집 주인이 콧방귀를 뀌었다.

"칫! 말로는 뭔들 못해? 요새 학력 위조하는 게 유행이라던데, 그거 아냐?"

"이 여자는 뭔 의심이 이리 많아? 명색이 선생님이 거짓말 했을까? 삼촌이 말했거든? 자기 조카 하바드 법대 나온 것 맞다고."

풍부한 상상력을 가진 슈퍼 주인 덕에 지훈은 졸지에 새빨간 거짓말쟁이가 되어 버렸다. 핀잔을 먹었지만 꼬투리 잡기 좋아하는 본성을 못 버린 갈비집 주인이 화살의 방향을 돌렸다.

"아무리 선생님이라고 해도 총각 삼촌이 다 큰 여자 조카랑 단둘이 사는 건 문제가 좀 있지 않아?"

"어이구야! 무슨 그런 흉한 소리를 해 쌌나?"

"그러니까. 어째 그러고 사냐?"

"아, 내가 뭘! 내 입 가지고 말도 맘대로 못하냐? 그리고 예부터 삼촌하고 조카 사이에 그런 불상사는 왕왕……."

드르륵!

두 사람의 협공에 바락 화를 내는 그 때 미닫이문이 열리고 특유의 팔짱을 고수한 마리가 슈퍼 안으로 들어섰다. 입이 부르터라 소문을 퍼트린 보람에 보답이라도 하듯 잘 빠진 몸매가 드러난 레깅스에 예의 그 호피 하이힐을 신고 나타난 마리를 발견한 슈퍼 주인이 손뼉을 짝 쳤다.

"어머나! 이게 누구야? Hi!"

마리는 저를 빤히 쳐다보는 세 쌍의 눈이 그다지 내키지는 않았지만 거풍을 한다는 개념으로 곰팡내 나는 입을 열었다.

"Hi."

세 살박이 어린아이도 곧잘 하는 간단한 답례였지만 슈퍼 주인은 무슨 대단한 영어를 해석한 것처럼 묻지도 않은 말들을 덧붙였다.

"그럼, 그럼 나야 잘 지냈지. 아참, 내 정신 좀 봐. 인사들 해. 이쪽은 저기 41-7번지 송 선생 삼촌네 조카…… 이름이?"

아닌 밤에 홍두깨라더니 불쑥 이름을 물어오자 마리는 입술을 오므리고 이마에 주름을 잡았다. 남의 이름은 왜 묻냐고 톡 쏘아붙일 뻔했다. 그러나 하버드 법대생답게 행동하라는 지훈의 지침을 생각하고는 답변을 내놓았다.

"마리 앤더슨."

하버드 법대생답게 혀를 현란하게 굴려 주었다. 그러자 동네 일이라면 발 벗고 나서는 슈퍼 주인이 그다지 안면을 트고 싶지 않은 아줌마들을 마저 소개했다.

"마리 뭐시기? 아하! 마리? 마리 씨구나. 친구들이랑 유자차 한잔 마시는 중이었어. 여긴 세탁소 수혁이 엄마고."

"H······i."

"Hi."

"여긴 저 아래서 갈비집 하는 정애 엄마."

"Good afternoon."

"Good afternoon."

고장 난 녹음기처럼 건네 오는 인사를 다 받아주자 대화거리가 떨어질 것을 염려할 새도 없이 슈퍼 주인이 주전자를 집어 들었다.

"이거 한 잔 마셔봐. 이게 유자찬데, 유자 알아?"

갈비집 주인이 슈퍼 주인의 허리를 콕 찔렀다.

"유자라고 하면 어떻게 알아?"

"그럼 뭐라고 하지?"

"레몬하고 쌤쌤이니까 코리아 레몬."

"정말?"

이번에는 세탁소 주인이 반신반의하는 슈퍼 주인의 옆구리를 콕 찔렀다.

"코리아 레몬이면 우짜고 아메리카 레몬이면 뭐 하나? 얼른 한 잔 따라주그라."

"내 정신 좀 봐. 자자, 이리 앉아."

세 사람은 웃기지도 않은 만담을 들려 준 것도 모자라 이제 아예 자리까지 내주었다. 다른 때 같았으면 알은척도 안 하고 제 볼일만 보고 횅하니 나서 버렸을 테지만 후끈후끈한 난로와 뜨끈한 유자차의 유혹은 참기 힘들었다. 가봤자 기다리고 있는 거라고는 까치발을 들어야 하는 냉골인 방과 밍밍한 된장찌개에 빈 과자 봉투뿐이니까.

그렇다고 해서 기다렸다는 듯 철퍼덕 주저앉을 수는 없는 일. 마리는 마스카라를 하지 않아도 저절로 사르륵 말려 올라가는 풍성한 속눈썹을 내리깔았다.

"됐어요."

"아, 그러지 말고 앉아."

"앉으세요."

팔꿈치까지 잡아끄는 열화와 같은 성원에 못 이기는 척 엉덩이를 플라스틱 의자에 놓았다. 슈퍼 주인이 미리 준비해 두었던 머그컵에 얼른 뜨거운 유자차 한 잔을 따라 건넸다.

"뜨거우니까 조심해서 마셔. 호호 불어가면서."

쥐자마자 따뜻한 온기를 전해주는 머그컵에 절로 감사의 말이 터져 나왔다.

"감사합니다."

"와, 한국말 억수로 잘하네?"

"그럼 한국 사람이 한국말 하지 중국말 할까?"

"올해 몇인교?"

"뭐 그런 걸 묻고 그래? 외국 사람들은 개인사 묻는 걸 젤 싫어한대잖아. 미녀들의 수다도 안 보나?"

"한국 사람이라며?"

어느새 마리의 대변인이 된 슈퍼 주인과 그냥 묻는 말이었을 뿐인데 핀잔을 당한 세탁소 주인이 실랑이를 벌였다. 하지만 마리는 두 사람은 신경도 쓰지 않고 향긋한 유자차만 홀짝거렸다. 이해하기 힘든 마리의 반응에 세 사람은 약속이라도 한 듯 뜨악한 표정을 지었다. 그러다 이내 아메리카 스타일이라 그렇다는 눈빛을 교환하고는 마리를 따라 조용히 유자차를 홀짝였다.

그렇게 상큼하고 단 유자차를 반쯤이나 마셔 갈 쯤 슈퍼 주인 못지않게 수다스러운 세탁소 주인이 말문을 텄다.

"여름에나 되려나?"

"가을쯤이라던데?"

"그 소리 나온 지가 벌써 5년이구만 무슨 여름이고 가을이야? 돼 봐야 되는가 보다 하지."

"그렇긴 하지. 어이구, 우리 좀 봐. 손님 모셔 놓고 우리끼리만 이야기하고. 호호!"

세탁소 주인이 난로의 온기와 유자차 말고는 다 사양하고픈 마리를 이야기 속으로 끌어들였다.

"그러니까 무슨 소린가 하면 우리 동네가 재개발이 되거든요. 재개발 알지요?"

"대충."

"이 동네 싹 밀고 아파트가 들어설 거야. 그러면 마리네 삼촌도 돈 방석에 앉는 거지. 나도 그렇고. 또 여기 이 사람들도 그렇고."

 슈퍼 주인의 친절한 설명에 마리의 뇌리에 번뜩 떠오른 생각이 있었다.

 '뭐야, 그럼 녀석이 살고 있는 집이 세가 아니란 말야?'

 아무리 산동네에 코딱지만 한 집이라고 해도 서른도 안 된 나이에 선생님 월급만으로 장만하기에는 만만치 않았을 터다. 더군다나 혈혈단신의 몸 아닌가? 생각지도 않았던 지훈에 대한 정보가 연이어 귀로 쏙쏙 들어왔다.

 "질녀 이야기는 건네 봤어?"

 "건넸는데 자네도 알잖아, 삼촌 숫기 없는 거. 부끄러워 죽으려고 하기에 답은 재촉 안 했네."

 "숫기 없는 거 빼고는 일등 신랑감이지. 인물 좋아, 직장 탄탄해, 집 장만했어, 거기다 옵션으로다가 시부모가 없잖아."

 "하모, 하모! 게다가 재테크에도 능하다 아이가. 첨엔 혼자 사는 총각이 왜 이런 구석에 집을 사는가 했더니 금방 재개발 발표 나는 거 보고 내 알았다."

 들으면 알쏭달쏭한 이야기였다. 5년 전에 재개발 발표가 났다고 했다. 그럼 겨우 24살에 집 장만을 했다는 소리가 된다. 24살이면 졸업반이었을 텐데 아무리 독종 구두쇠라고 해도 복권이라도 맞지 않는 이상은 불가능한 일이었다.

 "그런데 마리 씨."

슈퍼 주인의 묻는 말에 지훈을 추적하느라 여념이 없던 마리가 눈을 옆으로 돌렸다. 그러자 만면에 싱글싱글한 웃음을 가득 지은 슈퍼 주인이 정보 수집에 나섰다.

"삼촌 사귀는 사람 있어? 난 한 번도 못 봤는데."

"내도 몬 봤다."

"자네들이 남의 연애사를 어찌 알아?"

"이거 왜 이래? 내가 삼촌하고 보낸 시간이 얼만데?"

"하모. 또 내는 송 선생 크리닝 전문 아이가? 립스틱 자국 한 번도 묻은 적이 없었다. 머리카락도."

또다시 시작된 실랑이에 귀가 따갑자 마리는 얼른 유자차를 들이켜고 자리에서 일어났다. 그리고 슈퍼 주인에게 다 빈 머그잔을 건넸다.

"노코멘트. 탱큐 앤 바이!"

들어 올 때처럼 팔짱을 척 끼고 또각또각 소리를 내며 슈퍼 문을 열고 나섰다. 그러자 어안이 벙벙한 세 사람은 한참이나 턱을 쏙 뺀 채 마리의 뒤태를 바라보았다.

둥근 원탁 하나를 차지한 지훈의 동료들은 시답잖은 소리를 지껄여가며 두툼한 돼지고기를 뒤집었다.

"이놈의 홈쇼핑, 나라에서 제재를 해야 해."

"왜? 제수씨가 뭐 또 샀어?"

"어허! 형수님보고 제수씨라니!"

4화 · 눈물아 멈춰 줘 109

"그래, 그래. 형수님."

"아니, 이 여자가 애 영어 책하고 뭐를 한 살림 사들였잖아."

방 선생의 푸념에 장가를 못 가 분통이 터지는 권 선생이 위로 대신 타박을 안겼다.

"지금 혼자 사는 놈한테 마누라 있고 아들 있다고 유세하냐? 난 마누라 생기기만 하면 카드 값에 허리가 휘더라도 사달라는 대로 다 사준다. 그깟 책 얼마나 한다고."

"백오십만 원이 그깟이냐?"

"백오십? 야, 그건 심했다."

"내 말이 그 말이잖아. 이제 돌잡이한테 뭔 놈의 영어 책이냐고. 안 그래, 송 선생?"

"글쎄요. 아직 애가 없어 놔서……."

중립적 입장을 취하던 지훈의 말꼬리가 흐려졌다. 무심코 꺼낸 아이 말에 명치가 씀벅거렸다. 누군가를 만나고 사랑하는 일에는 소질이 없었다. 그렇지만 가져 보지 못한 궁핍함 때문인지 은연중에 행복한 가정에 대한 꿈은 있었다. 언젠가는 그다지 예쁘지는 않지만 잘 웃는 아내와 젖 냄새를 물씬 풍기는 동글한 얼굴과 포동포동한 팔다리를 가진 아이를 가지리라 생각했었다.

그런데 저도 모르게 생겼다가 사라진 제 분신이 있었단다. 아버지에게 기억되지 못한다는 것이 얼마나 처참한 일인지 잘 알고 있는 자신이 저질러서는 안 되는 일이었다. 그렇게 생각하니 가슴의 먹먹함은 더 심해졌고 자괴감을 떨칠 망각의 힘이 필요했다. 지훈이 소주병을 집어 들었다.

"한 잔씩들 하시죠."

"좋지."

"자자, 내가 채워 줄게. 미남 자작하면 삼 년이 재수가 없다잖아."

"잔 다 찼지? 건배하자고. 자, 위하여!"

술잔이 쨍 하니 부딪쳤고 지훈은 소주 한 잔을 단숨에 비웠다. 그것을 본 권 선생이 반색을 했다.

"오오! 오늘 술 좀 받나 본데?"

"잘 받는데요? 한 잔 더 주십시오."

"그래."

권 선생은 지훈의 잔을 다시 채웠고 지훈은 속을 훑어 내리는 소주를 마치 물이라도 되는 것처럼 또 단숨에 비워냈다. 그러자 여느 때와는 사뭇 다른 그의 모습에서 낌새를 챈 방 선생이 넌지시 물어왔다.

"송 선생, 무슨 일 있어? 무리하는 것 같아, 어째."

속내를 들켜 버리고서도 지훈은 피식 웃었다.

"쓸쓸해서요. 옆구리 시리는 계절이잖습니까."

"단지 그 이유 때문이라면 다행이고."

"쓸쓸하다는데 뭔 놈의 다행은 다행이야. 약 올리냐?"

"아, 또 누가 약을 올린다고 그래. 얼른 잔이나 비우고 줘 봐."

"고민 상담 신청 좀 해도 됩니까?"

하나의 술잔을 맞잡고 있던 권 선생과 방 선생이 동작을 멈추고 지훈을 쳐다보았다. 순간 아차 싶은 지훈도 숨을 멈추었다. 바로 옆자리, 앞자리라 일 년 삼백육십오 일 마주 보고 있지만 자신의 신변에 대해서는 가타부타 말이 없던 지훈이다. 그런데 정말 생뚱맞게도 고민 상담 신청이라? 대단한 일이었다. 변죽 좋은 권 선생이 불쑥 말을 던졌다.

"우렁 각시한테 실연당한 거야?"

지훈은 대답을 망설였다. 술기운 탓으로 돌려 버릴까, 아니면 은근히 돌려 답답한 기를 좀 털어내야 할 것인가 선뜻 선택하지 못했다. 그의 망설임을 눈치 챈 권 선생이 채근을 했다.

"비밀 보장 해줄게."

"휴우!"

"뭐 해? 한 잔 따르지 않고."

"어, 어."

권 선생의 코치에 방 선생이 가득 따른 소주 한 잔을 땅이 꺼져라 한숨을 내쉰 침울한 지훈에게 건넸다. 소주 반병의 치사량을 두 잔이나 넘겨 버린 지훈은 그것을 넙죽 받아 마셨다. 그리고는 맨정신으로는 도저히 할 수 없는 이야기를 꺼냈다.

"아주 오래전에 말입니다."

"응!"

"잠깐 사귄 여자애가 있었는데요."

"어!"

"다시 사귀자네요."

방 선생하고 입까지 맞춰 열렬히 호응하던 권 선생이 툴툴거렸다.

"아씨, 동병상련인 줄 알았더니 염장이잖아?"

"그런데요."

"그런데 뭐?"

지훈은 내막을 알아버려 시큰둥하게 구는 권 선생에게 자신의 속내를 까발렸다.

"전 개가 정말 싫습니다. 세상에, 세상에 말입니다. 여자가 딱 개 하나뿐이라고 해도 개랑은 절대, 절대! 같이 살기 싫습니다."

"살재?"

"예, 살잽니다."

"예뻐?"

"예."

"몸매는 좋아?"

"예."

지훈은 묻는 족족 힘없는 고개를 끄덕이는 것으로 대답했다. 그러자 외모지상주의자인 권 선생은 자신의 기준에 입각한 명쾌한 답을 내주었다.

"그럼 살아. 여자는 자고로 예쁘고 봐야 해. 성질? 그건 내가 맞춰 주면 되는 거니까 별 문제 없지만 2세를 생각해야 한다고. 예쁜 여자 만나서 잘 뽑는 게 중요해. 날 보라고. 우리 아버지 닮아서 조기 탈모라 이 모양 이 꼴이잖아. 요즘 성형수술비 천문학적이야."

"에이, 그건 아니지. 권 선생이야 그렇지만 여기 우리 송 선생은 어지간히 인물이 되잖아. 그런 걱정을 할 필요가 없다고. 그리고 여자 인물 뜯어먹고 살 거야? 자고로 결혼 상대자로는 알뜰살뜰 살림 잘하고 애들 잘 낳아서 잘 키워 주는 착한 여자가 최고야."

방 선생이 마치 제 속에 들어갔다 나온 사람처럼 동조를 해주자 게슴츠레한 눈을 한 지훈이 꼬이기 시작한 혀로 역성을 들었다.

"그죠?"

"그럼. 그리고 성질 못된 건 절대 못 고쳐. 차라리 썩어빠진 정치인들 개념을 뜯어고치는 게 빠를걸?"

"예, 예. 지당하신 말씀이십니다. 나쁜 성격 절대 못 고칩니다."

지훈은 연거푸 고개를 끄덕이고 맥없는 손목을 엑스자로

저어가며 방 선생의 고견에 적극적으로 동의했다. 그런데 그때 이론으로는 연애학 박사인 권 선생이 넌지시 걱정스러운 부분을 건드렸다.

"그런데 송 선생이 그리 마다해도 여자가 같이 살자고 늘어지고 또 송 선생은 딱 못 잡아떼고 괴로워한단 말이지. 혹시…… 꼬투리 잡힌 거 있어?"

그럴듯한 이야기에 고기 한 점을 막 입으로 가려가려던 방 선생이 지훈을 쳐다보았다. 지훈은 과감하게 고개를 저었다.

"아니요, 없습니다. 전혀, 결코, 결단코!"

"거 참, 격할세. 아님 말고."

너무나 격렬한 지훈의 부인에 뜨악한 권 선생은 말을 늘여빼며 노릇노릇 구워진 고기 한 점을 상추에 얹고 방 선생은 먹음직스러운 쌈을 쩍 벌린 입 안으로 밀어 넣었다. 그리고 지훈은 밑바닥을 보이고 있는 가벼운 소주병을 들어 잔을 채운 다음 또 한입에 톡 털어 넣었다.

'내가 먼저 시작하지 않았어. 그리고 관계를 가진 남자가 나 하나뿐이겠어? 아이? 그 사고가 아니었더라면 무책임하게 임신과 중절을 반복했을 거야. 차라리 잘 됐지. 그러니까 난 책임 없어. 그래.'

술기운을 빌려 족쇄와 같은 책임을 벗어던지고 나니 줄곧 깊은 골을 패고 있던 이마와 미간이 평평해지고 웅크렸던 어깨도 반듯해졌다. 그리고 소주병을 든 손도 번쩍 올라갔다.

4화 · 눈물아 멈춰 줘

"여기 소주 한 병 더!"

팔짱을 단단히 낀 마리는 겉포장을 뜯은 즉석 미역국을 뚫어져라 노려보았다. 라면보다 더 간단히 끓일 수 있는 미역국을 이렇게 노려보고 있는 이유는 다름 아닌 불쌍한 중생 송지훈 때문이었다.

직접 끓인 미역국에 비할 바는 아니지만 지훈이 된장찌개나 김치찌개라고 명명하는 야릇한 것들에 비하면 환상적인 맛이었다. 그래서 갈등에 빠진 것이다. 순순히 끓여 주자니 빌붙어 살려고 아양을 떠는 것 같고 한 수저 떠먹어 본 된장찌개 맛을 떠올리니 자선을 베푸는 셈 치고 끓여 주는 것이 나을 것 같았다. 지훈은 다 버렸다고 믿고 있을 자존심이 아직 남아 있는 마리에게 두 가지 중 하나를 고르는 일은 이렇게 어려웠다.

"끓여, 말어? 으으!"

입 안에 맴도는 밍밍하고 느끼한 송지훈표 된장찌개의 여운이 기나긴 갈등을 종식시켰다. 부르르 몸을 떨고 난 마리는 귀 한쪽이 떨어져나간 조악한 냄비에 물을 받았다. 그리고 가스레인지에 올린 다음 불을 켜고 미역국 봉지를 뜯으며 벽시계를 쳐다보았다. 아홉시가 훌쩍 넘어가고 있었다. 날마다 늦어지고 있는 귀가다.

"그래 봤자 너만 손해거든? 빌어먹을! 내가 지금 무슨 짓을 하고 있는 거야?"

 화르르 부아가 치민 마리는 들고 있던 미역국 봉투를 내려놓고 가스 불을 확 꺼버렸다. 그리고 그 때 바깥에서 대문 열리는 소리가 났다. 지훈을 위해 미역국을 끓일 뻔했던 마리가 소스라치며 얼른 증거물들을 치우는 사이 드르륵 문이 열리고 지훈이 들어섰다. 언제나처럼 한마디 말도 없이 쓰윽 제 방으로 들어갔고 마리 역시 입 벙긋을 하지 않았다.

 잠시 후, 간단한 옷으로 갈아입은 지훈이 나왔다. 살짝 비틀거리며 부엌 옆에 딸린 욕실로 향하는 그에게서 매캐한 연기 냄새와 음식 냄새, 그리고 술 냄새가 뒤섞여 풍겨 났다. 어정쩡하게 서 있던 것이 머쓱했던 마리가 그 냄새들을 화제로 삼았다.

"술 마셨니?"

"신경 꺼."

"신경 끄게 하려면 냄새를 풍기지 말든지!"

 언제나 똑같은 대답이니 서운해 할 것도 없는데 미역국 사건 때문에 안 그래도 신경이 날카로웠던 마리는 빽 소리를 지르고 말았다. 꽤나 마셨는지 한쪽 벽을 짚은 채 양말을 벗는 지훈이 냄새를 피하는 법을 가르쳐 주었다.

"냄새 맡기 싫으면 들어가."

"일하는 중이거든? 그러니까 너나 얼른 그쪽으로 들어가셔."

"빌어먹겠군."

"뭐야!"

마리의 뻑사리에 맞춰 지훈이 욕실로 달려 들어갔다. 그리고 곧이어 빌어먹겠다의 정의를 확실히 알려주었다.

"우욱! 욱!"

치사량 소주 반병을 무시하고 두 병이나 해치운 여파로 좌변기에 얼굴을 묻은 것이다. 마리의 얼굴이 절로 찌푸려졌다.

"으윽! 아주 별의 별 방법으로 괴롭히지. 더러운 놈!"

"우욱! 우웩!"

"아주 똥물까지 다 게워내라, 내!"

"우우욱!"

마리의 악다구니에도 불구하고 생각만 해도 속이 뒤집어지는 고약한 것들을 쏟아내는 소리는 점점 높아졌다. 그러더니 어느 순간 토사광란의 소리가 잠잠해졌다.

"뭐야, 죽은 거야?"

마리는 깨금발로 욕실로 다가가 귀를 찰싹 댔다. 아무런 소리도 들리지 않았다. 문을 톡톡 두드렸다.

"야, 야!"

답이 없었다. 와락 겁이 난 마리는 문을 툭툭 쳤다.

"야, 송지훈. 죽었니? 죽었어?"

그제야 손 하나 까닥일 힘이 없어 널브러져 있던 지훈이 기척을 해왔다.

"저리…… 가."

굳이 눈으로 보지 않아도 초주검이 된 상태임을 짐작한 마리가 문을 확 열어젖혔다. 아니나 다를까, 변기에 머리를 반쯤 묻은 지훈이 숨을 헉헉대고 있었다. 오아시스에 있을 때도 널린 게 술이었지만 단 한 모금도 입에 대는 꼴을 못 봤다. 그리고 그 이유가 고단한 삶을 알코올에 의지하던 어머니에 대한 경계라는 것을 잘 알고 있다. 그런 탓에 술에 대한 면역력이 전무한 주제에 저 때문에 벌컥벌컥 들이켰다가 이 난리를 치는가 싶자 절로 미운 소리가 터져 나왔다.

"아주 쇼를 해라. 쇼를."

"나가. 안 나가! 우욱!"

고래고래 고함을 지르던 지훈의 얼굴이 다시 좌변기로 처박혔다. 롤러코스터를 타는 것처럼 창자가 오르락내리락거리고 탈수기로 짜는 것처럼 뒤틀렸다. 시큼한 위액을 토해낸 명치끝이 얻어맞은 것처럼 먹먹해 정신을 차릴 수가 없었다. 치사량을 넘긴 대가가 이토록 혹독할지 알았더라면 절대 마시지 않았을 것이라는 뒤늦은 후회를 하는데 등이 쿵쿵 울렸다. 마리였다. 지훈은 새를 쫓는 것처럼 팔을 휘저었다.

"비켜!"

그러자 귀를 울리게 하는 신경질적인 고함이 터져 나왔다.

"제 몸 하나도 못 가누는 게 어디서 큰소리야? 누가 좋아서 이러는 줄 알아? 네 웩웩거리는 소리 때문에 저녁 먹은 게

다 올라오잖아!"

"제발…… 좀 가. 제발 좀!"

"시끄러!"

마리는 해파리처럼 흐느적거리면서도 저를 못 잡아먹어 안달이 난 지훈에게 꽥 소리 한 번 질러주고 그의 뒤치다꺼리를 도맡았다. 오물이 가득 찬 변기 물을 내리고 양치 컵에 물을 받아 건넸다.

"헹궈."

다른 때라면 당장에 컵을 내쳤을 테지만 천장이 빙빙 돌고 몸이 땅으로 가라앉는 것만 같은 지금은 시원한 물이 너무나 고팠다. 지훈은 마리의 어깨에 의지해 양치물을 받아 입 안을 헹구고 마셨다. 양치 컵을 세면대에 올려놓은 마리는 이번엔 물수건을 만들었다. 그리고 희멀건 한 지훈의 얼굴을 닦았다.

"윽, 냄새 하고는. 술도 못 마시는 게 겁대가리 상실하고 소주를 퍼마셔? 급성 알코올 중독으로 골로 가고 싶어 환장을 했지?"

"시……끄러……."

"저는 이러면서 애들한테는 술 마시지 말라고 잘도 연설할 테지. 아, 일어나! 여기서 잘 거야?"

마리는 지훈의 어깨 밑으로 손을 넣어 비틀거리는 그를 일으켜 세웠다. 그렇게 욕실을 나와 지훈이 항시 열쇠로 꽁꽁 잠그고 다니던 그의 방문을 열었다. 어수선한 제 방과는 달리가구며 책들이 모두 제식훈련을 받고 있었다. 그래도 술기운에 벗어던진 옷가지들이 조금이나마 사람이 사는 냄새를 풍겼다.

벽 쪽으로 붙어 있는 싱글 침대까지 끙끙대며 지훈을 끌고 가 패대기를 치려 했다. 그렇지만 몸을 전혀 가누지 못하는 남자를 이기는 것은 생각했던 것처럼 쉬운 일이 아니었다.

"어, 어! 앗!"

졸지에 지훈의 몸 밑에 깔려 버린 마리가 그의 어깨를 쳐 댔다.

"비켜, 좀! 에잇!"

젖 먹던 힘을 다 써 그를 떠밀고 나왔다. 그리고는 깔아뭉갠 적이 없다는 듯 모로 눕는 지훈에게 와락 욕을 퍼부어 주려다 축 늘어진 꼴을 보니 입만 아플 것 같아 입을 다물었다. 대신 안 봐도 빠개질 것 같은 골이나 더 빠갤 요량으로 발을 쿵쿵 울리며 부엌으로 나갔다. 효과는 즉시 나타났다. 죽은 듯이 누워 있던 지훈이 양손으로 머리를 감싸 쥐며 꿈틀거렸다.

"시……끄……러."

그러거나 말거나 전혀 개의치 않는 마리는 빈약한 찬장을 뒤적거렸다. 반쯤 남은 간장, 그리고 그가 죽고 못 사는 조미료 봉지, 식용유 한 병, 소금, 설탕, 고춧가루가 전부였다.

"조미료만 퍼먹고 사는 인간한테서 꿀을 찾는 내가 나쁜 년이지. 맹물보다 나으면 감지덕지, 설탕이나 꿀이나 별달라? 다 단 건데."

마리는 설탕 봉지를 끌어내 큰 유리컵에 듬뿍 넣고 생수를 콸콸 쏟아 부었다. 그리고 휑한 냉동실을 뒤져 얼음을 추가한 다음 휙휙 저었다. 얼음물에 설탕이 잘 녹을 리가 없었다. 한참을 저어 설탕물을 손가락으로 찍어 먹어 보았다.

"으으으!"

골이 다 띵해지는 단맛에 오만상을 찌푸리며 진저리까지 쳤다. 그리고는 얼른 그것을 들고 지훈의 방으로 향했다.

"일어나 봐."

"싫……어. 가……."

"누가 선생 아니랄까봐 주둥이만 살아가지고. 안 일어나? 일어나 좀!"

마리는 억지로 지훈을 반쯤 일으켜 세웠다. 그리고 시큼한 냄새가 풀풀 풍겨 나는 입술에 설탕물이 든 컵을 물려 주었다.

"마셔."

사막을 걷는 것처럼 끔찍한 갈증을 느꼈던 지훈은 시답잖은 반항을 멈추고 달콤하고 시원한 물을 고분고분 받아 마셨다. 어느 정도 갈증을 해소하자 입을 뗀 그가 다시 털썩 침대로 몸을 누였다. 제 할 일은 다 했다 싶은 마리는 컵을 들고 일어났다. 그런데 지훈의 발에 반쯤 걸린 젖은 양말이 눈길을 잡아끌었다.

"가지가지 해요."

미운 소리를 한 번 지껄여 주고 나서 슬그머니 지훈의 발치로 다가갔다. 그리고 축축한 검은 양말을 쑥 잡아 뺐다. 그때 지훈이 그녀를 불렀다.

"마리, 박……마리."

"왜?"

"더러워…… 구역……질…… 나……."

마리의 짙은 속눈썹이 파드득거렸다. 잠꼬대 같은 한심한 술주정일 뿐이니 비수에 찔린 것 같은 통증은 느끼지 않았어야 한다. 그런데 어이없게도 가슴이 아팠다. 저리는 정도가 아니라 난도질을 당한 것처럼 금방이라도 피를 토할 것만 같았다.

"구역질 나? 그런 너는? 그런 너는 깨끗하니? 지랄!"

부들부들 떨면서 적나라한 욕설을 내뱉은 마리는 한 손에 들고 있던 양말짝을 의식을 잃고 널브러진 지훈의 얼굴에 패대기를 치고는 쌩하니 방을 나가버렸다. 문이 쿵 하는 비명을 내질렀지만 자애로운 망각의 늪에 빠진 지훈은 꿈쩍도 하지 않았다.

"아줌마, 여기 닭발 하나 추가요!"

"야, 정은이 고 계집애가 나한테 이럴 수 있냐? 기다리겠다고 눈물 찍 콧물 찍 할 때는 언제고 백일 휴가 맞춰서 고무신 거꾸로 신어?"

"어디 우리 아들 술 한 잔 받아보자. 자!"

각양각색의 사람들이 각기 다른 이유로 술잔을 기울이고 있는 포장마차 한쪽 구석을 차지하고 앉은 마리는 벌써 소주 한 병 반을 비우고 있었다. 세 병은 거뜬한 주량에 비하면 턱없이 부족한 양이건만 지훈에 대한 분노와 증오가 알딸딸한 기를 선사해 벌써 눈앞에 아지랑이가 피어올랐다.

혼자 된 지 십일 년. 막막하고 서글픈 일이 왜 없었을까? 그렇지만 오늘처럼 자신의 신세가 처량하게 느껴진 적은 없었다. 사랑에 배신당했을 때도, 무대 위로 달려든 취객에게 봉변을 당했을 때도 정육점 앞에서 전단지를 돌릴 때도 이렇듯 참담하지는 않았다.

'너 송지훈이잖아. 오아시스에서 온갖 허드렛일을 도맡아 하던 그 송지훈 말이야. 아가씨들 생리대 심부름에 속옷 수거까지 돈이 되는 일이라면 마다하지 않고 하던! 그런데 그런 네가 감히 날 경멸해? 네가!'

주체할 수 없는 분노는 이미 축축했던 눈초리에 투명한 이슬을 매달았다. 이슬은 금세 몸집을 불려 또르라니 뺨을 타고 내렸고 마리는 차디찬 손등으로 눈가를 신경질적으로 문질렀다. 그리고 눈물로 얼룩진 손을 뻗어 소주병을 찾았다. 지훈의 경멸 어린 눈을 떠올리니 잔에 따를 여유도 없어져 버려 소주병을 그대로 입으로 가져갔다.

벌컥벌컥, 성마른 목 넘김 소리와 함께 술이 타고 들어가는 식도에서부터 발끝까지 단숨에 불이 붙었다. 그렇게 자학하듯 소주 반병을 깨끗이 들이켜고 빈 병을 내려놓던 마리의 어깨가 움찔거렸다. 볼썽사나운 꼴로 술을 들이켜는 자신을 찡그린 눈으로 지켜보고 있던 아들과 동석 중인 한 남자와 눈이 마주친 것이다. 곧장 눈을 돌려버렸지만 찰나와 같은 순간에도 사람들의 눈에 제가 어떻게 비치고 있는지 전해주기에는 충분했다.

〈댄서나 접대부 둘 중 하나겠지? 러시안가?〉

오싹 소름이 끼쳤다. 뻣뻣해진 목을 돌려 주위를 둘러보았다. 몇 쌍의 눈들과 더 마주쳤다. 사뭇 다른 외모에 대한 단순한 호기심 때문에 혹은 무심코 마주친 것일 수도 있지만 경각심이 발동해 버린 마리에게는 온통 저를 비웃고 있는 것처럼만 느껴졌다. 지훈의 경멸 어린 목소리가 귓가를 때렸다.

[더러워…… 구역……질…… 나…….]

마리는 떨리는 손으로 아무렇게나 묶어 흐트러진 머리를 정돈하고 추한 눈물자국을 지워 나갔다. 그리고 얼른 자리에서 일어나 온통 저에게만 쏟아지는 것 같은 무시무시한 시선들을 뚫고 매캐한 가스를 뿜어내는 연탄불에서 석쇠를 뒤집고 있는 주인에게 걸어갔다.

"얼마예요?"

"꼼장어하고 닭발하고 소주 두 병 드셨지? 14000원이네."
"여기요."
"자, 여기. 또 와요."

거스름돈으로 받은 천 원짜리 한 장을 코트 주머니에 아무렇게나 구겨 넣으며 뭔가에 쫓기는 사람처럼 황급히 포장마차의 포장을 들추고 밖으로 나섰다. 숨도 쉬지 않고 빠른 걸음으로 그곳을 벗어났다. 동네 어귀에 있는 놀이터를 지날 때쯤에야 턱까지 다다른 숨이 입술을 비집고 터져 나왔다.

"하악, 학!"

부족한 공기 때문에 바싹 졸아든 가슴을 부여잡고 솜사탕 같은 하얀 입김을 연달아 내뱉었다. 단지 숨이 찰 뿐이었다. 다시 열심히 공기를 들이마시고 내뱉어 주면 될 일이었다. 결코 눈물을 흘릴 일이 아니었다. 그런데 왈칵 후끈해진 눈에서 후두둑 굵은 눈물방울이 떨어져 버렸다.

"흑! 끄윽. 끅, 흐흑!"

꺼이꺼이 울음이 터져 나왔다. 눈물도 참지 못할 텐데 울음이라니. 마리는 진저리를 쳤다.

"왜 이래, 너. 왜 이러냐고 정말! 끄윽!"

발을 구르며 목이 찢어져라 짜증을 부렸지만 울음은 쉽사리 멈추지 않았다. 다급해진 마리는 양손으로 입을 틀어막았다.

"으읍!"

하지만 가슴과 어깨는 더욱 격렬히 떨렸고 울음은 더욱 거세졌다. 도저히 삼키지 못할 울음의 정체는 바로 지훈이 최악으로 치부한 저의 본연을 들여다본 후유증이었다. 아니라고 아무리 고개를 젓고 부인해도 이미 제 일부가 되어 버린 추악함을 떨쳐낼 수가 없었다.

그리고 어느 누구에게도 나락으로 추락해 버린 것에 대한 책임을 전가시킬 수가 없었다. 보는 사람들로 하여금 대번에 천박함을 연상시키는 삶을 선택하고 살아 온 것은 어느 누구의 강요도 아닌 바로 자신의 선택이었으니까. 내 탓이 아니라고, 천애고아에 혼혈인으로 살아남기 위해서는 어쩔 수 없었다고 발뺌하고 싶었다.

그렇지만 저보다 별다를 것이 없는 근본을 가진 지훈이 그것은 일말의 가치도 없는 핑계일 뿐이라는 것을 증명하고 있으니 그마저도 여의치 않았다. 그런 그녀가 할 수 있는 유일한 몸부림은 온몸을 터트리고 말 것 같은 오열을 틀어막는 것 밖에 없었다.

"멈춰 줘. 제발…… 제발 좀 멈춰 줘. 응? 으흐흑!"

진즉부터 입을 내리누르고 있던 양손을 더욱 거세게 압박했지만 기어이 울음은 입 밖으로 터져 나와 버렸고 더 이상 버틸 힘이 없는 마리를 털썩 주저앉혀 버렸다.

"엄마…… 엄……마……."

어린아이처럼 작아져 버린 마리는 상처 입은 짐승처럼 웅크린 채 애증의 대상인 엄마를 부르짖으며 오열했다. 부서져 버릴 것 같은 저를 스스로 감싸 안은 가련한 그녀는 그 자리에서 섬이 되었다. 아주 오랫동안.

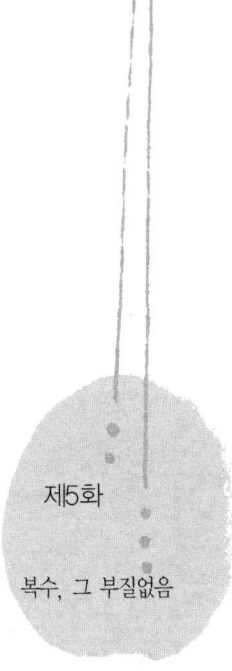

제5화

복수, 그 부질없음

"으으!"

오 분 전쯤부터 가랑이 사이에 이불을 낀 채 이리 뒤척 저리 뒤척거리던 지훈이 기어이 신음을 뱉어냈다. 머릿속은 딱따구리가 수십 마리는 사는 것 같고 락스를 열두 병쯤 들이부은 것 같은 속은 활활 타오르고 있으니 그 정도 신음은 약과였다. 다시 한 번 몸을 뒤척였다.

"끄응!"

꼭 감은 눈꺼풀 사이로 스며든 아침 햇살에 이마며 눈을 찌푸렸다. 그리고는 한쪽 눈을 억지로 밀어 올렸다. 그러다 자리에서 벌떡 일어나 손등으로 눈을 쓱쓱 문지르고 침대 옆에 놓아 둔 자명종을 들여다보았다. 8시가 훌쩍 지나고 있었다.

"아아! 미치겠네."

지각이 빤히 내다보이자 지훈은 들고 있던 시계를 침대로 내던지고 자리에서 벌떡 일어났다. 여전히 머리는 지끈거리고 속은 울렁거렸지만 지체하고 있을 시간이 없었다.

부랴부랴 문을 박차고 나오다 흠칫 멈춰 섰다. 가스레인지 앞에 서 있던 마리가 힐끔 한 번 쳐다보더니 관심 밖이라는 듯 보글보글 끓는 소리를 내는 냄비 속으로 국자를 집어넣었다. 그리고 그녀가 간을 보는 사이 엉망진창인 모습을 들킨 것보다 지각이 더 걱정스러운 지훈은 재빨리 욕실로 향했다. 얼굴에 물을 묻히는 둥 마는 둥 술 냄새가 진동을 하는 이를 닦을 시간도 없어 입만 겨우 헹구고 나오는데 식탁에 국 대접을 내려놓던 마리가 말을 걸어왔다.

"미역국이야."

순간 회가 동하듯 입 안에 군침이 자르르 돌았다. 생수만 들이켜도 살 것 같은데 뜨끈한 국이라니. 그러나 국의 원래 주인이 마리라는 것이 문제가 되었다. 쓰린 속을 부여잡고 언제나와 마찬가지로 무시로 일관하려 했다. 그런데 한 발짝 떼자마자 짜증스러운 마리의 목소리가 뒷덜미를 잡아끌었다.

"일요일이거든?"

그리고는 제 몫의 국을 떠서 자리에 앉았다. 그제야 지훈은 어젯밤 술자리 핑계 중 하나였던 오늘이 일요일임을 깨달았다. 지독히도 어색했다. 그냥 가자니 미역국이 유혹하고 앉자니 아무짝에도 쓸데없는 자존심이 허락지 않으니 오도 가도 못하고 우뚝 서 있을 수밖에 없었다. 그 때 국 한 수저를 가득 떠 삼킨 마리가 진저리가 난다는 듯 톡 쏘아붙였다.

"독 안 넣었거든?"

앙칼진 마리의 공격은 얼음땡에 걸린 지훈을 풀어냈다. 살짝 어색한 기를 보인 지훈이 식탁 의자를 빼내 엉덩이를 걸쳤다. 그리고 비록이라는 말이 어울리지 않는 즉석 미역국을 한 수저 떠먹었다. 절로 탄성이 터져 나오려 했다. 혀가 델 정도로 뜨겁고 조미료 맛이 강했지만 숙취에 시달리는 지훈에게는 천상의 맛이었다.

심정 같아서는 훌훌 들이켜고 싶었으나 꾹 참고 한 수저, 한 수저 묵묵히 떠넘겼다. 맞은편에 앉은 마리는 머리꼭지만 보여주었다. 국 한 대접을 깨끗이 비울 무렵 마리의 고개가 들렸다.

"할 말 있어."

"해."

딱히 마리가 아니더라도 누군가와 함께 하는 아침이 어색하고 불편한 지훈은 무뚝뚝한 대답을 내놓았다. 그러자 마리는 몇 번이나 연습한 말을 건넸다.

"일자리 구해지는 즉시 나갈 테니까 그렇게 알아."

내내 바랐으나 기대도 하지 못했던 뜬금없는 선언에 지훈은 못 믿겠다는 듯 미간에 주름을 잡았다.

"왜, 이런 말 있지? 절 보기 싫으면 중이 떠난다고. 나도 그래. 지푸라기라도 잡고 싶었던 때에는 받아만 주면 살 수 있을 거라고 생각했는데 막상 살아보니까 이렇게 개무시당하고는 못 살겠다. 또 덕분에 징글징글한 사채도 떨었고 변변찮은 소지품들도 찾았으니 책임지라고 억지 부리는 것도 더 이상 못해 먹겠고. 그래서 나가려고."

마리의 말 한 마디 한 마디가 지훈의 양심을 쿡쿡 찔러댔다. 불편함을 호소하는 양심이 입을 열게 만들었다.

"방은 내가 얻어 줄게."

"아니, 싫어."

마리는 지훈의 배려를 단호히 거부했다.

"사채에 시달리고 집주인한테 시달릴 때라면 넙죽 받아들이겠지만 덕분에 모두 해결했으니까 더 이상 신세지고 싶지 않아. 갑자기 착해져서가 아니라 눈도 못 뜰 정도로 취해서도 박마리 싫다고 부르짖는 너한테 더 이상 손 벌린다면 비참해서 자살할지도 몰라. 지금은 비록 이 모양 이 꼴이지만 나 박마리야. 얼음공주."

미역국으로 겨우 달래놓은 지훈의 입맛이 소태를 씹은 것처럼 써졌다. 술주정을 한 모양인데 전혀 기억이 나질 않았다. 염치라고는 모르는 마리가 스스로 나가겠다고 할 정도면 보통 술주정은 아닌 것 같은데 도대체 무슨 짓을 한 걸까?

"박마리, 혹시 내가 너……."

"뭐?"

"그러니까 때리……."

"때렸냐고?"

지훈은 응, 이라는 말도 고개를 까닥이지도 못했다. 그런 그에게 마리는 고개를 가로저어 보였다.

"아니, 때리지도 않았고 덮치지도 않았어. 고명하신 선생님께서 그럴 리가 있겠니? 다만 가슴에 멍은 좀 들였어. 한 전치 15주쯤?"

미안하다는 말이 목구멍까지 치밀었지만 내뱉는 법을 알지 못하는 지훈은 마른침만 삼켰다. 마리가 의자를 밀고 일어서서 반도 채 비우지 않은 국그릇과 밥그릇을 집어 들었다. 그리고 물었다.

"커피 마실 건데 한 잔 할래?"

"어? 어."

마리는 얼떨결에 대답을 내놓는 지훈에게 상그레 웃어 보였다.

"다른 건 몰라도 커피 하나는 잘 타. 봉지 커피. 물 끓일 동안 양치라도 해."

"어……."

지훈은 말 잘 듣는 아이처럼 욕실로 다시 들어갔고 마리는 빈 그릇들을 개수대에 넣고 싸구려 편수 냄비에 커피 물을 올렸다. 그리고 봉지 커피 두 개를 뜯어 투박한 머그컵에 부었다. 금세 열을 흡수한 냄비는 테두리를 빙 둘러 기포를 만들며 바글거리는 소리를 냈다. 바글거리는 소리가 점점 거세졌지만 마리는 컵에 물을 붓지 않았다. 다만 빈 봉지를 정지화면처럼 들고 있을 뿐이었다.

'송지훈, 너 이 세상에서 가장 무서운 게 뭔 줄 아니? 그건 바로 사람의 정이야. 더럽고 유치하고 잔인한 이 삼라만상 같은 세상의 축소판이지. 정의 시작은 익숙해지는 거란다. 앞으로 넌 내게 익숙해질 거야. 아침을 먹고 커피를 마시고 길을 걷다가도 내 생각을 떠올리겠지. 그렇지만 길게 가지는 않을 거야. 네가 내게 익숙해질 때쯤 난 널 버릴 테니까. 알지? 버려진다는 게 얼마나 끔찍한 건지?'

어젯밤, 남아 있는지도 몰랐던 눈물을 다 쏟아내 버리고 남은 앙금이 바로 비틀린 복수였다. 말로는 전치 15주라고 했지만 실상은 그 몇 배의 시간이 흘러도 완치되지 못할 깊은 상처를 입어 버렸다. 그래서 도저히 혼자서는 감당할 수 없는 실패해 버린 제 인생에 대한 책임을 지훈에게 전가시켜 버리고자 마음먹었다. 지훈만 아니었더라면 한 번도 의식하지 못했던 자신의 일그러진 모습을 들여다볼 리는 없었을 테니 죄명은 충분했다.

그렇게 생각하고 나자 먹먹했던 가슴이 단숨에 화해진 마리는 꿈에서 깨어난 인형처럼 눈을 깜박였다. 그리고 가스 불을 끈 다음 용암처럼 끓고 있는 물을 커피 잔에 따랐다. 향긋하고 매혹적인 커피 향이 퍼져 나갔다.

마리는 신문을 보고 찾아간 에이전시에 들어서자마자 곧장 일거리가 있다며 촬영장으로 끌려왔다. 그리고 결정권자인 사진작가의 날카롭고 느끼한 눈빛을 온몸으로 받아내고 있었다.
어딘지 모르게 저렴한 분위기가 물씬 풍겨 나는 차림새는 촌스러움이 극에 달았다. 청바지를 조각조각 잘라 이어 붙인 것 같은 베레모, 무려 베레모에 여자나 입을 법한 화려한 기하학적인 무늬가 들어간 청바지. 그중에서도 압권은 툭 튀어 나온 똥배가 여실히 드러나는 쫄티였다. 그것도 양쪽 유두가 볼록 튀어 나온. 그런 사람에게 머리부터 발끝까지 낱낱이 선뵈고 있는 것은 참으로 곤욕이었다. 리마리오처럼 엄지는 뺨에, 검지는 턱 선에 대고 족히 십 분을 그렇게 탐색하던 그가 손을 내리고 면접을 시작했다.

"몇 살이야?"

대뜸 반말이었다. 그러나 목마른 놈이 우물 판다고 땡전 한 푼이 아쉬운 마리는 고분고분 네 살을 줄여 답했다.

"스물다섯 살인데요."

"거짓말하지 말고."

"스물일곱요."

"진즉 그럴 것이지. 경력은?"

"홈쇼핑 속옷 해 봤어요. 세 번."

거짓말에 거짓말이 보태졌다. 하지만 양심에 가책을 느끼지는 않았다. 어차피 연예계 나이라는 건 고무줄 나이고 또 그깟 포즈 잡는 것이 뭐 그리 대수겠는가? 중요한 건 하루에 이십만 원이라는 파격적인 일당이었다. 비록 폼 안 나는 내복 광고 사진 촬영이지만. 돈은 욕심나면서도 비록이라는 부사를 덧붙인 마리의 머릿속을 읽어내기라도 한 듯 사진작가는 손을 내저었다.

"우린 그거하고는 차원이 달라. 그거야 한 번 방송되면 끝이지만 우리는 우리나라는 물론이고 12개국으로 수출하는 제품의 얼굴을 작업하는 거거든?"

"예."

"렌즈 꼈어?"

"아닌데요. 염색도 안 했구요. 앗!"

불쑥 얼굴을 들이민 사진작가가 대뜸 머리카락을 잡았다. 그러더니.

"완전 오리지날 브론든데? 전혀 파주틱 하지 않아. 판타스틱하게 뉴요커야."

순간 마리는 깔깔한 소리가 나도록 머리카락을 비벼대고 있는 사진작가의 손목을 비틀어 버리고 싶은 욕구를 느꼈다. 파주에 파 자도 들먹이지 않았는데 대뜸 파주를 들먹거리는 저의에 무시의 냄새가 물씬 묻어났다. 돈이고 뭐고 당장 면상에다 대고 정말 파주틱 한 것이 뭔지 보여주고 싶었다.

'따귀도 한 대 얹어서. 아니, 양쪽으로다가……'

그러나 다음 말이 까닥했으면 불상사를 일으키고 말 것 같았던 분노를 잠재워 주었다.

"오케이, 찍자. 뭐 해?"

"예?"

"이봐. 얘, 데려다 메이크업 하고 의상 갈아입혀. 야, 조감독 그만 퍼자고 일어나서 사진 찍을 차비해."

"이쪽으로 오세요."

파주틱에 분노하다가 깜짝 때를 놓친 마리는 마저 분노하지도 못하고 메이크업 담당자의 손에 이끌려 갑자기 번잡스러워진 스튜디오 한쪽으로 끌려갔다.

수업이 끝나기 2분 전. 지훈은 교과서를 덮고 교실을 빼곡히 채운 아이들을 한 번 쑥 훑어보았다. 그리고 교과서와 출석부를 함께 추스르며 빡빡한 일과에 시들어가고 있는 제자들에게 곧 수업이 끝날 것임을 암시했다.

"질문 있는 사람."

마의 5교시 덕분인지 질문이고 뭐고 얼른 나가주길 바라는 눈치들이었다. 못내 서운한 지훈이 한마디 했다.

"그래도 우리 때까지는 선생님 붙잡고 첫사랑 이야기 해주라고 졸랐는데 너희들은 시쳇말로 쪽팔리니까 안 하지?"

"쿠쿡!"

시답잖은 농담에 시든 꽃 같던 아이들이 하나 둘씩 생기를 되찾았다. 지훈은 짐짓 콧잔등을 찌푸려 보였다.

"거기다 명색이 총각 선생님인데 거들떠도 안 보지. 고얀 녀석들."

"뺑이 오빠들 두고 왜 쌤을 좋아해요? 영양가 없게."

"난 원더 누나들! 하하하!"

"후후!"

때르릉!

아이들의 웃음소리에 맞춰 수업의 끝을 알리는 차임벨이 울렸다. 지훈은 출석부와 교과서를 옆구리에 끼었다.

"수고했다."

"수고하셨습니다!"

"그래."

교실 문을 열고 나서자 복도는 10분간의 휴식시간을 만끽하려는 아이들로 꽉 차들어 있었다. 화장실로 쌩하니 달려가기도 하고 거친 녀석들은 친구의 목을 양팔로 껴안고 K—1 흉내를 내느라 바빴다. 또 여학생들은 일명 얼짱 각도를 취한 채 휴대폰 카메라를 눌러댔다. 그 소란스러움을 헤쳐 가는데 권 선생이 뒤늦게야 교실을 나섰다. 눈이 딱 마주쳐 버린 통에 지훈은 먼저 알은체를 했다.

"늦으셨습니다."

"고일영 알지?"

대뜸 교내 최고의 수재의 이름을 들먹인 권 선생이 손으로 이마를 쓱 닦더니 손바닥을 보여주었다.

"이 진땀 좀 봐라. 아주 내가 그 녀석 반만 들어가려면 청심환 생각이 간절하다니까?"

어려운 문제를 뽑아 와서 선생님들을 바싹 긴장시키는 것이 취미인 최고 수재에게 딱 걸린 모양이었다.

"아니, 내가 꼭 문제를 못 풀어서가 아니라 이놈의 시키가 우리 학원 쌤이 쌤은 금방 아실 거라고 하셔서요, 이러잖아. 차라리 이거 못 풀죠? 우리 학원 쌤은 눈 감고도 풀던데. 이리 말하면 이렇게 얄밉지는 않지. 젠장."

지훈 역시 고일영의 대시를 받아 본 경험이 있는지라 말을 거들었다.

"좀 괴팍해요. 애가 애답지 않고."

"괴팍은 무슨. 싸가지가 없는 거지. 우리 때는 선생님이 최고였는데 어떻게 된 세상이 학원 쌤이 최고고 우리는 개밥에 도토리도 이런 도토리가 없어. 그나저나 잘 해결됐어?"

"무슨?"

"왜 있잖아, 스토커."

"아."

잊고 있었던 못난 꼴이 떠오르자 귓불이 살짝 물들었다.

"요새 괜찮아 보이는 걸 보면 잘 해결됐나 보지?"

"그럭저럭요."

오늘이 수요일이니까 마리가 맘을 돌려먹은 지 딱 사흘 되는 날이다. 딱히 대화를 하는 건 아니지만 일상적이고 의례적인 질문에 응, 아니 정도 대답은 한다. 그리고 오늘은 모델 에이전시에 인터뷰를 보러 간 것도 알고 있으니 일요일 아침 이전을 생각하면 장족의 관계 발전이다. 말 그대로 정말 그럭저럭이다. 하지만 권 선생은 젖 달라는 아이처럼 보챘다.

"무슨 대답이 그래? 남녀사이에 그럭저럭이 뭐냐? 더군다나 스토컨데."

"뗐어요."

"어떻게?"

"신용불량자라고 했더니 그 뒤로 안 찾아오던데요."

지훈의 애드리브에 권 선생이 감탄을 터트렸다.

"와우! 누나 둘 있다는 말보다 강력한데? 신선해. 아씨, 이건 아니지. 지남철을 옆구리에 꿰차야 하는 형편에……."

그래도 함께 술잔을 기울였다고 토요일 밤 이전보다는 훨씬 나아졌지만 여전히 수다는 부담스러운 지훈은 발뺌용 핑계를 내놓았다.

"저, 화장실이 급해서."

"어? 어. 나도 가려던 참이야."

"예."

할 수 없이 권 선생과 나란히 걷게 된 지훈은 이맛살을 살짝 구겼다.

'이미 지남철이면서.'

점심도 먹지 못하고 강행군을 한 촬영은 7시가 넘어서야 끝이 났다. 내복의 종류가 그렇게 다양한 줄 처음 알았고 또 쉽게만 보이던 모델 일이 완전 노가다라는 것도 처음 알았다.

"아, 에, 이, 오, 우."

하루 종일 웃느라 경련이 일어날 것만 같은 얼굴 근육을 늘려주면서도 마리의 얼굴에는 흐뭇함이 떠나지 않았다. 코트 주머니 속에 든 두툼한 봉투와 명함 덕이었다. 보기에는 참 아니다 싶었지만 사진작가는 의외로 깔끔한 매너를 보여주었다. 수고했다면서 택시비 2만 원을 얹어주었다. 그리고 에이 전시에는 말하지 않아도 된다는 귀띔까지 해주었다.

노래 말고는 할 수 있는 일이 없을 줄 알았는데 이렇게 무사히 일을 마치고 나니 세상으로 뛰어드는 것에 자신이 생겼다. 그래서 피곤함을 호소하는 팔다리는 싹 무시하고 열심히 집으로 향했다. 모퉁이를 돌자 저만치 늦은 저녁거리를 사는 사람 두어 명이 서 있는 알뜰슈퍼가 보였다.

입에서 곰팡내 날 것 같은 궁함이 사라진지라 행여나 슈퍼 주인의 광범위한 레이더망에 걸릴까 반대편으로 바싹 붙어 걸었다. 코트 깃도 세우고 눈도 땅으로 고정시켰다. 그러나

자타공인 인간 레이더인 슈퍼 주인을 피해가기란 역부족이었다.

"여기 거스름돈 300원이요. 잘 가요. 어머나, 이게 누구야. Hi!"

굳이 이름을 부르지 않고서도 Hi, 이 한 마디로 마리를 딱 잡아 버렸다. 제 발 저린 도둑처럼 우뚝 서 버린 마리가 나지막이 욕설을 내뱉었다.

"지랄."

그리고는 돌리기 싫은 고개를 억지로 돌리고 까닥해 보였다. 그러자 슈퍼 주인이 마리를 위해 새로운 상품을 들여놨음을 전해 왔다.

"사골 우거지국에 북엇국, 아! 미트볼도 들여놨어."

주야장천 먹어댄 즉석 미역국도 물리고 카레도 물리는지라 북엇국이 군침을 절로 자극했다. 마리는 방향을 슈퍼 쪽으로 틀었다. 또각또각 구두 소리를 울리며 다가서자 슈퍼 주인은 자신이 얼마나 고객에게 충실한지 자화자찬을 늘어놓았다.

"미역국 질릴 것 같아서 이것 저것 들여 봤어. 사골은 그러니까 카우 알지? 그거 뼈 국물에 시래기 그러니까 배추 말린 거야. 그걸 넣고 푹 끓인 거고 북엇국은……."

"말린 명태."

"어머나! 아네? 난 또 모르는 줄 알고. 호호호!"

땅기는 종아리로 온 신경이 쏠린 마리는 슈퍼 주인의 말을 싹둑 잘랐고 무안해진 슈퍼 주인은 너털웃음을 터트렸다.

"두 개씩 주세요."

"그래."

"얼마예요?"

"1800원에 2000원이니까 3800원."

마리가 지갑에서 돈을 꺼내는 사이 날렵하게 주문한 국거리들을 들고 나타난 슈퍼 주인은 또 쓸데없는 말참견을 했다.

"생긴 건 아빠 닮고 입은 엄마 닮았나 봐. 국 되게 좋아하네."

"여기요."

"인스턴트 물리지 않아?"

"음식 못해요."

"그래서 준비했지. 짜잔!"

슈퍼 주인은 달라는 거스름 돈 대신 어묵 한 봉지를 내보였다.

"겨울에는 뭐니 뭐니 해도 이 오뎅국이 최고야."

"끓여야 하는 거잖아요. 무랑 다시마도 넣고."

"아니야, 여기 안에 보면 이 스프 보이지? 이것만 넣고 끓이면 짱이야."

슈퍼 주인이 엄지까지 치켜 올려 보였지만 달걀 프라이와 라면 외에는 재주가 없는 마리는 선뜻 엄두를 내지 못했다.

"정말 스프만 넣으면 돼요?"

"그럼. 라면보다 더 쉬워. 이 뒤에 물 양이랑 다 나와 있으니까 그대로만 하면 돼."

"주세요."

"그래, 그래. 내가 꼭 오뎅 한 봉지 팔아먹으려고 그러는 게 아니라 즉석 식품보다는 이게 훨씬 더 나아. 자. 어? 삼촌 오네? 삼촌!"

손바닥에 동전을 올려놓은 마리가 고개를 옆으로 틀자 지훈이 보였다. 곤란함이 역력한 얼굴이었다. 마리의 콧잔등에 주름이 올라섰다.

'나도 불편하거든? 저만 불편한 척 유세야. 지랄.'

온 동네 일이란 일은 다 간섭해야 직성이 풀리는 슈퍼 주인이 두 사람간의 어색한 기류를 깨트렸다.

"어서 와. 조카도 막 왔어. 퇴근이 늦었네?"

"예."

마리는 어묵 봉지를 들어 보였다.

"어묵 샀어. 국 끓이려고."

"어, 그래."

삼류 연극배우 같은 지훈의 어색한 대답에 슈퍼 주인이 손사래를 치며 마리를 나무랐다.

"어이구, 삼촌한테 말 놓음 안 되지."

마리의 턱이 들렸다.

"아메리카 스타일이에요. 그럼."

"갑니다."

"어, 어. 그래, 잘 가."

달랑달랑 봉지를 흔들며 앞장선 마리의 뒤를 지훈이 총총히 뒤따르자 그 모습을 본 슈퍼 주인이 입술을 뾰로통하게 내밀었다.

"삼촌이나 조카나 똑같이 퉁명스럽기는. 칫!"

"물에 빠져 죽으면 입만 둥둥 뜰 거야, 슈퍼 아줌마."

손목에 건 검정 봉지를 달랑거리며 앞서가던 마리의 말에 지훈이 대꾸했다.

"나쁜 분은 아니야."

"나쁘다고 하지 않았어."

반론을 제기하기는 했지만 톡 쏘아붙이는 기미는 느껴지지 않자 지훈은 마리의 뒤 꼭지에 대고 말 그대로 동거하는 것뿐인 동거인으로서의 도리를 시작했다.

"일은 잘 됐니?"

"광고 찍었어. 내복. 12개국인가로 수출한다는데 그건 뻥인 것 같지만 상관없어. 돈 받았으니까."

어딘가 모르게 쓸쓸함이 묻어나는 말이었다. 도리를 다 했으니 이제 입을 다물어도 될 텐데 너무 많이 우려 버린 녹차 같은 쓸쓸함이 예외를 만들었다.

"무슨 일 있었니?"

"아니, 나쁘지 않았어. 27살에 홈쇼핑 광고 경험까지 있다고 구라 쳤는데 무사히 넘어갔고 또 20만 원이나 받았거든. 그런데 대번에 파주 출신이라는 거 알아보고 반말 찍찍 갈긴 것쯤 대수라니? 그리고 나중엔 아주 매너 있게 굴었으니까 꽤 괜찮았어."

지훈은 굳이 마리가 조잘대지 않아도 단일민족이라 부르짖는 대한민국에서 혼혈로서 사는 것이 얼마나 고달픈 것인지 익히 잘 알고 있었다. 마담 오드리의 그늘에서 나고 자란 덕에 자연스레 마리와 유년 시절을 함께 보냈다. 아이들은 불행히도 오롯이 아버지만 닮아 버린 마리를 두고 튀기라고도 하고 짬뽕이라고도 놀렸다. 같은 혼혈아조차도 그녀를 손가락질했다. 얼음공주라는 별명에 걸맞게 예쁘고 도도한 마리를 용납지 못한 아이들의 치기 어린 시기였다.

그런 유치한 아이들의 놀림에 마리는 철저한 무시로 대응했다. 어느 누구와도 어울리지 않으려 했고 간혹 다가서는 아이들은 싸늘한 눈초리로 멀리 쫓아버렸다. 공부벌레라는 별명을 붙인 채 오로지 공부에만 열중하기 위해 외톨이를 자처했던 자신보다 훨씬 지독했던 마리를 떠올린 지훈이 충고 한마디를 건넸다.

"다시 염색하는 건 어때."

마리가 빙그르 돌아섰다.

"고짤에, 무경력에, 29살이나 먹은 검정 머리에 검정 눈의 노처녀가 할 수 있는 게 있다고 생각해?"

"노래 부르잖아."

"술이 꼭지까지 오른 취객들과 남편과 부인 몰래 원 나이트 스탠드의 대상과 엉켜 붙어 돌아가는 사람들 앞에서 부르는 노래?"

"부르고 싶어 부른 노래가 아니라는 거 알아. 지금도 늦지 않아. 다시 시작하면……."

"송지훈."

지훈은 학생을 호출하는 사감 선생의 목소리로 자신의 말을 끊은 마리를 쳐다보았다. 마리는 그런 그를 안쓰럽다는 듯 바라보다 엉뚱한 소리를 꺼냈다.

"리트머스 종이 알지?"

그러더니 양쪽 입 꼬리를 모양 좋게 끌어 올려 보였다.

"흡수하는 물질의 성질에 따라 색이 변하는 리트머스 종이 말이야. 한번 물들면 다시는 원래 색으로 돌아갈 수 없지? 그것처럼 이제 난 더 이상 마리아 칼라스를 꿈꾸지 않아. 이미 색이 변해 버렸거든. 알잖아?"

"그런 뜻으로 한 소리가 아니야."

"알아. 단지 내겐 전혀 도움이 안 되고 네 입만 아플 거라는 걸 일러두고 싶어서 한 말이니까 그냥 그렇게만 들어 둬."

말을 마친 마리가 다시 걷기 시작했다. 지훈도 따라 걸었다. 거리가 한 발짝 정도로 좁혀지자 마리가 동거인으로서의 의무를 위해 고개를 슬쩍 뒤로 돌리고 물었다.

"선생님, 그건 어때?"

"그냥저냥."

"되게 재미없을 것 같아."

"나처럼 재미없는 사람한테는 그럭저럭 잘 맞아."

싱겁기 짝이 없는 답을 내놓는 지훈의 어깨가 어느새 마리의 어깨와 나란해졌다. 그것으로 슬슬 마음의 문을 열기 시작했음을 알리는 증거로 삼고 회심의 미소를 지은 마리는 대화를 이어 나갔다.

"요즘 애들은 때리면 휴대폰으로 찍는다며?"

"그런다는데 아직 그런 일은 없었어."

"혹여 때리지 마. 뭐 하러 때려? 그냥 그렇게 살다 죽게 내버려 둬."

"폭력은 반대지만 방임도 반대야. 그러려면 선생이란 이름 달지 말아야지."

마리는 지훈의 단호한 지론에 입매를 비틀었다.

"꼬장스럽긴. 그나저나 집에 파스 있니? 하루 종일 서서 설쳤더니 팔 다리 허리 어깨 안 아픈 데가 없네."

"남은 거 있을 거야."

"다행이다. 빨리 가야지."

양손을 코트 주머니에 푹 찔러 넣은 마리가 종종걸음을 치자 지훈의 걸음 또한 빨라졌다.

십여 년 넘게 벗해 온 아침에 자고 저녁에 일어나는 올빼미 생활을 하루아침에 뜯어 고치는 것은 지대한 결단심과 인내심을 요구했다. 하지만 지훈에 대한 앙갚음이라는 미명하에 장하게도 7시 5분 전에 치명적인 유혹의 늪인 이부자리에서 빠져나왔다. 그리고 찬물 세수로 정신을 차리자마자 시도한 생애 최초의 요리의 완성을 앞두고 있었다. 보기에는 그럴싸한 국물을 수저로 한 가득 떴다.

"후우, 후!"

입으로 후후 불어 알맞게 식힌 국물을 맛본 마리의 눈이 휘둥그레졌다. 그리고 기가 막힐 때 쓰는 탄성을 터트렸다.

"허!"

바로 이 맛이야! 를 외치고 싶을 만큼 맛이, 너무나 훌륭했던 것이다. 즉석 국이나 조미료 듬뿍인 지훈의 된장찌개에 비할 바가 아니었다. 꿈인가 생신가 싶어 한입 더 떠먹어 볼 요량으로 국에 수저를 가져다 대는데 지훈이 방문을 열고 나타났다. 좀처럼 아침에 보기 힘든 마리가 가스레인지 앞에 서 있는 것이 의아했다.

"잘 시간 아닌가?"

"배가 고파서 깼어."

"어."

"후우, 후!"

국을 식히는 마리를 지나친 지훈은 욕실로 들어가 변기 커버를 들어 올렸다. 그리고 볼일을 볼 준비를 하는데 문을 통해 들려오는 달그락거리는 소리가 무척 신경이 쓰였다. 마리가 움직이는 소리가 들리는 걸 보면 밖에서도 제가 낼 쪼르륵 소리가 들릴 것만 같았다.

지훈은 하던 작업을 잠시 멈추고 샤워기를 있는 대로 틀었다. 장맛비 같은 쏴아 하는 소리가 나고서야 볼일을 보고 양치질을 시작했다. 무심히 거울을 보며 안쪽을 구석구석 닦고 칫솔을 둥그렇게 그리며 앞니를 닦는데 치익 하는 소리가 나더니 곧 기름지고 고소한 냄새가 문틈 사이로 솔솔 들어왔.

'달걀 프라이라도 하나?'

지훈이 메뉴를 가늠해 보는 그 때, 마리의 흥얼거림이 들려왔다.

"음, ㅇㅇㅇ 음! ㅇ, ㅇㅇㅇㅇ 음! ㅇㅇㅇㅇ 음. ㅇㅇ, ㅇㅇㅇ 음!"

작년 겨울쯤에 보았던 영화 주제곡의 한 대목을 허밍으로 부르고 있었다. 밝고 경쾌한 노래 소리로 들어보아 오늘 아침 기분이 무척 좋은 모양이었다. 지훈은 거울 속에 비친 자신을 빤히 쳐다보며 양치질을 계속 했다. 저 외에 다른 인기척을 느끼며 시작하는 아침은 실로 오랜만이었다. 어색하고 낯설었다. 그러나 예상외로 그다지 불쾌하지는 않았다.

양치질을 끝내고 비누거품을 얼굴에 온통 뒤집어쓰고 있을 때 마리의 목소리가 욕실 문을 뚫고 들어왔다.

"밥 먹어!"

순간 지훈은 움찔하며 동작을 멈춰 버렸다. 아주 오랫동안 들어보지 못한 말이라 환청인지 실제인지 구분하기가 어려웠다. 그래서 어정쩡한 폼으로 얼음땡이 되어 있는데 쾌활한 마리의 목소리가 마치 그런 그를 알아보기라도 한 듯 꿈이 아님을 다시 한 번 알려주었다.

"밥 먹자고!"

눈을 끔뻑거리고 나서야 얼떨떨한 기운을 떨쳐버린 지훈은 때늦은 답을 내놓았다.

"어, 어!"

그리고는 매워지기 시작한 눈을 찡그리며 얼른 얼굴에 물을 끼얹었다.

지훈이 출근 준비를 끝내고 방에서 나왔을 때 마리는 이불 속에 몸을 폭 파묻은 채 텔레비전을 보고 있었다. 늘 그릇들이 수북이 쌓여 있던 싱크대는 티끌 한 점 없이 깨끗했다. 그새 설거지까지 마친 모양이었다. 뜨끈하고 시원한 어묵 국에 달걀 프라이까지 오른 거한 아침상에 설거지라니. 18살의 마리도 29살의 마리와도 전혀 어울리지 않았다. 생각이 거기에 미치자 저도 모르게 미간에 주름을 잡는데 마리가 알은체를 해왔다.

"가니? 잘 다녀와."

다분히 계산적인 마리의 배웅에 지훈은 텔레비전 화면에 열중하고 있는 마리에게 시선을 돌렸다.

"저기."

"왜?"

마리는 살짝 고개를 돌리긴 했지만 여전히 화면에서 눈을 떼지 못했다. 지훈은 바지 주머니에 손을 넣으며 그녀에게 다가갔다. 그리고 주머니에서 꺼낸 흰 봉투를 쓱 내밀었다. 마리가 물었다.

"이게 뭐야?"

"써."

"됐어. 있어."

마리는 지훈의 호의를 싹 외면하고 리모컨을 집어 들었고 지훈은 재차 봉투를 그녀에게 들이밀었다.

"아침 값이야."

지훈의 뜻밖의 친절에 마리는 눈살을 찌푸렸다.

"돈 뜯어내려고 나눠 준 거 아니야. 그리고 날마다 할 거도 아니고."

지훈이 마리의 친절에 얼떨떨하고 꺼림칙하듯 마리 역시 지훈의 뜻밖의 선심이 깔끄러웠다. 친절은 익숙함을 낳고 익숙함은 정을 낳는다는 것을 잘 알고 있었기 때문이었다. 그러나 지훈은 기어이 봉투를 텔레비전 위에 놓았다.

"얻어먹기 전에 주려고 준비해 뒀던 거야. 많지는 않아. 여기 둘게."

그리고 현관문을 열고 나섰다. 칼칼한 찬바람이 들어오는가 싶더니 지훈이 몸을 밖으로 내민 순간 사라졌다. 지훈은 문을 닫은 채 추운 날씨 덕에 딱딱해진 구두에 발을 꿰었다. 마리는 그 모습을 곁눈으로 힐끔힐끔 쳐다보며 도르라니 말리려는 혀 때문에 곤욕을 치렀다. 저에게 익숙해지도록 조련하기로 마음먹었으니 출근하는 지훈에게 뭔가 인사라도 해야 할 텐데 봉투 때문에 끼쳐든 어색함으로 인해 도저히 발음이 될 것 같지 않았다. 그래서 갈팡질팡 마른침만 삼키던 마리가 설핏 고개를 돌리다 끔쩍 놀랐다.

"앗!"

금방 닫았던 문을 다시 드르륵 연 지훈의 눈과 마주친 것이다.

"나갈 때만 꺼."

고개를 쑥 들이민 지훈은 불쑥 그 한마디를 건네고는 곧장 문을 닫더니 등을 보이고 대문 쪽으로 걸어갔다. 놀란 가슴에 손을 얹은 마리가 오만상을 찌푸렸다.

"뭐야, 저 녀석?"

하라는 청소는 안 하고 친구 녀석들과 최고의 주가를 올린다는 댄스그룹의 흉내를 내는 말썽꾸러기들이 내는 왁자지껄한 소란이 정겨운 청소시간. 지훈은 깔끔하게 정리된 서랍을 헤집으며 난처한 소리를 뱉어냈다.

"도대체 어디로 간 거야?"

괘씸한 우등생의 콧대를 팍 눌러 놓기 위해 백방으로 수소문 해 구한 문제지를 펼쳐 놓고 머리를 싸매고 있던 권 선생이 일찍이 보지 못한 지훈의 당황스러움에 말참견을 해왔다.

"왜 그래?"

"수업지도계획안이 없어요. 분명 여기다 뒀는데."

"집에 놓고 온 거 아냐?"

"아닌데."

"잘 찾아봐. 퇴근 전에 다 제출하라고 으름장 났잖아. 아씨, 이거 왜 이렇게 안 풀려?"

지훈도 익히 잘 알고 있는 사실을 상기시켜 준 권 선생은 다시 문제지로 코를 박았고 지훈은 서랍과 간이 책장을 차근차근 헤집었다. 하지만 당연히 있어야 할 서류는 보이지 않았다.

'정말 집에 두고 왔나? 아차!'

권 선생의 충고를 되새기다 보니 문뜩 집에 있는 책장에 꽂힌 수업지도계획안이 떠올랐다. 일찌감치 끝내 놓고 다시 한 번 검토해 보겠다고 며칠 전 집에 가져갔던 것이다. 절로 이맛살이 찌푸려졌다. 집까지 갔다 오려면 족히 1시간 10분은 걸리고 퇴근 시간과 맞물리면 그보다 더 걸릴 것이다. 그렇게 되면 꼬장꼬장한 교감 선생님으로부터 30분짜리 주의를 들을 것이 자명했다.

"젠장."

나지막이 내뱉은 지훈의 짜증을 귀신같이 알아차린 권 선생이 또 말을 거들고 나섰다.

"왜, 못 찾았어?"

"집에 두고 온 것 같아요."

"그럼 가져다 달래."

지훈의 속사정을 모르고 무심히 던진 충고였다. 하지만 지옥철에 느려터진 동네버스까지 각오한 지훈의 짜증스러운 뇌리에 번뜩이는 재치를 선사하기에는 충분했다. 제 몸이 쏙 빠져 나오면 퇴근 시간까지는 온기라고는 없는 집이었지만 지금은 말이 다르다. 마리가 있으니 말이다.

"그래야겠습니다."

권 선생에게 답례를 한 지훈이 슬그머니 엉덩이를 들고 자리에서 일어나 화장실로 향했다. 교감 선생님만 아니라면 엄두도 내지 않았겠지만 지금은 받지 말라고 엄포를 놓았던 전화를 받아 주기만을 바랄 뿐이었다.

텔레비전의 파란 불빛이 유일한 어둑어둑한 거실에 새우처럼 웅크린 마리는 한참 단잠에 빠져 있었다. 아무리 독한 마음을 먹었다고는 하지만 올빼미가 참새가 되는 일은 만만치

5화 · 복수, 그 부질없음 155

않았다. 점심을 먹고 배가 불러오자 눈이 자꾸만 감겼다. 도저히 졸음을 견딜 수가 없어 30분만 자자 하고 머리를 베개에 붙인 것이 5시가 훌쩍 넘어가도록 꿈속을 헤매고 있는 중이었다.

"으음!"

줄곧 웅크렸던 몸이 저려와 반대쪽으로 뒤집어 눕는데 어디선가 찌르레기 울음 같은 소리가 설핏 귀를 파고들었다. 그러나 단잠에 푹 빠진 마리의 의식을 끌어내기에는 역부족이었다. 왕자를 기다리는 숲 속의 공주 같은 마리는 콧잔등에 주름을 한 번 잡았다 풀고는 이불을 뒤집어썼다. 아련하게만 들리던 소리가 점점 커졌다.

"우웅!"

잠을 깨우는 소음이 못마땅해 이불을 톡톡 차다가 결국 백기를 들고 폭 뒤집어쓰고 있던 이불을 끄집어 내렸다.

"아씨!"

그때까지 줄기차게 소음을 질러내고 있던 것은 바로 전화였다. 잠에 취한 마리는 절대 손대지 말라고 했던 지훈의 엄중경고도 잊은 채 네 발로 북북 기어가 수화기를 집어 들었다. 그리고 눈도 뜨지 못한 채 막걸리 한 동이를 들이켠 것 같은 텁텁한 목소리를 냈다.

"여보세요."

―잤니?

"누구야."

―나.

"내가 누군…… 흡!"

마땅한 호칭을 생각지 못해 그저 나라고만 대답한 지훈의 목소리를 알아본 마리가 흑 숨을 들이마셨다. 그리고 눈을 쓱쓱 비비고 마른침을 꿀꺽꿀꺽 삼켰다. 이 시간에 잠을 자고 있었다는 것을 들킨 것도, 또 손도 대지 말라고 했던 전화를 받은 것도 모두 황망할 따름이었다.

―듣고 있어?

"어? 어. 미안, 깜빡 졸다가 벨소리에 놀라 생각도 못하고 엉겁결에 받았어. 절대 고의는 아니야."

너무 놀란 탓에 구차하다는 생각도 하지 못하고 주절주절 변명을 늘어놓았다. 그런데 건너오는 소리가 엉뚱했다.

"지금 좀 나올 수 있겠니?"

그 엉뚱한, 아니, 엉뚱을 지나쳐 생뚱맞은 소리에 뭐에 써먹는지 모를 서류 봉투 하나를 들고 집에서 나왔다. 칼바람을 뚫고 마을버스에 지하철에 시달리면서 오는 내내 목구멍을 오르내리는 울컥증을 타도 송지훈 프로젝트의 일환이라는 거창한 핑계로 내리누르면서 말이다.

그렇게 지훈이 지정한 학교에서 한 블록 떨어진 편의점에 도착해서는 창 쪽에 놓인 길고 높은 탁자에 팔꿈치를 기댄 채

카푸치노를 홀짝였다. 버스를 타기 위해 모여 있는 사람들을 물끄러미 쳐다보며 못마땅한 자신에게 투덜거렸다.

"살다 살다 별짓을 다 하는군. 심부름이라니? 박마리, 너 다 죽었구나? 지랄!"

저답지 않은 자신을 신랄하게 꼬집어 준 다음 7분 정도 남은 약속 시간을 흘려보내기 위해 오가는 사람들을 구경했다. 삼삼오오 짝을 지은 학생들이 재잘거리며 지나가고 이른 퇴근길에 나선 직장인들이 버스를 타고 내리는 사이로 아이의 손을 잡은 엄마가 나타났다. 무심히 빨대로 향긋한 커피를 빨아올리던 마리의 시선이 쫄랑쫄랑 재롱을 부리는 아이를 따라갔다.

다섯 살이나 됐을까? 머리부터 발끝까지 엄마의 사랑을 가득 받고 있는 태가 역력했다. 모자 밑으로 삐져나온 깜찍하게 땋은 머리며 마스크와 목도리로 칭칭 가린 얼굴 중에서 유일하게 보이는 동그란 눈이 무척 귀여웠다. 아이를 보고 예쁘다고 생각해 본 적이 없었는데 예쁜 아이에게는 저도 모르게 상그레 미소가 지어졌다.

그런데 순간 꼬마 천사와 눈이 딱 마주쳤다. 고개를 갸웃거렸다. 무료했던 마리도 아이를 따라 고개를 오른쪽으로 꺾었다. 그러자 아이가 갑자기 제 엄마 팔을 잡고 늘어지더니 벙어리장갑을 낀 손으로 마리를 가리키며 싱글싱글 웃었다.

손가락질을 가장 싫어하는 마리의 입가에 머물던 미소가

싹 걷히고 갸웃했던 고개가 반듯해졌다. 그것을 본 아이 엄마는 당황해 마리를 가리키는 아이의 손을 잡아 내렸다. 그러자 아이는 이번에는 잡히지 않은 손을 흔들어 보였다. 아주 반가운 사람을 본 것처럼 말이다.

졸지에 당황한 마리의 푸른 눈이 연방 깜박거렸다. 저와는 다른 생김새를 가진 사람에 대한 아이다운 호기심일 뿐이었을 텐데 그것에 예민하게 군 자신이 너무나 창피했다. 아이 엄마는 연방 손을 흔드는 아이에게 주의를 주었고 금방까지 생글거리던 아이는 이내 손을 내리고 새무룩해졌다. 얼마나 뾰로통하게 입술을 내밀었는지 마스크가 살짝 도톰해질 정도였다.

일순 마리의 가슴이 가닥을 알 수 없게 엉클어진 실타래가 되었다. 가슴에 찌릿찌릿한 전기가 흘렀다. 존재하는지도 모르고 있다 어느 날 갑자기 잃어버린 아이가 정말 어이없게도 그 순간 확 떠오른 것이다. 아들인지 딸이었는지 알 수 없었다. 단지 차트에 유산이라는 단어로 제가 잠시 이 세상에 존재했음을 기록하고 있을 뿐이었다. 지훈을 만나기 전까지는 기억의 저편에 매장시켜 두었다 겨우 떠올린다는 것이 저를 구해 줄 유일한 동아줄인 지훈을 잡기 위해서였다. 그런데 시무룩해지는 아이를 보니 얼굴도 보지 못했던 그 가여운 아이가 떠올랐고 말도 안 되는 추측들이 꼬리에 꼬리를 물고 나왔다.

'아들이었을까, 딸이었을까? 10살, 아니 11살이겠구나. 저 꼬마처럼 내 손을 꼭 잡았을까? 잡아 줬을 텐데…….'

눈 한 번 깜빡일 시간도 아니건만 해일처럼 덮친 오만가지 회한에 시달리던 마리가 스르륵 손을 들어 올렸다. 그리고 순진무구한 친절을 보여준 아이가 그랬던 것처럼 아이에게 손을 흔들어 주었다. 빙그레 웃으며. 그러자 아이의 눈이 반달이 되었고 아이 엄마도 마리의 반응에 마음이 놓였는지 싱긋 웃는 그 때 반대편 모퉁이를 돌아온 지훈이 편의점 안으로 들어섰다. 그리고 곧장 발견한 마리에게 다가서려다 유리창 너머의 꼬마에게 손을 흔들어 주고 있는 것을 보고는 멈칫 멈춰섰다. 조소밖에 지을지 모를 것 같은 마리의 미소는 너무 생경한 그림이었다.

'아마 눈썹이 있는 모나리자를 본다 해도 이렇게 낯설지는 않을 거야. 미소라니. 박마리잖아.'

하지만 마리는 여전히 손을 흔들고 있었다. 모녀가 총총히 자리를 뜨자 그제야 손을 내린 것을 보고서야 지훈은 그녀에게 다가섰다. 그리고 눈 배웅을 하듯 버스에 오르는 모녀를 좇고 있는 마리를 불렀다.

"저기."

"어?"

지훈의 기척에 마리는 화들짝 놀라 잔 진저리를 치고는 몸을 반듯이 일으켜 세웠다. 그리고 지훈이 보면 분명 비웃을 저답지 않은 충동적인 행동을 은폐하기 위해 모녀가 사라진 쪽을 등으로 가리고 돌아섰다.

"어어. 아, 여기."

"어."

"그럼 갈게."

"어."

서류를 받았으니 당연히 건네야 할 고마워, 라는 말이 입 안에서만 뱅뱅 맴도는 지훈은 허둥지둥 귀가를 서두르는 마리의 뒤를 따라 편의점을 나왔다. 그래도 조금 더 변죽이 좋은 마리가 자신을 배웅할 폼으로 서 있는 지훈을 향해 돌아섰다.

"들어가."

"어."

"가."

"어."

주인을 쏙 빼닮은 밍밍한 '어'를 연거푸 4번이나 들어 준 것으로 제 책임은 다 했다 싶어진 마리는 미련 없이 등을 돌렸다. 그리고 고맙다는 간단한 말 한마디 못한 입술을 원망하던 지훈도 돌아서 걸었다.

그의 머릿속에서는 오늘 새로이 발견한 전혀 박마리답지 않은 그녀의 모습들이 파노라마처럼 떠다녔다. 국을 끓이면서 콧노래를 부르고, 주는 돈도 사양하고, 자는 걸 깨웠는데도 두말도 않고 이 추운 날씨에 왕복 한 시간이 훌쩍 넘는 거리의 심부름을 마다하지 않았다. 그리고 무엇보다 처음 본 말간 미소는 그녀에 대한 재고의 여지를 만들어 주었다.

'내가 단면만 본 것은 아닐까? 저 스스로도 변했다고 했잖아. 리트머스처럼.'

생각이 거기에 미치자 동동거리면서 왔을 마리에게 고맙다는 말 한마디 하지 않고 성의라고는 없는 '어'란 덜떨어진 말만 안겨 돌려보낸 것에 대한 죄책감이 물씬 밀려들었다. 지훈의 고개가 슬쩍 돌아갔다. 팬시점 앞에서 코트 주머니에 양손을 푹 넣은 채 모델처럼 걷고 있는 마리를 찾아냈다. 그리고는 좀처럼 입에 붙지 않는 마리의 이름 대신 어정쩡한 명칭을 외쳤다.

"저기!"

당연히 마리는 멈추지 않았다. 다급해진 지훈이 뛰기 시작했다. 마리가 막 지하철역 계단에 섰을 때 지훈은 그녀의 팔꿈치 끝을 붙잡았다.

"앗!"

기겁을 하고 돌아선 마리가 지훈에게 물었다.

"뭐, 뭐야?"

"저기 조금만…… 울……었니?"

지훈을 뒤로하고 돌아선 순간 잠시 옅어졌던 아이 생각이 연무처럼 짙어져 저도 모르게 눈가를 적셨던 모양이었다. 마리는 손가락으로 가늘게 흘러나온 눈물을 황급히 닦아내며 빈약한 변명을 둘러댔다.

"바람이 들어가서 그래. 시려서."

"어."

고개를 까닥인 지훈은 본의 아니게 그녀를 놀라게 한 이유를 설명했다.

"잠깐만 기다려 주면 좋겠는데. 이것만 제출하고 오면 되니까 한 20분쯤, 아니, 15분만 기다려 줘. 밥…… 사줄게."

마리는 무슨 못할 말을 하는 것처럼 어눌하게 저녁 신청을 해오는 지훈을 물끄러미 바라다보았다. 복수를 위한 절호의 기회였다. 그렇지만 말로는 설명할 수 없는 울적함에 휩싸인 지금은 술 말고는 물 한 모금도 넘기지 못할 상태였다. 설레설레 힘없는 고개를 저었다.

"아니야, 됐어."

마리에게서 풍겨 나오는 허전함과 쓸쓸함이 고스란히 지훈에게 전달되었다. 마리가 고개를 저어 거절하는 순간 그래, 그럼, 이라고 할 뻔했던 대꾸가 바뀌었다. 편의점을 가리켰다.

"편의점에 들어가서 잠깐만 기다려. 금방 갔다 올게."

"아니, 집에 갈래."

"기다려."

지훈은 마리의 연이은 거절에도 불구하고 기다리라는 일방적인 약속을 떠넘기고는 뒤돌아 달리기 시작했다. 뜬금없는

5화 · **복수, 그 부질없음** 163

돌발 상황에 적응하지 못한 마리가 그를 외쳐 불렀다.

"저기! 송지훈!"

하지만 지훈은 고개 한 번 돌아다보지 않고 그대로 달려가 모퉁이를 돌아 사라져 버렸다.

스테이크로 이름이 난 패밀리 레스토랑은 좋은 사람들과 맛있는 음식을 먹으며 이야기꽃을 피우고 있는 고객들로 북적거렸다. 20분을 기다려 겨우 자리에 앉은 지훈이 마리에게 메뉴판을 펼쳐 밀었다.

"난 여기 처음이라 잘 몰라. 알아서 골라 봐."

"나도 잘 몰라. 여긴 너무 복잡해."

"그래도 나보다는 낫겠지. 난 스테이크면 돼. 바싹 구워서."

"질길 텐데."

"그래? 피 나오는 거 별로일 것 같은데 할 수 없지. 알아서 줘."

"중간 정도 구우면 괜찮아."

"어."

"스프는?"

"아무거나 줘."

"샐러드랑 사이드 메뉴 골라야 하는데."

"아무거나 잘 먹어."

묻는 족족 앵무새처럼 아무거나를 외치는 지훈에게 마리가 물었다.

"이런 거 별로 안 좋아하는 것 같아."

"좋아하고 말고가 어디 있어. 이런 패밀리 레스토랑은 처음 와 보는 건데."

"설마."

"혼자 오기엔 좀 그렇잖아."

여자친구 혹은 애인이 상당 기간 동안 존재하지 않았음을 눈치 챌 수 있었다. 하지만 더 이상 묻는 것은 예의가 아닐 것 같아 마리는 다시 메뉴판으로 눈을 돌렸다. 그 때 두 사람을 담당한 서버가 도착했다.

"안녕하십니까? 주문 도와드리겠습니다."

"음, 이거 주시는데요. 두 개 다 미디엄으로 주시고 스프는 양송이, 그리고 사이드 메뉴는 고구마 주시고, 음료는 사이다 어때?"

"괜찮아."

"음료는 사이다 주세요. 물 먼저 주시구요."

"준비해 드리겠습니다."

서버가 물러나자 지훈은 솔직한 속내를 드러냈다.

"무슨 별나라 말 하는 거 같네."

"나오는 거 보면 실상 별거 없어."

"그런데 왜 여자들은 좋아하는 걸까? 나오는 것도 별로 없는데."

"비싸니까."

"으흠!"

지훈이 무슨 대단한 문제를 푼 것처럼 고개를 크게 까닥이자 자린고비에 스크루지와 맞먹는 그의 소비 패턴을 잘 아는 마리가 아직 일어설 시간이 남아 있음을 알렸다.

"나갈까?"

"마음에 안 들어?"

"가격 알면 고깃덩이가 목에 걸릴까봐, 너."

"다 먹을 때까지 안 가르쳐 주면 되잖아."

"먹고 나서 오는 급체도 있어."

"소화력 좋아."

영양가라고는 하나 없는 대화였지만 다시 만난 이후로 최고로 길고 대화다운 대화를 나누고 있는 두 사람에게 서버가 주문한 물과 빵을 가져왔다.

"고마워요."

"맛있게 드세요."

서버가 물러나자 지훈이 빵에 꽂힌 칼을 보고 한마디 했다.

"비싼 밥치고는 꽤 무식한데?"

"좀 그렇긴 하지만 맛은 있어."

"내가 자를게."

칼을 잡은 지훈이 따뜻한 빵을 숭덩숭덩 썰었고 마리는 먹는 법을 가르쳐 주었다.

"이거에 찍어 먹음 맛있어."

"어."

마리의 시범대로 허니 버터에 빵을 찍어 먹은 지훈의 고개가 아래위로 움직였다.

"괜찮네."

"리필되고 가져갈 때 원하는 개수대로 싸주니까 싸달라고 해."

"그런 거 질색이야. 공짜로 달라는 거."

지훈은 마치 '네가?' 라는 표정으로 자신을 바라보고 있는 마리에게 들려 줄 사람도 들어 줄 사람도 없어 입 밖으로 내밀어 본 적이 없는 옛날이야기를 꺼냈다.

"지국에 있는 동안 뭐든 얻어 쓰고 주워 써야 했거든."

"지국?"

"신문 지국. 새벽에는 신문 돌리고 저녁에는 학교 다니는 그런 게 있어. 나 같은 고아도 몇 명 있고 또 형편이 어려워서 온 애들 한 열댓 명이 모여서 살았는데 옷이고 신이고 책이고 돈 주고 사본 적이 없어. 쓸 만한 돈도 없었고. 마침 구역이 고급 아파트라 재활용품에서 잘 고르면 그럴 듯한 신발이며 옷가지를 구할 수 있었으니까. 하지만 그거 정말 싫더라. 내가 번 돈으로는 엄두도 내지 못할 좋은 물건들인데 딱 보면 사람들이 재활용품 더미를 뒤적여 주워 입은 거 알아볼 것 같고 내 거라고 뺏어갈 것 같고……."

탱자 가시 같은 것이 심장을 쿡 찌르는 것 같았다. 밑바닥 삶이라고 저주하던 파주에서보다 훨씬 못한 삶을 살게 한 장본인이 바로 저였기 때문이다. 말도 안 되는 죄명을 뒤집어씌우고 강탈해간 그 통장만 있었더라도 그런 고생은 하지 않았을 거라는 생각에 미치자 염치도 없는 짜증이 밀려들었다. 그래서 지훈의 말허리를 댕강 잘라버렸다.

"그렇게 말해도 그 돈 지금은 못 갚아."

"갚으라고 한 소리 아니야. 다만 그런 일들 때문에 내 손으로 버는 한은 누군가에게 공짜로 달라는 거 하기 싫다는 그런 말일 뿐이야."

한결같이 무시하던 기색도, 그리고 성마름도 느껴지지 않는 차분한 대꾸가 익숙지 않은 마리는 11년 전 대책 없던 시절을 끄집어냈다.

"난 잘 먹고 잘 살았어. 네 돈 가져다 방 얻고 나랑 비슷비슷한 형편없는 애들이랑 어울려 다니면서 술 마시고 폭주 뛰고 쌈질하고."

착실과 성실의 표본인 지훈과 너무 다른 길을 걸어온 것에 골이 나 아주 잠깐이었을 뿐인 방황기를 한껏 부풀려 지껄여댔다. 찌푸린 이마와 미간, 그리고 먹을 생각도 않고 자꾸 뭉쳐대는 빵조각으로 지훈은 그녀가 얼음공주였을 때처럼 소리 없는 자해를 하고 있음을 알아차렸다. 그래서 이야기의 소재를 바꿨다.

"물리 가르쳐."

"딱이네. 고리타분하고 재미없어."

"거기다 애들한테 인기도 없어. 총각선생임에도 불구하고."

"애들한테가 아니라 애들한테조차도겠지."

"맞아."

마리는 말주변이라고는 없는 지훈의 필사적인 노력으로 울적하고 갑갑했던 마음을 조금 누그러뜨릴 수 있었다. 시선은 대각선 방향에 있는 커플들에게 옮겨 놓고 이미 밀가루 반죽처럼 변해 버린 빵을 조몰락거리며 다시는 돌아가고 싶지 않은 시절의 한 자락을 펼쳤다.

"처음부터 밤무대 섰던 건 아니야. 스무 살쯤에는 재즈 클럽에 있었어. 술을 팔긴 하지만 취하기 위해서 마시는 손님들이 아니라 일하기에는 좋았어. 보수도 괜찮았고."

"계속 있지 그랬어."

"인생이 마음대로 되니? 기획사 실장이라는 사람이 스카우트하겠다고 해서 미련도 없이 박차고 나왔는데 사기꾼이었어. 일 년 넘게 밤무대만 돌리고 돈도 안 주고 자꾸 집적거리기나 하고. 그래서 그만두겠다고 했는데 위약금 물라더라. 내가 받은 계약금은 백만 원이었는데 나쁜 새끼가 천만 원 내래. 말이 돼?"

지금 생각해도 열이 치솟는 일을 떠올리자 마리는 저도 모르게 그만 지훈에게 동조를 요청하고 말았다. 그리고 어느샌가 그녀의 이야기에 몰두하고 있던 지훈은 당연하다는 듯 맞장구를 쳤다.

"진짜 나쁜 새끼네."

"너무 화가 나서 아는 애한테 손 좀 봐주라고 했다가 일이 커졌고 위약금에 합의금까지 몽땅 뒤집어쓴 후로 인생 꼬라지가 줄곧 이따위가 되더라."

"운이 없었구나."

"운은 무슨. 운을 탓한다면 내가 정말 주제도 모르고 분수도 모르고 염치도 없는 년이지. 이제야 깨달았지만 오늘날의 내 이 꼬락서니는 너무 마구잡이로 산 결과일 뿐이야. 수틀리면 당장 때려 엎고, 손에 백 원짜리 하나 남지 않을 때까지 흥청망청 써대고, 선불 당겨다 쓰고 약속도 안 지키고, 거기다 나이도 먹었지. 그러니 누가 날 써주겠니? 다 내가 자처한 자업자득일 뿐이지. 칫!"

'아, 내가 지금 무슨 짓을 하고 있는 거야?

마리는 지훈에게 현혹돼 그만 부끄러운 과거를 자백해버리고 만 것이 못마땅해 동그랗게 뭉쳐 놓은 빵 조각을 신경질적으로 내던졌다. 그리고 부끄러움으로 타들어가는 뺨과 속을 달래기 위해 얼음물을 들이켰다. 그사이 스프와 샐러드가 도착했다. 마땅한 위로의 말을 찾지 못해 전전긍긍하던 지훈이 얼른 샐러드 접시를 받아들었다.

"고맙습니다."

그리고는 싱싱한 양상추와 노릇노릇 튀겨진 닭 가슴살에 허니 머스터드소스를 끼얹은 샐러드를 마리 앞으로 밀었다.

"먹어."

"너도 먹어."

"어."

서로 권했으니 당연히 샐러드를 먹기 위해 포크를 들었어야 했다. 그러나 두 사람은 약속이라도 한 듯 스프를 떠먹기 위해 수저를 들었다. 겹겹이 쌓아 둔 벽을 조금 허물기는 했지만 한 접시에 든 음식을 나눠 먹기에는 아직 깔끄러운 기가 남아 있었다.

마리는 묵묵히 스프만 떠먹고 있는 지훈을 슬쩍 훔쳐보았다. 훈훈한 공기 탓인지 늘 휘감고 다니던 냉랭한 기운은 전혀 느껴지지 않았다. 저만 보면 구겨대던 이마와 미간도 반듯했고 비웃음만 내걸던 입술도 수더분했다. 마리의 왼쪽 얼굴이 찌푸려졌다.

'박마리, 착각하지 마. 송지훈이야. 별것도 없으면서 날 전염병 환자 취급하고 꽁꽁 얼어붙을 것 같은 날씨에도 보일러도 못 켜게 한 쫌생이 구두쇠라고!'

감정의 난기류 때문에 설핏 잊고 있었던 복수심을 활활 되살린 마리가 입술을 벙긋 열었다.

"저기."

그런데 울려 퍼진 목소리가 두 개였다. 어려운 숙제와도 같은 말을 입 안에서 곱씹고만 있던 지훈도 그녀를 불쑥 불러 버린 것이다. 먼저 맞는 매가 덜 아프다지만 아직은 용기가 나지 않는 지훈이 순서를 양보했다.

"너 먼저 해."

"아니, 괜찮아. 해."

"저기, 박마리……."

마리의 양보를 받아들이고도 무슨 어려운 말인지 뜸을 들이던 지훈이 목 넘김 소리가 날 만큼 크게 침을 삼켰다. 그리고는,

"고마워."

결코 익숙하지도, 기대하지도, 바라지도 않았던 그 한 마디가 마리의 뒤통수를 가격했다. 입에 맞지 않는 향신료를 입 안 가득 털어 넣은 것처럼 기분 나쁜 울렁거림이 일었다. 그러나 그것이 끝이 아니었다. 지훈이 더듬더듬 고맙다에 대한 정의를 내리기 시작한 것이다.

"아침도 그렇고, 또 서류 가져다 준 거, 두루두루."

"어……."

고맙게도 어느새 지훈에게 전염되어 버린 밍밍함의 대명사가 툭 튀어 나와 주었다. 모기만 한 소리가 행여 들리지 않았을까 싶어 고개를 주억거리려는데 말간 얼굴의 지훈이 스스럼없이 목을 졸라왔다.

"그리고…… 잘 지내보자."

마리의 미간이 격하게 좁아들었다. 가슴은 콘센트와 접촉한 것처럼 저릿하고 이유 없는 울음이 창자를 타고 오르내렸다. 이래서는 안 되는 일이었다. 송지훈은 끝까지 송지훈다워야 하고 박마리는 끝까지 박마리다워야 했다. 그런데 송지훈이 변질되고 있었다. 그리고 저 박마리도. 푹 젖어 버린 스펀지처럼 연이은 충격을 흡수하지 못한 마리는 눈만 끔벅거렸다. 그 때 구세주가 나타났다.

"주문하신 스테이크 나왔습니다."

"감사합니다."

"맛있게 드세요."

"예. 먹자."

"어."

지훈의 권유에 마리는 포크와 나이프를 집어 들었다. 먹음직스러운 스테이크를 가르자 발간 속살이 드러났다. 문득 씀벅거리고 있는 제 심장의 살점 같다는 생뚱맞은 생각을 떠올린 순간 뭔가가 목을 꽉 메어왔다. 연방 침을 삼켜 내리누르려 했지만 그러면 그럴수록 용수철처럼 더욱 거세게 튀어 올랐다. 그리고 종국에는 수문처럼 굳게 닫혀 있어야 할 입술을 열고 탈출해 버렸다.

"고마워."

"쿡! 크쿡!"

뜬금없는 마리의 말에 지훈은 그렇지 않아도 내키지 않던 스테이크 조각에 사례가 들려 버렸다. 그가 황급히 물을 찾아 들이켜는 사이 마리는 태엽 인형처럼 쉬지 않고 저를 괴롭히는 엉망진창인 감정들을 마구 토해냈다.

"고마워. 고맙다고 해줘서 고맙고 잘 지내자고 해줘서 고마워."

용암처럼 솟구치는 울컥거림을 와르르 쏟아낸 마리의 뺨에 빗물 같은 눈물줄기가 주르륵 흘러내렸다. 황망하기만 한 지훈이 눈을 크게 뜨고 나른한 목소리로 놀라움을 호소했다.

"박마리……."

하지만 그의 놀라움 따위는 상관없다는 듯 마리는 더욱더 충격적인 말들을 숨차게 나열했다.

"이거 정말 엿 같은데 나한테, 나한테 말이야. 송지훈, 고맙다고 한 사람 네가 처음이야. 그래서 미치겠어. 왜 하필이면 송지훈이냔 말이야. 왜 내 밑바닥까지 다 들여다본 너냐구! 왜에!"

마리의 절규에 레스토랑 안의 모든 시선이 일순 두 사람에게 쏠렸다. 당황한 지훈이 그녀를 달래려 입을 열었다.

"박마리, 진정해."

"흐흐흑! 흑!"

"물 좀 마시고……."

지훈은 사람들의 시선은 아랑곳하지 않고 감정의 딜레마에 빠져 버린 마리에게 물 컵을 건네고 티슈를 건넸다. 좋게 그 것을 받아드나 싶던 마리가 저희들에게 꽂힌 무수한 눈동자를 눈치 채고는 꽥 소리를 질렀다.

"뭘 봐요! 얘랑 나 아무 사이도 아니고 얘가 나 울린 것도 아니거든? 그러니까 관심들 끄고 먹던 거나 계속 먹어들!"

마리의 앙칼진 악다구니에 기가 질린 사람들이 말 잘 듣는 순한 양처럼 자신들의 접시에 코를 박았다. 다소 창피하긴 했지만 창끝 같던 시선들을 단숨에 정리한 것에 만족한 지훈은 티슈로 얼굴을 감싼 채 어깨를 부들부들 떨고 있는 마리에게 다시 물 컵을 건넸다.

"물 좀 마셔. 딸꾹질하겠다."

"좀 놔둬."

"그러지 말고 이것 좀 떼 봐."

지훈은 가면처럼 둘러쓰고 있는 티슈를 떼내려 손을 뻗었지만 마리는 어깨를 흔들어 거부했다. 그리고 진실을 고백했다.

"쪽팔려."

"어?"

"쪽팔린다고."

사람들을 향해 바락바락 성을 내던 기개가 신기루처럼 사라져 버린 모양이었다. 지훈은 대뜸 대책안을 제시했다.

"그럼 나가자."

하지만 마리는 대책안을 거부했다.

"싫어. 비싸잖아."

"쪽팔린다며."

"1분만 기다려 줘. 수습할게."

"정말 괜찮겠어?"

"응."

마리의 고집에 지훈은 반쯤 들었던 엉덩이를 다시 의자에 붙였다. 그리고 갑자기 깔깔해진 목을 위해 물을 서너 모금 마셨을 때 마리가 티슈를 얼굴에서 떼냈다. 아이섀도와 마스카라가 구정물처럼 번져 있었고 코끝은 발갰다. 티슈에 물을 조금 묻히더니 눈을 쓱쓱 문지르고 다시 마른 티슈로 닦아 대충 판다 신세를 면하자마자 포크와 나이프를 들었다. 아무 일도 없었다는 듯 부드러운 육질을 자랑하는 스테이크를 썰면서 소란을 부린 것에 대해 사과했다.

"미안해."

"괜찮아."

"그러니까 더 미안하다."

"원래 아웃사이더잖아. 일 없어. 음, 예상외로 괜찮은데?"

흔연스레 맛까지 음미하는 지훈의 배려에 마리는 모른 척했지만 덕분에 따끔거릴 정도로 의식하고 있던 시선들을 외면할 수 있었다. 잘 구워진 스테이크 한 점을 입 안에 넣고 지훈이 그랬던 것처럼 평을 내놓았다.

"맛있다."

그리고 빙그레 웃었다. 그로써 지훈은 편의점에서 얼핏 보았던 그녀의 미소가 신기루가 아니었음을 확인할 수 있었다. 지훈의 눈초리에 가는 주름 몇 개가 설핏 떠올랐다 사라졌다.

제6화
나도 조금은 괜찮지 않니?

"**염**색하고 렌즈 끼면 잘 못 알아봐요. 예? 아, 예. 잘 좀 부탁드립니다. 예."

수화기를 내려놓은 마리는 어깨를 털썩 떨어뜨렸다. 소 뒷걸음질 치다 쥐 잡는다더니, 엉겁결에 하게 된 모델 일이 딱 그 짝이었다. 첫날 괜찮은 일자리를 건졌기에 희망이 뭉게구름처럼 피어올랐는데 일주일이 지나도록 전화 한 통이 없었다. 그래서 혹시나 하고 전화를 해 봤더니 외국인 모델을 원하는 곳은 적고 일자리를 찾는 모델들은 차고 넘쳐 좀 기다려야 할 거라고 했다. 마음이 급해 까만 머리에 까만 눈동자로 변신하겠다고 매달려 봤지만 돌아온 반응은 시원치 않았다.

"운이 좋으면 박마리가 아니지. 그나저나 더럭더럭 장담했는데 어떡해. 이래 가지고는 방은커녕 코딱지도 못 얻겠다. 휴우!"

지훈이 일을 하지 않는다고 눈치를 주는 것은 아니었다. 그러나 자격지심에 괜스레 눈치가 보여 하루하루 보내는 것이 곤욕이었다.

"전의 송지훈이 훨씬 나았어. 이건 가시방석도 이런 가시방석이 없잖아. 안 되겠어. 생활정보지라도 뒤적여 봐야지."

자리에서 벌떡 일어나는데 쉬는 날인데도 방 안에 콕 틀어박혀 있던 지훈이 문을 열고 나왔다.

"어디 가니?"

"슈퍼."

마리는 일이 없어 허덕이는 꼴을 보이고 싶지 않아 스웨터에 팔을 꿰며 얼렁뚱땅 핑계를 덧붙였다.

"점심때잖아. 라면이라도 먹을까 하고. 먹을래?"

"먹을 거면 같이 먹지. 잠깐, 돈 줄게."

"있어. 물이나 얹어 놔."

"어."

"아씨! 추워."

현관문을 열자마자 달려든 쌀쌀한 바람에게 짜증을 부린 마리가 또각또각 구두 소리를 울리며 사라지자 지훈은 마리의 방문을 쳐다보았다. 누군가와, 그것도 여자, 더군다나 정

6화 · 나도 조금은 괜찮지 않니? 179

반대의 성격을 가진 마리와의 동거는 결코 안락하지 않다. 화장실에서 볼일을 볼 때도 불편하고 제 딴에는 치운다고 치우지만 영역표시라도 하듯 집 안 곳곳에서 발견되는 길고 노란 머리카락도 눈에 거슬린다. 또 저녁 늦게까지 텔레비전을 보고 아침 늦게까지 일어나지 못하는 것은 이해할 수가 없다.

'그런데 그런 생각은 왜 했는데?'

본의 아니게 마리의 통화를 듣게 되었다. 정확하지는 않지만 일거리가 없는 모양이었다. 땅이 꺼져라 내쉬는 한숨에 하마터면 문을 열고 나와 좀 더 머물러도 된다고 말할 뻔했다. 어차피 비어 있는 방이니까, 라는 옵션과 결코 저를 위해서는 아니지만 휑한 집에 불을 밝혀 주고 온기를 지펴 주고 있으니까, 라는 핑계를 대고 말이다.

하지만 오랫동안 고수해온 습성을 하루아침에 바꿀 수는 없는 일. 한밤중에 얼핏얼핏 들려오는 텔레비전 소리를 떠올리고 나니 절로 고개가 가로저어졌다.

"무리야."

그렇게 결론을 내린 지훈은 식탁으로 가 물을 마시고 아직다 풀지 못한 문제지가 펼쳐져 있는 방으로 돌아가려다가 슬쩍 마리의 방문을 쳐다보았다. 그리고는 현관을 한 번 쳐다보고 슬금슬금 그쪽으로 움직였다. 동그란 문손잡이를 돌리자 복잡 미묘한 향기가 훅 달려들었다. 그리고 난장판이라 불러도 손색이 없을 정도로 엉망인 방이 한눈에 들어왔다.

옷을 담아 놓은 박스와 슈트케이스에 아무렇게나 내던져진 옷가지와 쫙 펼쳐진 채 내용물을 선보이고 있는 화장품 케이스는 양반이었다. 탈탈 털어 먹은 스낵 봉지에 짝 잃은 양말 한 짝, 그리고 기어 나온 모양 그대로 굴을 파고 있는 이부자리와 옆으로 누워 있는 빈 머그잔까지. 절로 한숨이 터져 나왔다.

"거봐, 내가 무리라고 했잖아."

지훈은 다시 한 번 고개를 설레설레 저으며 더 보고 있으면 깨끗하게 차곡차곡 정리를 해주고 말 것 같은 마리의 방문을 꼭 닫았다.

"러시아 것들은 왜 몰려와서 내 밥줄을 끊어 놓는 거야? 지랄!"

에이전시에서 이유로 든 애먼 러시아 모델들에게 더럭더럭 욕을 퍼부으며 슈퍼에 도착한 마리는 꼭 제 인생처럼 뻑뻑한 문을 옆으로 밀었다. 난로 앞에 앉아 큼직한 손거울을 들고 있던 슈퍼 주인이 반갑게 맞아주었다.

"어서 와."

"라면, 매운 거 어디 있어요?"

"저기 음료수 냉장고 앞에. 그런데 매운 거 속 쓰리지 않겠어? 덜 매운 것도 많으니까 한번 봐봐."

마리는 백화점 직원보다 훨씬 친절한 슈퍼 주인의 호의를 들은 척도 않고 라면들이 수북이 쌓여 있는 곳으로 가 고추가 그려진 라면 두 봉과 짜장 라면 두 봉지를 집어 들었다. 그리고는 뭉툭한 눈썹연필로 눈썹을 그리는 데 열중하고 있는 슈퍼 주인에게 가져갔다.

"얼마예요?"

"어디 보자. 3200원."

"여기요."

돈을 건네던 마리의 눈에 여느 날과는 사뭇 다른 슈퍼 주인의 모양새가 들어왔다. 늘어진 용수철처럼 찍 뻗어 있던 파마머리에 구루프가 잔뜩 매달려 있고 목과 완벽한 경계를 이룬 허연 얼굴에 눈썹 한쪽이 일직선으로 찍 그려져 있었다. 피에로에 버금가게 우스꽝스러운 그 모습에 당장 크린싱 티슈로 벅벅 문질러 주고 싶은 욕구를 느낀 마리가 입술을 벙긋 열었다.

"어디 가요?"

"어, 학교. 우리 지영이 담임선생님께서 좀 보자고 하셔서 학교 가려고."

"사고 쳤어요?"

무심코 던진 말에 슈퍼 주인의 짝짝이 눈썹이 팔자를 이뤘다.

"우리 지영이 그런 애 아냐. 비록 아빠 없이 자랐지만 착하고 똑똑하고 모범생 중에 모범생이야."

처음 보는 통명스러움에 마리는 고개를 옆으로 돌리고 혀를 쏙 뺐다 얼른 삼킨 후 고개를 바로 했다. 그런 다음 새치름하게 속눈썹을 내리깔았다.

"딸은 모범생인데 엄마는 왜 그래요?"

"뭐?"

"그 머리, 화장, 촌스러움의 극치잖아요. 꼴지 엄마 같아. 화장 마지막으로 해 본 게 언제예요?"

"글쎄, 한 사오 년쯤 됐나? 우리 막내 결혼할 때 했던 것도 같고."

"여자 맞아요?"

"아줌마가 무슨 여자야."

연이은 마리의 따지는 듯한 말에 슈퍼 주인은 괜스레 말꼬리를 흐렸다. 그러자 손이 근질근질해 미칠 것 같은 마리가 슬쩍 언질을 던졌다.

"어디 화장품 좀 봐요."

슈퍼 주인이 구겨진 비닐봉지에 담긴 화장품들을 건넸다. 샘플용 스킨과 로션, 그리고 2000년이라는 제조일자가 찍힌 파우더에 돼지비계 냄새가 물씬 풍기는 것으로 보아 변질된 것이 분명한 꽃분홍색 립스틱이 전부였다. 아무리 신의 손이라고 해도 이 조악한 화장품들로 그럴듯한 효과를 내는 것은 무리였다. 화장품은 포기한 마리가 이번에는 머리를 째려보았다.

"전기 고대기는 있어요?"

"드라이기는 있어. 그런데 빗은 없어. 왜 머리 말 때 쓰는 도깨비 방망이 같은 그거."

"바라지도 않았어요."

마리는 그렇게 톡 쏘아붙이고는 라면을 가슴에 껴안은 채로 엉덩이를 들었다. 그리고 얼떨떨한 눈으로 저를 올려다보는 슈퍼 주인에게 성은을 받을 차비를 하라 일렀다.

"집에 갔다 올 테니까 세수 깨끗이 하고 기다려요. 5분이면 돼요. 그리고 그 망할 것도 당장 풀고요."

죄 없는 구루프에게 망할 것이라는 죄명을 뒤집어씌운 마리는 슈퍼 주인이야 넋이 나가든지 말든지 깜빡 잊고 있던 삶은 빨래를 떠올린 사람마냥 똑똑똑 요란한 구두 소리를 울리며 슈퍼를 뛰쳐나갔다.

지훈은 물은 바글바글 끓는 소리를 내는데 마리가 도착하지 않자 불을 좀 줄여 놓을 요량으로 가스레인지의 손잡이를 돌렸다. 그러는데 우당탕 대문이 열리더니 똑똑똑 구두 소리에 이어 현관문이 발칵 열렸다. 마리는 양발을 털털 털어 구두를 벗어던진 다음 쌩하니 거실을 가로질러 식탁에 라면을 내던졌다.

"난 조금 있다 먹을 테니까 너 먼저 끓여 먹어."

"왜 그래?"

"급한 일이 생겨서 그래."

라면만 내던지고 후다닥 제 방으로 뛰어 들어가는 마리의 뒷모습에 불길함을 느낀 지훈이 그녀의 뒤를 쫓았다. 정신없이 화장품 가방을 챙기고 있는 마리가 보였다.

"무슨 일이야? 혹시 누가 쫓아온 거니?"

"아니야."

"그런데 짐은 왜 싸는데."

마리는 즉시 부인했지만 믿을 수 없었다. 그래서 묻자 세팅기를 챙겨 일어선 마리가 그의 불길함을 떨쳐 주었다.

"슈퍼 아줌마랑 할 일이 좀 있어."

"슈퍼?"

"응. 그럼 갔다 올게. 아차차! 이것도 가져가야지."

마리는 도깨비 방망이처럼 생긴 드라이 빗 두 개를 홱 잡아채 주머니에 꽂은 뒤 한 손에는 세팅기와 다른 한 손에는 화장품 가방을 들고 지훈을 지나쳐 들어올 때처럼 쌩하니 집을 나가버렸다. 순식간에 홀로 남겨진 지훈은 어안이 벙벙해 눈만 끔뻑거렸다.

지훈과 라면을 내팽개치고 약속한 5분에 딱 맞춰 슈퍼로 들이닥친 마리는 요술 봉 같은 브러시를 현란하게 움직이며 눈을 꼭 감은 채 얼굴을 내맡기고 있는 슈퍼 주인에게 일장연설을 늘어놓고 있었다.

"죽을 때 가지고 갈 거예요? 피부는 장작이고 머리는 덤불이고. 답 안 나와, 정말."

"혼자 벌어먹고 사는데 낭비할 돈이 어디 있어."

"가꾸는 게 왜 낭비예요? 투자지. 이리 해 봐요."

마리는 평면 텔레비전처럼 완벽하게 평면인 슈퍼 주인의 얼굴에 볼륨을 주기 위해 거금을 들여 마련했던 하이 라이터를 아낌없이 브러시에 발랐다. 그리고 취약점만 싹싹 골라 브러시를 움직였다. 눈을 감고 있으라는 엄명에 실눈도 못 뜨는 슈퍼 주인은 이마며 코를 간질이는 것의 정체가 궁금해 슬쩍 물었다.

"뭐 하는 거야?"

"하이라이트 주는 거예요. 이렇게 펄이 들어간 분을 이마랑, 코, 그리고 볼 안쪽이랑 인중에 발라주면 입체감이 생겨서 아줌마처럼 푹 들어간 이마랑 코를 오똑하게 해준답니다."

"그런 것도 있어?"

"움직이지 말아요. 립글로스 바를 거니까. 아, 미치겠다. 주름은 또 왜 이리 많아? 플럼핑, 플럼핑 이게 어딜 간 거야. 여기 있네."

"으! 이건 또 뭐야?"

슈퍼 주인은 입술 주름을 싹 펴주는 플럼핑 특유의 화함에 질색을 했다.

"뭐긴 뭐예요, 안젤리나 졸리 입술로 만들어 주는 거지."

"그게 누군데?"

"할리우드 무비 스타."

"뭐?"

"영화배우요. 자, 눈 떠요."

꽈배기처럼 꼬았던 혀를 푼 마리는 모범생 엄마답게 긴 시간 동안 눈 한 번 끔쩍이지 않았던 슈퍼 주인의 얼굴 앞에 거울을 척 하니 들이밀었다. 슬그머니 눈을 뜨던 슈퍼 주인의 입이 떡 벌어졌다.

"어머나! 이게 누구니?"

"잡아요."

나르시스 흉내를 내고 있는 슈퍼 주인에게 거울을 쥐어 준 마리는 자연스러운 컬을 만들기 위해 돌돌 말아 두었던 전기 세팅기를 풀어내기 시작했다.

가수 생활 10년 만에 남은 것이라고는 미친 듯이 사들였던 어마어마한 화장품과 전문가 부럽지 않은 화장술과 머리 만지는 기술뿐인데 오늘 유감없이 실력을 발휘했다. 짝짝이 눈썹에 까치집 같던 머리가 정리된 것을 보니 가슴이 뿌듯해져 아주 거울에 퐁 빠져 있는 슈퍼 주인에게 만족 여부를 물었다.

"훨씬 낫죠?"

"낫다 뿐이야? 완전 새 사람이 됐잖아. 시집 올 때보다 더 곱다, 고와. 서른 중반이라고 해도 믿겠지? 그치? 이거 지영이 큰언니라고 하면 어떡하지? 호호호!"

"엄마는 딸의 역할모델이래요. 설마 아줌마, 아줌마 딸도 자기처럼 로션 하나 안 찍어 바르고 틱 퍼진 채로 살길 바라는 건 아니죠?"

신랄한 지적에 부아를 낼 법도 하건만 마술사 같은 마리에게 홀딱 반해 버린 슈퍼 주인은 손사래를 치며 적극 동조했다.

"아유, 그럼 안 되지."

"그럼 당장 내일부터 비비크림이라도 좀 발라요. 입술까지는 바라지도 않아."

"그래야겠어. 그나저나 마리 씨네 엄마는 얼마나 예쁘실까?"

순간 바쁘게 움직이던 마리의 손이 우뚝 멈춰 버렸다.

"엄마는 딸의 모델이라며? 그러니 이렇게 예쁘고 영리한 마리 씨를 보면 어머니도 알 수 있잖아. 분명 마리 씨처럼 예쁘고 우아하실 거야."

슈퍼 주인의 찬사에 마리는 허무맹랑한 소리를 지껄인 혀끝을 꽉 물어 버렸다. 그리고 곧 코웃음을 날렸다.

'훗! 우아? 마담 오드리가?'

꽃이라고 다 꽃이 아니다. 싱싱한 아름다움과 향기를 품은 생화가 있는 반면 박제와 다름없는 조화가 있다. 색도 모양도 조악하고 향도 나지 않는 플라스틱 조화. 자신의 어머니 마담 오드리는 바로 그런 조화였다. 절대 생화는 되지 못할 천박한 아름다움밖에 가지지 못했던 그녀. 그리고 그녀가 밟았던 전철을 아슬아슬하게 피해가고 있는 저. 무심코 내뱉었을 뿐인데 이렇게 절묘한 비유일 수가 있을까.

깊은 상념에 빠져 태엽이 다 풀린 인형처럼 꿈쩍도 하지 못하고 있는데 슈퍼 문이 요란스러운 소리를 내며 열렸다. 그리고 세탁소와 갈비집 주인이 들이닥쳤다.

"아이고! 이게 누고? Hi!"

"오랜만이에요."

불청객들의 방문으로 상념에서 빠져나온 마리는 고개를 까닥이고는 세팅기를 마저 풀기 시작했다. 그러자 입심 좋은 슈퍼 주인이 자신의 놀라운 변신을 자랑했다.

"나 지영이 언니 같지 않아?"

"진짜. 딴 사람이다, 딴 사람이야. 마리 씨가 해줬나?"

"응. 내가 지영이 담임선생님 만난다니까 세상에, 이 많은 걸 직접 들고 와서 이렇게 요술을 부렸잖아."

"죅인다. 역시 공부 잘하는 사람은 뭐가 틀려도 틀리고마."

세탁소 주인은 부러움의 눈길을 댔지만 눈썰미 좋은 갈비집 주인은 화려한 색조 화장품들로 꽉 차든 화장품 가방을 그냥 지나치지 않았다. 전문적으로 화장을 하는 사람의 것이 아니라면 손에 장을 지질 자신이 있었다. 그래서 전부터 어딘가 모르게 좀 의심쩍다 싶은 구석이 있는 마리를 쿡 찔러 보았다.

"하버드 법대에서는 화장하는 법도 가르치나 봐요?"

말 속에 든 가시를 알아차린 마리가 갈비집 주인을 향해 빙그레 웃었다.

"어떻게 아셨어요?"

그러자 갈비집 주인은 마리의 꼬투리를 잡았다 생각하고 내 이럴 줄 알았다를 외치려 입을 벙긋 열었다. 그러나 그 입을 다 벌리기도 전에 마리에게 선수를 뺏기고 말았다.

"부전공으로 연극 했거든요. 저희 마덜께서 딱딱한 공부를 할수록 삶에 여유를 줄 수 있는 하비를 가져야 한다고 권하셔서 포 이어 동안 햄릿에 미쳐 있었답니다. 코리아는 어떤지 모르겠지만 우리 아메리카에서는 배우들이 직접 메이크업을 하기 때문에 메이크업은 필수로 패스해야 한답니다."

하버드에 연극과가 있든 말든 상관치 않는 마리가 일부러 지껄여댄 콩글리쉬에 갈비집 주인은 영어 울렁증이 일어 벙긋 열었던 입술을 슬그머니 닫아 버렸다. 마음 같아선 유치한 속내가 빤히 내다보이는 갈비집 주인을 더 놀려주고 싶었다. 하지만 그래봤자 제 꼴만 우스워질 것 같아 자제를 하고 마지막 남은 세팅기를 풀어내고 자연스럽게 보이도록 손질을 했다. 왁스를 발라 머리 모양을 고정시키는데 세탁소 주인이 뜬금없는 소리를 해댔다.

"송 선생이네?"

마리는 설마 하는 생각으로 문 밖을 쳐다보았다. 그런데 정말 휑하니 내빼는 것이 분명한 지훈의 뒷모습이 보였다.

"조카 찾으러 왔다가 아줌마들이 바글거리니까 못 들어오고 가는구만. 에이그! 변죽하고는!"

"진짜 요새 아가씨들보다 더 참하다니까?"

"참하다가 뭐꼬? 사내한테. 점잖다 이래 해야지. 안 그러는교?"

"다 됐어요."

대답 대신 머리 손질을 서둘러 마친 마리는 잔뜩 늘여놓은 것들을 정리하기 시작했다. 그러자 슈퍼 주인이 대뜸 만 원짜리 두 장을 마리의 스웨터 주머니에 찔러 넣었다. 난데없는 돌발행동에 마리는 뜨악함을 감추지 않았다.

"왜 이러세요."

"내 성의야."

"이러지 마세요."

"딱 두 장밖에 안 돼. 안 받으면 적어서 안 받는 걸로 알고 서운해 할 거야."

"하모!"

세탁소 주인이 추임새까지 넣었지만 마리는 돈을 받는 것이 영 내키지 않았다. 천 원짜리 한 장이 아쉬운 처지이긴 하나 처음부터 대가를 바라고 한 일도 아니었고 또 즉흥적인 선행은 이번 한 번으로 족했다. 그래서 핑계를 댔다.

"비자 때문에 안 돼요."

"맞다, 비자! 삼촌이 말했는데 내가 또 깜빡했네. 그런데 이만 원도 안 돼?"

"천 원도 안 돼요. 여기요."

"이걸 어쩐다?"

마리가 단호히 잘라 말하고 돈을 다시 돌려주자 슈퍼 주인은 괜한 미안함에 어쩔 줄 몰라 했다. 그러다 뭔가 좋은 생각이 났는지 손뼉을 딱 마주쳤다.

"아! 그럼 되겠다."

그러더니 마리에게 가장 필요한 것을 주겠다고 나섰다.

"마리 씨, 김치 좋아해?"

화장품 케이스에 세팅기에 거기다 바리바리 싸준 김치와 반찬까지, 양팔이 늘보원숭이처럼 늘어날 정도였지만 마리는 싱글벙글이었다. 지훈이 사다 놓은 김치는 먹을 만은 하지만 맛은 절대적으로 없었다. 반찬들도 마찬가지였다. 짭짤하고 달달해 먹는 순간에는 좋지만 감칠맛은 전혀 느낄 수 없었다. 하지만 억지로 먹여 주기에 맛본 슈퍼 집 김치며 반찬은 딸을 생각한 엄마의 정성이 깃들어서인지 입에 착착 달라붙었다.

"이 벌이도 괜찮은데? 으차!"

마리는 낑낑대며 대문 앞에 섰다. 그리고 벨을 눌렀다.

"누구세요."

"나."

"어."

찡 하는 전기 흐르는 소리가 나고 철컥 문이 열렸다. 손이 모자란 마리가 뒷발질로 대문을 닫자마자 지훈이 현관문을 열고 나서다 양손 가득 짐을 든 그녀를 보고는 얼른 슬리퍼를 꿰신었다.

"됐어."

마리가 만류했지만 지훈은 기어이 다가와 짐을 몽땅 들어 버렸다. 그리고 묵직한 짐 꾸러미의 정체를 물었다.

"장 봐왔어?"

"아니, 동냥. 훗! 놀라는 거 봐라. 슈퍼 아줌마가 수고비 대신 줬어. 김치랑 밑반찬, 그리고 콩나물 무침도 있어. 땡 잡았다."

"그러네."

두 사람은 나란히 현관을 통해 거실로 들어섰다. 그러자마자 지훈이 그녀를 내내 기다렸음을 말했다.

"라면 끓일 건데 먹을래?"

마리가 눈을 동그랗게 떴다.

"아직 안 먹었어?"

"금방 올 줄 알았지."

"먼저 먹지."

"한꺼번에 끓여야 가스 비 절약하지."

걱정이 돼 슈퍼까지 찾으러 간 진짜 속내는 싹 감추고 애꿎은 가스 값 타령을 하고 돌아선 지훈은 몇 번이나 껐다 켰다 한 덕에 아직 미지근한 냄비에 불을 켰다. 마리는 반찬통이 든 보자기의 매듭을 풀며 등을 돌린 채 스프 봉지를 뜯고 있는 지훈에게 그가 꽁꽁 감추고 있는 걱정이라는 속내를 이미 알고 있음을 넌지시 나타냈다.

"아줌마들이 아가씨보다 더 참하대, 너."

"아줌마들이 젤 무서워."

"그래서 도망갔어?"

"뭐?"

지훈이 돌아섰다. 그러자 마리가 짐짓 입술을 뾰로통하게 내밀고 숫기 없는 지훈을 놀려댔다.

"허겁지겁 도망가더구만 뭐."

"빤히 쳐다들 보니까 그렇지."

"나 걱정돼서 찾으러 나왔었어?"

"아니."

지훈이 정색을 하고 돌아섰다. 마리가 어쩔 줄 몰라 하는 그에게 장난을 걸었다.

"삼촌이 집 나간 조카 찾아 나설 수도 있는 거지 뭘 그래?"

"계란 넣어?"

"어. 가위 좀 줘 봐."

딴청을 부리던 지훈이 가위를 들고 먹음직스럽게 빨간 배추김치를 들고 있는 마리에게 다가섰다.

"자르게?"

"잘라야 먹지."

"김치는 찢어 먹어야 맛있는데."

"그래? 그럼 찢지 뭐."

"손톱에 세균 많은데."

지훈이 프렌치 네일을 한 마리의 긴 손톱을 은근히 타박하자 마리는 눈을 흘겼다.

"꼭 말을 해도 정나미 떨어지게 해. 선택해. 가위로 숭덩숭덩 썰어 줘, 아니면 세균 덩어리 손이지만 쭉쭉 찢어 줘?"

"그냥 찢어. 먹고 죽기야 하겠냐."

"누가 과학 선생 아니랄까봐 세균 타령이지. 자."

마리는 길게 찢은 김치 한 조각을 지훈의 입에 쏙 넣어주었다. 그러자 아삭아삭 소리를 내며 씹은 지훈이 크게 고개를 끄덕였다.

"맛있다."

"그릇 좀 줘."

"응. 아차차!"

마리와 노닥거리느라 물을 얹어 놓은 것을 깜박 잊고 있던 지훈이 후다닥 가스레인지 앞으로 뛰어갔다. 불을 줄이고 라면 두 봉을 투하하고 나서 커피를 사고 받은 조악한 반찬 그

6화 · 나도 조금은 괜찮지 않니? 195

릇을 가지고 돌아온 그에게 마리가 시답잖은 농담을 건넸다.

"아르바이트로 이거 할까봐. 동네 아줌마들 꼬드겨서 먹을 것 바리바리 챙기는 거. 갓김치는 대환영이고 시금치나물도 좋고 된장국도 좋고."

"잘하더라. 아까 슈퍼 잘못 찾은 줄 알았어."

얌전히 접시를 받치고 있던 지훈의 칭찬에 마리의 입매가 싱글싱글해졌다. 김치를 찢던 손을 잠시 멈추고 짓궂게도 그의 콧날에 제 콧날을 바싹 가져다댔다.

"칭찬이야?"

얼굴을 들이대기가 무섭게 뒤로 쑥 물러선 지훈이 미간에 내천(川)자를 그렸다.

"알아들었으면 됐지 꼭 그걸 되물어 봐야 직성이 풀려?"

"응."

"취미 한번 고약하네."

"몰랐던 사실이야?"

"아니, 일찍이 알고 있었던 사실이지. 그런데 그거 더 배워 보고 싶지 않아?"

"뭐?"

마리의 묻는 말에 지훈은 오른손 검지를 머리 곁에 대고 돌돌 마는 시늉을 해 보였다.

"이런 거."

"미쳤냐는 말이야, 아님 미용을 배워 보라는 말이야?"

"뒤에 거. 지금 하는 일보다 훨씬 나을 것 같아. 조그맣게 가게 하나 차리면……."

"내 형편 빤히 알면서 참 예쁜 소리도 한다. 배우다가 굶어 죽을 판에 가게는 무슨 가게야."

마리는 짐짓 입술을 뾰로통하게 내밀고는 화장지로 손을 닦았다. 그러자 마리의 다른 면을 발견한 후로 한결 너그러워진 지훈이 의사를 타진해 왔다.

"배우고 싶긴 해?"

응, 한 마디만 하면 미용이든지 다른 것이든지 배울 수 있게 지원을 해주고 싶었다. 길어 봤자 일이 년 하면 못할 모델 일보다는 마리의 앞날을 위해 훨씬 나을 것 같아서 말이다. 하지만 자기 자신을 누구보다 잘 알고 있는 마리는 거듭 거절했다.

"끈기도 없어."

"노래는 오래 했잖아."

"그거하고 그게 같니?"

"그래도."

"송지훈."

지훈은 맥을 끊어 버리는 마리를 쳐다보았다. 마리는 그런 그에게 고개를 가로저어 보였다.

"그러지 마."

이해할 수 없는 말에 지훈은 눈살을 살짝 찌푸렸다. 그러자 마리는 자제를 당부하는 이유를 밝혔다.

"사람은 말이야, 외롭고 지치면 스펀지 같아져. 물에 닿기가 무섭게 그것을 싹 빨아들여 버리는 바싹 마른 스펀지 말이야. 그것처럼 너 이렇게 대책 없이 친절하게 굴면 나 여기 천년만년 눌어붙어서 네 등골 빼먹을 수도 있어. 그러니까 그러지 마."

존재하고 있지 않다 장담했던 양심과 자존심이 어딘가에는 남아 있었던 모양이다. 배우고 싶다 한 마디만 하면 곧장 미용학원에 등록해 줄 것 같은 지훈에게 더 이상 신세를 지고 싶지 않았다.

'그럴 이유도, 권리도 없으니까.'

살짝 흔들렸던 마음을 다잡은 마리는 저를 설득시킬 만한 말을 찾고 있는 것이 분명한 지훈의 생각을 잘라주기로 마음먹었다.

"다시 생각해 보니 무섭지? 그러게 무서운 짓을 뭐 하러 하니?"

그리고는 갈등을 일으키고 있는 것이 분명한 지훈에게 본분을 일깨워 주었다.

"그러니까 그런 무서운 생각일랑 말고 탱탱 부를 위기에 빠진 라면 양이나 구출하셔. 넘친다."

"어? 어. 이크크!"

지훈은 냅다 끓어 넘치는 냄비를 향해 달음질을 쳤지만 왕성하게 끓어 넘친 라면국물은 가스레인지를 옴팡 적시고 말았다.

"아, 젠장. 어제 닦았는데. 으뜨뜨!"

어울리지 않는 욕설을 내뱉으며 엉겁결에 냄비 손잡이를 잡다가 화들짝 놀라 손을 귀로 가져갔다. 손을 씻기 위해 싱크대로 온 마리가 발간 그의 손가락을 걱정했다.

"안 데였어?"
"괜찮아. 그나저나 국물이 팍 졸아들어서 어쩌지?"
"물 좀 부어서 먹으면 되지."
"그럴까? 그럼 일단 달걀을 풀어서 넣고……."

지훈은 일단 가스레인지를 켠 다음 달걀을 톡 하고 깨트려 넣고 휙휙 저었고 마리는 손을 씻고 나머지 반찬들을 담을 그릇들을 챙겼다. 물과 기름 같은 두 사람이었지만 한데 어우러진 모습은 더할 나위 없이 평화로웠다.

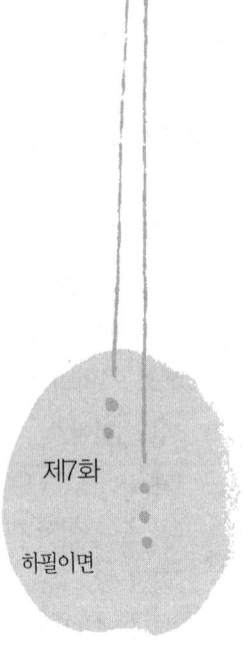

제7화

하필이면

찬란한 아침 햇빛이 온 천지를 두루두루 비추는 아침. 도통 아침에 일어나는 것에는 재주 없는 올빼미 마리가 아침형 인간인 지훈이 문단속을 하고 있는 것을 지켜보고 있었다. 대문에 열쇠를 찔러 넣은 지훈이 코트 주머니에 양손을 푹 집어넣고 있는 마리에게 오늘의 일과를 물었다.

"늦어?"

"가봐야 알지."

"뭐 찍는데?"

"그냥 의류."

어젯밤 늦게 일이 들어왔다. 속옷 광고 촬영이라는데 내복

보다는 내키지 않았지만 찬밥, 더운밥 가릴 때가 아니라 무조건 하겠다고 달려들었다.

"힘들겠네."

"접시 닦는 거보다 낫잖아. 예쁘게 화장하고 웃어 주기만 하면 되는걸?"

"그래도. 그런데 이렇게 일찍도 일해?"

"시내 나가서 포트폴리오 사진 몇 장 찍으려고. 에이전시에서 찍어 주는 거 올려놔서 안 뽑히는 거 같아서."

"그렇군. 가자."

"응."

두 사람은 나란히 출근길에 올랐다. 반 발짝쯤 앞서가던 지훈이 문뜩 생각난 것을 물었다.

"핸드폰 번호 어떻게 돼?"

"왜?"

"혹시 모르니까 입력해 두려고. 내 번호도 입력해."

그렇지 않아도 아직은 쌀쌀한 아침 공기에 발그레하던 마리의 뺨이 붉어졌다. 사채에까지 손을 댈 정도였는데 신용이 말짱할 리가 없었다. 그래도 지훈을 만난 날까지만 해도 간신히 받는 전화는 됐는데 병원에 드러누워 있는 동안 그마저도 댕강 잘리고 말았다. 밑바닥까지 알고 있는 지훈이지만 신용불량자의 불편함을 이야기하기에는 너무 창피했다. 그래서 통화도 되지 않는 옛날 번호를 졸졸 읊어 주었다.

"010-3222-8612."

"010-3222…… 내 번호는 010-8900-3442야."

"어."

"입력 안 해?"

"손 빼기 귀찮아. 010-8900-3442. 됐지?"

"그래도 입력하지."

지훈이 시쳇말로 담탱이스러운 고지식한 면을 보였지만 마리는 대꾸도 않는 그 때, 슈퍼 주인이 두 사람을 보고 반색을 했다.

"일요일인데 두 사람 나란히 어딜 가?"

"일직이라서요."

"마리 씨는?"

"쇼핑이요."

"그렇구나. 참, 마리 씨. 내가 우리 지영이 선생님한테 얼마나 칭찬을 받았는지 몰라. 지영이 큰언니 같다고. 호호호! 들어갈 때 들러. 유자차나 한 잔 하게. 알았지?"

"봐서요. 삼촌, 늦었어."

"어? 어. 그럼."

마리가 팔꿈치를 잡아끌자 삼촌이라는 소리에 얼떨떨해 있다 슈퍼 주인에게 까닥 고개를 숙여 보인 지훈이 그녀와 어깨를 나란히 하고 걷기 시작했다. 그러자 친절도 병이라는 것을 모르는 슈퍼 주인은 마치 자식들을 출근시키는 엄마처럼 거

나한 인사까지 챙겼다.

"잘들 다녀와!"

그 소리에 마리가 어깨를 잘게 떨어댔다.

"으으으! 정말 싫어. 아니, 왜 남의 일에 저렇게 관심이 많은 거야? 왜에?"

"친한 줄 알았는데?"

"친하긴. 난 저런 과한 친절은 절대적으로 사양이야. 상대방이 불편하다고 느끼는 게 무슨 친절이니? 민폐지. 물론 훌륭한 교육자이신 송지훈 샘께서는 그렇게 생각 안 할 테지만."

"아닌데?"

"아냐?"

의외의 반응에 마리가 눈을 동그랗게 뜨고 지훈을 쳐다보았다. 그러자 지훈은 짐짓 진지한 표정으로 고개를 주억거렸다.

"응. 시시때때로 슈퍼를 지날 때 투명인간이 되면 좋겠다 생각하거든. 그리고 교무실에서도."

"교무실은 또 왜?"

"슈퍼 아줌마가 육이오 때 잃어버린 남동생이 바로 내 옆자리에 앉아 계시거든. 권 선생이라고 수학 가르치시는데 슈퍼 아줌마랑 거울처럼 똑같아. 세상 모든 일과 사람들에게 관심을 둬. 보통 사람들은 거 참, 성격 좋다고 하는데 난 동의 못하겠어. 불편해."

미간을 살짝 찌푸린 채 불만을 토로하는 지훈에게 마리는 짐짓 엄한 표정을 지어 보였다.

"난 그래도 넌 그럼 안 되지."

"왜?"

"선생님이잖아. 모범이 돼야지. 오른쪽 뺨을 맞으면 왼쪽 뺨을 내줘라 이렇게 나와야 되는 거 아냐?"

"바보야? 그럴 땐 112를 누르는 거야."

"살벌하긴. 그런데 일직이면 자고 오는 거야?"

"그건 숙직이고. 늦게 올 거야. 한 9시쯤."

"그렇구나. 어, 버스 왔다. 나 갈게!"

"어, 가."

김빠진 콜라 같은 맨송맨송한 배웅을 내놓은 지훈은 다다다다 하이힐 소리를 올리며 사라지는 마리를 잠시 지켜보다 무료한 하루를 보내야 할 학교로 저를 실어다 줄 지하철을 타기 위해 모퉁이를 돌았다.

"아씨! 이거 문제가 잘못된 거 아냐? 이렇게 나올 수가 없는데."

내내 구시렁거리며 문제를 풀던 권 선생이 머리를 쥐어뜯는 것을 지켜보는 지훈의 머릿속에 떠오른 생각은 단 하나였다.

'하필이면.'

문제를 술술 풀어낸다고 해도 귀에 딱지가 날 때까지 수다를 떨어댈 것이고 이렇게 꽉 막힐 때면 버럭버럭 소리를 질러 경기를 들게 할 것이다. 지금 필요한 것은 도망이었다. 보고 있던 노트북과 책을 주섬주섬 챙겨 엉덩이를 들었다.

"쉬엄쉬엄 하세요."

"어디 가?"

"과학실요."

"아아, 조용히 할게."

"아니에요. 실험기구 정리할 게 좀 있어서요. 그럼."

"추울 텐데."

지훈은 입술에 지퍼를 채우는 시늉까지 해 보인 권 선생의 걱정을 뒤로하고 자신의 은신처로 향했다. 동편 건물 2층 왼쪽 끝에 있는 과학실은 흡사 지하 동굴처럼 을씨년스러웠다. 반질거리는 유리창이 달린 진열장 위에는 아이들이 질색을 하는 부엉이와 족제비의 박제가 있다. 그리고 오로지 수능만을 삶의 목적으로 삼아야 하는 교육현실 때문에 좀처럼 진열장 밖으로 나오지 못하는 비커며, 실험관 같은 실험기구들도 박제나 다름없었다. 생기보다는 박제스러움이 훨씬 마음에 드는 지훈에게는 안성맞춤인 장소다.

오른쪽보다 진열장이 한 칸 적게 놓인 왼쪽 맨 앞에 너른 책상이 바로 그의 베이스캠프다. 간이책장에 꽂힌 책들과 뚜껑 달린 머그컵 하나와 전기주전자, 그리고 알람시계가 전부인 조촐한 공간에 안착한 지훈은 책상 밑에 넣어둔 전기난로를 꺼냈다. 전원을 넣자 따스한 오렌지빛 불빛이 새어 나왔다.

노트북을 연결하고 책을 펴자마자 휴대폰이 울렸다. 권 선생이었다. 받을까 말까 하다 중한 일일 수도 있고 또 안 받으면 쪼루라니 찾아올 성품임을 생각해내고 통화 버튼을 꾹 눌렀다.

"예, 선생님."

―출출한데 치킨 어때?

'그러면 그렇지.'

미안한 이야기지만 군것질에는 취미도 없을뿐더러 덤으로 따라올 수다는 더 취향이 아니기에 지훈은 궁색한 핑계를 뒷받침해 줄 효과음을 터트렸다.

"앗!"

―왜?

"손을 따느라고요."

―손을 따? 체했어?

"점심 먹은 게 안 좋네요. 영 더부룩한 게."

―그래? 그럼 치킨은 무리겠네.

살짝 새무룩한 권 선생의 목소리에 양심이 찔리긴 했지만 그렇다고 해서 함께 닭다리를 뜯으며 별 대단치도 않은 이야기들을 나누고 싶지는 않기에 지훈은 거듭 구실을 가져다 붙였다.

"아마도 그럴 것 같은데요. 피가 아주 새까맣네요."

—어쩌냐? 아, 그럴 것이 아니라 치킨 배달 올 때 소화제……

"끄윽! 끅! 이제 좀 트림이 나오네."

—다행이네. 그럼 미안해도 나 혼자 먹을게.

"죄송합니다."

—별말을 다 해. 끊어.

"예."

지훈은 전화가 끊기는 소리가 나자 고개를 설레설레 저으며 폴더를 닫았다. 그리고는 너무 친절해 너무 불편하신 권 선생의 방해로 미처 보지 못한 논문을 마저 읽기 위해 모니터로 눈을 돌렸다. 인터넷이 연결됐음을 알리는 표시창이 뜨자 습관처럼 듣는 인터넷 방송을 찾기 위해 사이트를 찾았다. 플레어를 누르자 잔잔한 연주곡이 흘러나왔다. 괴팍한 성격을 증명이라도 하듯 사람의 목소리가 섞여 나오는 노래보다는 이렇게 조용한 연주곡이 구미에 맞았다.

지훈은 물결 소리 같은 바이올린 소리와 빗방울 소리 같은 피아노 소리의 오묘한 하모니에 귀를 내맡긴 채 관심 가는 논문을 정리해 놓은 파일을 열고 그에 몰두했다. 중요한 부분을 메모하는 것 외에는 꼼짝도 하지 않고 한 40분을 지날 무렵 새롭게 시작되는 곡이 그의 고개를 갸웃거리게 만들었다.

"뭐였더라."

분명 귀에 익은 멜로디였는데 제목도 가사도 생각나지 않았다. 그런데도 흥얼흥얼 멜로디를 따라 하기 시작했다.

"으음, 음……."

마리가 들었으면 박장대소했을 형편없는 허밍이었지만 자타가 공인하는 음치답게 음을 완전히 벗어났다는 것을 모르는 지훈의 흥얼거림은 쭉 이어졌다.

"아!"

절로 탄식이 터져 나오는 마리는 손바닥만 한 속옷 쪼가리들을 쥐고 관자놀이를 눌렀다. 이것저것 가릴 처지가 아니라 비키니나 속옷이나 다를 게 뭐냐고 자위하며 덥석 일을 맡았다.

"하지만 이건 정말 아니잖아."

말이 속옷이지 붉고 까만 망사에 핑크색 몽실몽실한 털까지, 19세 이상 출입 가능한 사이트에서 팔 법한 그런 괴상망측한 천 쪼가리들이었던 것이다. 거기다 얼굴까지 찍겠다니 당장 스튜디오를 뛰쳐나가고 싶었다. 하지만 마지막으로 택한 에이전시에서까지 말썽을 부려 쫓겨나면 당장 호구책은 물론이고 지훈을 볼 낯이 없음을 상기하고는 자신을 설득시켰다.

"슈퍼모델들은 홀딱 벗고도 찍더라. 그것도 아닌데 뭘

빼?"

 그렇게 가까스로 저를 다독이고 입고 있던 블라우스 단추를 풀기 시작하는데 남자 스텝 한 명이 인기척도 없이 탈의실 커튼을 쓱 밀치고 들어섰다. 기겁을 한 마리가 가슴을 감싸 안으며 비명을 질렀다.

 "꺅!"

 그러나 무례하게도 불쑥 들이닥친 스텝은 사과는커녕 짜증을 부려댔다.

 "모델 분 다 갈아…… 아니, 지금도 안 갈아입고 있음 어떡해요?"

 "죄송해요. 금방 갈아입을게요."

 "얼른 갈아입어요. 다 기다리고 있구만."

 "예."

 스텝이 커튼을 홱 닫고 나가자 마리는 눈을 감고 크게 심호흡을 한 다음 블라우스의 단추를 마저 풀었다.

 "야!"

 사진작가의 고함에 절대 손바닥만 한 것도 모자라 환히 비쳐 보이기까지 하는 붉은 망사 브래지어와 팬티를 입은 채 포즈를 취하고 있던 마리가 당황해 속눈썹을 파닥거렸다. 화가 머리까지 치밀었던지 사진작가는 마리에게 쫓아와 목에 핏대를 올렸다.

"너 일 이따위로 할 거야!"

전문 모델도 아니고 차라리 벗는 것이 나을 선정적인 차림으로 포즈를 취한다는 것이 애초부터 무리였다. 볼은 타들어가고 사지는 뻣뻣한 데다 태양처럼 지글거리는 조명 때문에 머리까지 아파왔지만 마리는 무조건 고개를 숙였다.

"죄송합니다, 죄송합니다."

"저렴하다고 해서 얼씨구나 했더니, 이건 나무토막도 아니고 고무 인형도 아니고, 에이 씨! 야, 너 마지막이다. 잘해."

"예. 죄송합니다. 열심히 하겠습니다."

"잘해라."

사진작가는 가시 돋친 쐐기를 한 번 더 박고서야 제자리로 돌아갔다. 그리고 바싹 긴장해 있는 스텝들에게 마지막으로 미뤄두었던 작업을 앞당길 것을 천명했다.

"아무래도 제품 먼저 가야겠다. 준비해."

"예, 선생님!"

스텝들이 일사분란하게 움직이기 시작했다. 두 명이 스튜디오 구석에 있는 상자를 들고 왔고 메이크업 담당은 마리의 화장과 의상을 살펴주었다. 라면 박스만 한 상자가 마리 발치에 놓였다. 그리고 알 수 없는 소란에 눈만 멀뚱멀뚱 뜨고 있는 마리에게 판도라의 상자 같은 그것의 뚜껑을 열고 안에 들어 있는 것을 꺼냈다.

순간 마리의 눈과 입이 활짝 열렸다. 스텝들의 손에 끌려

나온 것은 다름 아닌 성인용품이었다. 보기도 흉측한 것들이 줄줄이 밖으로 꺼내졌다. 사진작가가 굵직한 몽둥이 같은 딜도를 하나 들더니 포즈까지 취해가며 촬영 컨셉을 늘어놓았다.

"간단해. 눈 이렇게 게슴츠레하게 뜨고 입술은 살짝 벌려. 이렇게. 알았지? 자! 가자!"

사진작가가 딜도를 휙 마리에게 던졌고 엉겁결에 그것을 받았다가 진저리를 치며 내려놓은 마리가 허겁지겁 말문을 텄다.

"저, 저기요. 선생님."

"뭐?"

사진작가가 짜증을 잔뜩 실은 얼굴로 쳐다보았지만 마리는 또박또박 이 말도 안 되는 상황을 정리하기 시작했다.

"뭔가 착오가 있는 모양이에요. 전 란제리만 찍기로 했지 이거 찍는다고 하지 않았는데요."

"무슨 소리야? 이거랑, 이거랑 다 하기로 했는데. 에이전시에서 안 들었어?"

"금시초문인데요. 만일 에이전시에서 들었다면 그때 거절했죠."

마리는 차근차근 자신의 입장을 밝혔다. 그러자 두툼한 입술을 한껏 비틀어 올린 사진작가가 툭 하니 상소리를 내뱉었다.

"지랄하네."

"예?"

"나 참, 더러워서. 퉤!"

사진작가는 스튜디오 바닥에 가래침 한 덩이를 찍 갈기고서는 마리에게 던져 주었던 딜도를 다시 집어 들고 그녀의 콧날에 들이밀었다.

"왜, 왜 못 찍는데?"

"그거야 계약을 하지 않았……."

"개풀 뜯어먹는 소리 하고 있네. 난 고상한 년이라 이딴 거 들고는 못 찍겠다 이거 아냐? 주제를 알고 분수를 알아야지. 딱 보아하니 빠다 나오는구만, 꼴같잖게 요조숙녀 흉내는."

"지금 말씀 다 하셨어요?"

"야, 시끄럽고, 좋은 게 좋다고 편안히 가자. 그냥 너 쓰던 거라고 생각하고……."

"야!"

모멸스럽기 짝이 없는 말에 이성을 잃은 마리가 와락 악다구니를 질렀다. 그러자 만만치 않은 성격의 사진작가가 아주 눈에 파란 불을 켜고 달려들었다.

"야, 야? 이 쌍년이!"

모델로서 제 실력이 형편없다는 것은 인정한다. 그러나 외모로 인해 밑바닥 인생 취급 받는 것에 퓨즈가 나가버린 마리는 정말 열심히 살아보겠다는 다짐으로 속옷이라 부르기에도 민망한 천 쪼가리를 걸쳤음을 망각해 버렸다. 한낱 싸구려 모델에 불과함도 잊고 비열하기 짝이 없는 사진작가의 아킬레스건을 건드렸다.

"빠다? 그러는 네 빠다는 어떤데? 그렇게 실력 있음 예술 사진이나 찍지 이딴 거는 왜 찍어대는데?"

"뭐, 뭐?"

"뭐 눈에는 뭣만 보인다고, 딱 보아하니 형편없이 부실해서 이딴 거나 애용하나 본데 난 아니거든? 그러니까 그렇게 찍고 싶으면 이딴 거 좋아하는 애 불러서 찍어. 알았어!"

"이!"

"앗!"

사진작가가 휘두른 손에 따귀를 얻어맞은 마리가 고개를 옆으로 꺾으며 뒤로 한 발짝 밀렸다. 그러나 그것으로는 성에 차지 않는지 사진작가는 그녀의 머리채를 잡아챘다.

"너 지금 뭐라고 했어. 부실해?"

뺨에는 붉은 손자국이 나고 목이 꺾일 정도로 머리채를 잡혔지만 마리의 응수는 차분했다.

"좋은 말 할 때 놔."

놀란 스텝이 사진작가의 팔을 부여잡았다.

"선생님, 진정하십시오!"

"놔, 그렇지 않아도 꿀꿀하던 차에 잘 됐다. 내가 술 한 잔 덜 먹는 셈 치고 오늘 요절을 내버릴라니까!"

"아악!"

머리카락이 쏙 뽑혀 나가는 것 같은 통증에 외마디 비명을 질렀다. 그러자 기겁을 한 스텝 두 명이 힘을 써 사진작가를 그녀로부터 떼어놓았다. 그의 손에는 마리의 금빛 머리카락 몇 가닥이 걸려 있는 채였다. 가까스로 폭력에서 벗어난 마리가 천천히 고개를 들었다. 그리고는 분을 못 이겨 코를 씩씩 불고 있는 사진작가를 노려보며 나지막이 읊조렸다.

"개새끼."

그러자 눈물을 또루라니 흘리며 어깨를 들썩이는 꼴을 기대했던 사진작가의 눈이 붉게 충혈됐다. 그리고 주눅 들기커녕 독기를 뿜어내는 마리를 향해 흉악한 손을 뻗쳤다.

"이 씨팔!"

"선생님!"

"뭐 해? 쟤 빨리 안 치우고!"

금방이라도 마리를 죽일 것처럼 달려드는 사진작가를 잡고 늘어진 스텝의 외침에 다른 스텝 하나가 마리를 잡아끌었다. 마리는 있는 힘을 다해 그 손을 뿌리쳤다.

"놔!"

그리고 지글거리는 눈을 하고 또렷한 목소리로 경고했다.

"공범으로 잡혀 들어가고 싶지 않으면 내 몸에 손대지 마."

"야, 지금 저년이 뭐라는 거냐?"

"아무래도 신고하겠다는 소리 같은데요. 폭행으로요."

"뭐야?"

뜨악한 사진작가가 턱을 쏙 뽑는 사이 마리는 허리를 꼿꼿이 펴고 한데 뭉친 그들 일행을 지나쳐 탈의실로 향했다. 조악하고 선정적인 속옷 위로 벗어 놓았던 옷을 그대로 둘러썼다. 뺨은 후끈거리고 머리는 지끈거리는데 이상스레 심장이 간질거렸다.

"후후!"

웃음과 함께 눈물 한 방울이 톡 하고 떨어졌다. 아침에 지훈과 장난처럼 주고받았던 말들이 이렇게 현실로 나타나니 헛웃음이 나왔다. 분을 못 이기고 성질머리 자랑을 했더라면 그를 처음 만났을 때 같은 꼴을 면하지 못했을 것이다. 하지만 오른쪽 뺨을 맞으면 왼쪽 뺨을 내놓을 것이 아니라 112에 신고하라는 그의 충고를 떠올린 순간 부들부들 떨리던 몸이 단단해졌다. 약자라고 해서 가차 없이 폭력을 휘두르는 자들이 유일하게 두려워하는 것이 바로 법의 심판이라는 것을 깨달았기 때문이다.

마리는 화장이 번지지 않도록 눈시울을 적신 눈물자국을 손가락으로 꾹꾹 누른 후 가방을 챙겨 탈의실 밖으로 나왔다. 사진작가가 고래고래 소리를 지르며 에이전시와 통화 중이었다.

"누가 모델 보내랬지 저런 미친년 보내랬어? 일정을 다 말아먹은 것도 모자라 경찰서 간다고 협박하잖아. 어쩔 거야!"

그리고 그래도 이성이라는 것이 좀 있는 스텝 중 한 명은 마리의 앞을 가로막았다.

"이대로 가면 어떡합니까?"

"비켜요."

"그러지 말고……."

일이 커질 것을 우려한 스텝이 다급한 나머지 마리의 팔꿈치를 잡았다. 그러자 마리가 살기등등한 눈으로 그를 노려보며 친절하게 조금 전 했던 경고를 되풀이했다.

"내가 말했지? 내 몸에 손대면 공범으로 처넣을 거라고. 그러니까 좋은 말 할 때 놔."

마리의 기세에 질린 스텝이 스르륵 그녀의 팔꿈치를 놓았다. 곁눈으로 두 사람의 실랑이를 훔쳐보고 있던 사진작가의 결후가 오르내렸다. 마리는 개선장군처럼 당당한 걸음걸이로 스튜디오를 가로질렀다. 그리고 출입문을 열고 나가 부서져라 쳐닫았다. 그제야 사태 파악을 하고 똥줄이 탄 사진작가가 난리를 쳤다.

"저거 그냥 보내면 어떡해? 잡아야 할 거 아냐!"

"하지만 공범으로……."

"야, 이 새끼야. 나 기소유예 중이란 말이야. 나 콩밥 먹음 네가 책임질 거야? 얼른 가서 잡아와. 얼른!"

"예!"

사진작가의 채근에 스텝들이 우르르 마리의 뒤를 쫓았다.

그리고 욱하는 성질머리를 못 눌러 죽을 자리를 판 사진작가는 식은땀을 벌벌 흘리며 에이전시의 전화번호를 눌러댔다.

6시가 넘어서자 어둑어둑 어둠이 내렸다. 스튜디오에서 빠져나온 이후로 어둠이 내릴 때까지 숨 한번 돌리지 못하고 강행군을 한 마리는 경찰서에 있었다. 곧장 112로 신고를 했더니 지구대에서 경찰들이 나왔고 간단히 피해 사실을 진술하고 병원에 가 진단서도 뗐다. 그리고 경광등을 매단 경찰차에 타고 본서로 넘어와 사진작가는 물론 계약조건을 속인 에이전시 사장까지 호출해 독수리타법을 보여주는 형사 앞에 나란히 앉았다.

일 년 전, 폭력사건으로 기소유예 2년을 선고 받았던 전과가 있는 사진작가가 팔짱을 낀 채 거만하게 앉아 있는 마리를 붙잡고 통사정을 했다.

"야, 그러지 말고 내가 무조건 잘못했으니까……."

줄곧 정면만 주시하고 있던 마리가 고개를 옆으로 돌렸다. 그리고 입술 한쪽을 말아 올렸다.

"야아?"

"아니, 그러니까 저기 박마리 씨……."

"박마리 씨, 합의하실 의향 있으십니까?"

형사가 자신의 실수를 깨닫고 정정하려 입을 연 사진작가의 말허리를 댕강 잘라먹고 들어섰다. 마리는 고개를 저어가며 자신의 입장을 밝혔다.

"아니요. 강력한 처벌을 원합니다."

"강력한…… 처벌을…… 원한다……."

"박마리 씨, 그러지 말고 내가 해주라는 대로 다 해줄게. 정신적인 피해까지 죄다 보상해 줄 테니까 합의해 줘."

"그래, 박마리 씨. 이 바닥 좁아서 이렇게 소란 일으키면 박마리 씨한테도 안 좋아."

에이전시 사장은 일거리를 얻지 못해 전전긍긍하던 것을 빌미로 삼아 은근한 협박을 해왔다. 그러나 어설픈 모델 일 따위는 진즉 때려치울 작정을 하고 있던 마리에게는 코웃음 거리밖에 되지 않았다.

"됐거든요?"

"허허!"

히든카드가 먹히지 않자 황당하기 짝이 없는 에이전시 사장은 군기침을 내뱉었지만 마리는 내 알 바 아니라는 듯 양 검지만으로 속 터지게 자판을 두드리고 있는 형사에게 추가 요구사항을 전달했다.

"이중계약 건도 강력한 처벌을 원합니다."

"알았습니다. 자, 우선 폭력에 관한 것부터 읽어 보시고 이름 쓰고 지장 찍으시고."

마리는 형사가 내민 조서에 또박또박 제 이름을 적어 놓고 엄지에 인주를 묻혀 이름 옆에 꾹 찍었다. 그사이 다른 이중

계약 건에 대한 조서를 클릭한 형사가 그녀의 의지를 그대로 반영했다.

"처벌을…… 원……한다. 자, 여기도 이름 쓰고 지장 찍으시고."

마리는 말 잘 듣는 아이처럼 형사가 시키는 대로 고분고분 이름을 쓰고 지장을 찍었다. 그 모습을 황망히 지켜보던 사진 작가가 오만상을 찌푸리며 입에 달고 사는 욕지거리를 내뱉었다.

"아, 씨팔!"

당장에 스포츠머리를 한 형사의 얼굴이 험상궂어졌다.

"지금 뭐라고 했습니까?"

"아, 아닙니다."

"당신들 아주 죄질이 나빠. 명색이 사내대장부가 돼서 힘 없는 여자나 두들겨 패고 일 없어 쩔쩔매는 거 악용해서 멋대로 이중계약해서 딴 주머니 차고. 에라, 이 양반들아!"

형사의 호통에 지은 죄가 있는 두 사람은 어깨에 목을 묻었다. 파렴치한들의 입을 봉한 형사는 마리가 건넨 조서를 받아 확인한 다음 귀가를 허락했다.

"으음, 박마리 씨는 조사가 끝나셨으니 돌아가셔도 좋습니다."

"감사합니다."

"혹시 보충해야 할 사항이 있으면 연락드릴 테니 받으시고

7화 · 하필이면 219

요."

"예. 수고하세요."

고개를 꾸벅 숙여 보인 마리는 의자를 밀치고 일어났다. 그리고 불만스러움이 가득한 눈을 대고 있는 두 사람을 싹 무시하고 등을 돌렸다. 형사계를 빠져나오자 절로 한숨이 터져 나왔다.

"하아!"

아미가 찌푸려졌다. 참아서는 안 될 일이었지만 그로 인해 또 일자리를 잃게 된 암담한 현실이 엄습해 온 탓이다. 다음 달까지 어떻게든 지훈의 집을 나가려고 했는데 물거품이 되고 말았다. 사정을 말하고 조금만 더 있겠다 하면 그러라 할 테지만 성인용품 촬영을 거절했다 뺨을 맞고 머리채까지 잡힌 이야기는 결코 하고 싶지 않았다.

'지금까지 보여준 치부로 족하잖아. 뭐 좋은 꼴이라고.'

지훈의 동정 따위는 받고 싶지 않은 마리는 미간을 좁히고 입술을 잘근잘근 씹어대며 책임을 그에게 전가했다.

"그러게 112는 왜 가르쳐 줘가지고."

최종책임을 지훈에게 떠넘기고 나자 몸 안 가득 들어찼던 절망감이 어느 정도 사라진 것 같았다. 터벅터벅 경찰서 복도를 걷기 시작했다. 형사들과 의경들, 그리고 갖가지 이유로 오가는 사람들을 지나치며 현관으로 향했다.

막 문 앞에 섰을 때 요란한 사이렌 소리가 나고 형사 기동

대 차가 들이닥쳤다. 문이 열리자 한눈에 봐도 불량해 보이는 십 대들 너덧 명이 줄줄이 끌려 나와 계단으로 올라섰다. 마리는 잠시 옆으로 비켜서 그들이 지나가길 기다렸다.

"나라가 어떻게 되려고 어린놈의 자식들이 벌써부터 떼강도야, 떼강도가?"

"아씨! 왜 때려요!"

"이 새끼가 어디서 눈을 부라려? 눈 깔아. 안 깔아!"

험상궂기가 막상막하인 무리들이 지나가자 마리는 잠시 멈췄던 발걸음을 다시 떼려 했다. 그런데 무심코 돌린 눈에 공중전화가 들어와 버렸다. 순간 왈칵 사무치는 외로움이 그녀를 덮쳤다. 마리는 멍하니 공중전화를 바라보았다.

'하필이면, 하필이면 왜 지금 내 눈에 띈 거니?'

마리는 한 번 빠져들면 헤어 나오기 어려운 늪 같은 외로움이 무엇을 원하는지 너무나 잘 알고 있었다. 누군가의 목소리가 필요하다 아우성을 쳐대고 있는 것이다. 위로 따위가 아니더라도 그저 사람의 목소리면 온몸을 엄습해 오는 한기를 물리칠 수 있을 거라 그녀를 유혹했다. 너무나 지친 하루를 보낸 탓이었다. 마리의 아찔한 하이힐이 공중전화기 쪽으로 움직였다.

제8화

착각일 뿐이야

"끄으윽!"

밥 한 공기를 턱하니 말아 넣은 추어탕 한 그릇을 싹싹 비운 권 선생이 거나한 트림을 내놓았다. 창자 저 끝에서부터 끌어 올린 것 같은 적나라한 트림에 입맛이 싹 달아난 지훈은 몇 수저 남은 추어탕을 과감히 포기하고 수저를 놓았다. 그러자 권 선생이 자신이 새로 개발한 음식점에 대한 맛 평가를 요청해 왔다.

"어때? 맛 괜찮지?"

"맛있는데요."

"여기 사장님이 남원 출신이잖아. 그래서 이 추어탕 하나는 끝내주게 끓인다니까. 이게 된장이 들어가서 소화도 잘돼."

"예. 물 드릴까요?"

"고맙지."

지훈은 권 선생과 자신의 컵을 챙겨 숙직실 한쪽에 있는 정수기로 가 물을 받아 돌아왔다.

"여기요."

"땡큐."

물을 건네주고 자리에 앉은 지훈은 바지 주머니 속에 넣어 두었던 휴대폰을 꺼냈다. 6시 30분이 막 지나고 있었고 언제나 마찬가지로 부재중 전화나 새로운 메시지 따위는 존재하지 않았다. 그럼에도 누군가의 일정을 짐작해 보는데는 혁혁한 공을 세우고 있었다.

'아직 일이 안 끝난 모양이네.'

아침에 헤어지기 전에 일직에 대해서 물었고 전화번호도 교환했으니 일이 끝났다면 일이 끝났다든지 들어가는 중이라든지 이런 짤막한 문자 하나쯤은 날렸을 것이라 기대한 것이다. 그래서 물끄러미 빈 액정을 들여다보고 있던 지훈에게 권 선생이 못 말리는 호기심을 발동시켰다.

"기다리는 전화 있어?"

"아니요. 시간 보느라고요."

지훈은 허겁지겁 휴대폰을 주머니에 밀어 넣고 곧장 자리에서 일어났다. 권 선생이 볼멘소리를 했다.

"벌써 가게? 그러지 말고 나랑도 좀 놀자."

"노트북을 켜놓고 와서요."

"삼십 분만 놀다 가. 하루 종일 혼자 있으려니 죽겠다."

인관관계가 원만하면 모를까 휴대폰에 저장된 번호가 10개를 넘지 못하는 지훈에게 어린아이처럼 칭얼대는 어른과 놀아 줄 변죽이 있을 리 만무했다.

"기사 안 보셨어요?"

"무슨 기사?"

"노트북 폭발했다잖아요."

"그럼 끄고 올 거야?"

찰거머리처럼 물고 늘어지는 권 선생에게 지훈은 두 손을 들어 버렸다.

"한 시간 정도면 얼추 끝낼 것 같으니까 7시 30분에 올게요."

"정말이다?"

"예."

"알았어. 얼른 갔다 와."

권 선생은 지훈으로부터 항복을 받아낸 것이 못내 마음에 들었던지 손 배웅까지 해주었다. 그에 맞춰 이틀에 한 번 울리기도 어려운 지훈의 휴대폰이 울어댔다. 지훈은 바지 주머니에 손을 집어넣으며 숙직실 문을 열었다.

"여보세요."

―나야.

"어? 어."

마리의 목소리가 건너오자 순간 놀라 알딸딸한 목소리를 내자 권 선생이 귀를 쫑긋 세우고 새끼손가락을 세워 보였다.

"누구야? 이거?"

"설마요. 친구요. 잠깐만."

끝까지 호기심을 발동시키는 권 선생의 레이더망을 피하기 위해 얼른 문틈으로 몸을 빼내고 문을 닫았다.

"끝났니?"

―넌?

"난 조금 더 있어야지."

―맞다. 9시쯤 온다고 그랬지.

'그랬지'의 지가 착 가라앉아 있었다. 지훈이 이유를 물었다.

"무슨 일 있어?"

―일은 무슨. 그냥 좀 피곤해서.

"저녁은?"

―스텝들이랑 삼겹살 먹었어. 맛있더라.

띠띠띠!

짐짓 명랑한 목소리로 묻지도 않은 메뉴에 맛 평가까지 내놓는 마리의 말끝에 신경질적인 기계음이 따라붙었다. 예상치 못했던 난관에 부딪친 마리가 얼른 핑계를 둘러댔다.

―배터리가 다 돼서 공중전화야. 그럼 집에서 보자.

"잠깐만!"

딸깍!

지훈이 외치는 순간 전화가 뚝 끊겼다. 그의 외침에 놀라 눈을 깜빡이던 마리가 주머니를 뒤져 동전을 공중전화기의 투입구에 넣었다. 지훈의 번호를 꾹꾹 누르자마자 기다렸다는 듯 그가 나타났다.

"여보세요?"

―뭐 슈퍼에서 사갈 거라도 있니?

"아니, 그게 아니고. 저기 박마리……."

뭔가 상당히 어려운 말인 듯 지훈이 말꼬리를 길게 늘여 빼자 마리는 순간 붉은 불길함에 휩싸였다. 엎친 데 덮친 격이라고, 오늘 당장 방을 빼달라고 할 것만 같았다. 그것 말고는 거추장스러운 존재일 뿐인 저에게 이렇게 어렵게 건넬 말이 없을 테니 말이다. 최악의 경우를 떠올리고 나서야 순식간에 허옇게 말라버린 입술을 열었다.

―말해.

그러자 마리의 심장을 바싹 졸이게 만든 지훈이 본론을 꺼냈다.

"차 한 잔…… 할래?"

"도둑괭이 같아."

아찔한 하이힐을 양손에 든 채 까치발로 걷던 마리가 툭 하니 심정을 고백하자 앞서가던 지훈이 고개를 저었다.

"할 수 없어. 잡히면 기본이 한 시간이야. 설마 질문공세를 즐기는 건 아니겠지?"

"절대. 그런데 찾아오시면 어떡해?"

"겁 많아서 혼자서는 안 움직여. 다 왔다."

지훈이 과학실 문을 열자마자 마리는 불장난을 치고 숨는 아이처럼 쏙 하고 그 안으로 들어섰다. 따라 들어온 지훈이 얼른 문을 닫고 두툼한 커튼을 씌웠다. 그사이 마리는 가물거리는 기억 속에서나 존재했던 과학실을 빙 둘러보았다. 마리아 칼라스를 꿈꾸던 시절보다 훨씬 좋아진 책상과 실험도구들을 살피던 마리의 눈이 등잔만 하게 커졌다.

"아악!"

"왜, 왜 그래?"

눈을 질끈 감은 마리가 손가락으로 진열장 위의 부엉이와 족제비 박제를 가리켰다.

"저, 저기……."

마리의 손가락을 따라가 그녀를 기겁을 하게 만든 실체를 본 지훈이 그녀의 놀라움을 덜어주려 애썼다.

"박제야. 애들도 치우라고 성환데 무슨 교육감님인가 뭔가 하는 분이 기증한 거라 처분도 못하고 저러고 두고 있어."

"보기도 안 좋은데 버리지."

"그러게 말이야. 이리 와."

마리는 눈 옆으로 손날을 세워 공포영화에나 나올 법한 박제들의 무시무시한 눈빛을 피해가며 지훈의 베이스캠프에 도착했다. 어디서 명주실 같은 매끈한 소리가 난다 했더니 노트북에서 나는 음악 소리였다. 가사 없는 연주곡이 꼭 지훈을 닮아 있었다. 자극적이지 않아 밍밍하나 진중하고 차분한.

지훈은 의자 하나를 가져다 자신의 책상 옆에 놓고 마리에게 자리를 권했다.

"심심해서. 앉아."

"응."

"커피 믹스하고 녹차 있는데 뭐 할래?"

"커피."

"그래."

주문을 받은 지훈은 책상 옆 캐비닛을 열었다. 한눈에 봐도 꽤 어려울 것 같은 두툼한 책들과 종이컵과 커피 믹스 등등이 들어 있었다.

"보물 창고네."

"가끔 방문 손님이 있거든."

"누구?"

"애들. 반성문 쓰는. 무단결석이나 태도불량, 복장불량 등등 잡다한 이유로 끌려와서 댑따 큰 반성문을 써. 8절지에도 쓰더라."

마리는 결코 송지훈스럽지 않은 댐따에 대해 핀잔을 주었다.

"댐따가 뭐니? 그런다고 고딩으로 봐줄 것 같아?"

"젤 자연스럽게 구사하는 신조언데. 어?"

"왜?"

"불이 안 들어오네. 누르면 불이 들어와야 하는데 왜 이러지?"

지훈은 멀쩡하게 굴다 손님을 앞에 두고 갑자기 앙탈을 부리는 전기 주전자를 이리저리 살폈다. 받침대와 분리도 해보고 콘센트에 코드를 넣다 뺏다 하면서 버튼을 눌렀지만 불은 들어오지 않았다. 빈속이고 딱히 커피를 마시고 싶었던 것도 아닌 마리가 자칫하면 분해도 감행할 것 같은 지훈을 말렸다.

"됐어. 물이나 한 잔 줘."

"아냐. 잠깐만 기다려 봐."

손님을 불러놓고 냉수만 내놓을 수는 없는 일. 지훈은 과학선생님다운 기지를 발휘했다. 책상 서랍 젤 위쪽을 열더니 열쇠가 주렁주렁 매달린 열쇠꾸러미를 꺼냈다. 그리고 총총히 걸어가 진열장 하나를 열었다.

"뭐 하려고?"

"물 끓이려고. 기다려 봐."

"아, 됐어. 거기다 무슨 커피를 마셔?"

마리는 진열장 속에서 비커와 알코올램프를 주섬주섬 챙겨 드는 지훈에게 거절 의사를 밝혔다. 그러나 어떻게든 손님접대를 제대로 하고 싶은 지훈은 삼발이까지 꺼내 품 안에 안았다.

"왜, 이거 꽤 잘 끓어."

"너 백설공주한테 사과 권하는 마귀할멈 같은 거 알아?"

"모르겠는데."

"실험 약 묻어 있을 수도 있잖아."

"새 거야."

"정말?"

"한 번도 안 쓴 거야."

정색을 하고 반짝반짝 빛나는 비커까지 들어 보이는데 부득부득 거절할 수는 없었다. 마리는 체념을 하고 구시렁거렸다.

"너처럼 독특한 커피 맛 보겠다."

커피를 끓이는 데 필요한 도구들을 한 아름 안고 돌아온 지훈이 단어를 정정했다.

"괴팍이겠지."

"아네?"

"그럼 삼십 년을 함께해 왔는데 모를까? 자, 그럼 시작해 볼까?"

지훈은 세팅을 시작했다. 삼발이 밑에 철망을 놓고 비커를 올렸다. 마리는 팔짱을 낀 채 그 모습을 지켜보았다.

"요즘도 이런 거 하니?"

"응. 기초니까."

"그렇구나."

"물을 붓고…… 이제 불만 붙이면, 아차차!"

바지 주머니를 뒤지던 지훈이 난색을 표시했다. 알코올램프에 불을 붙일 만한 것이 없는 모양이었다.

"라이터 없어?"

"어. 대략 낭패네."

"잠깐만."

마리는 가방을 부석거려 일회용 라이터 하나를 꺼냈다. 그리고 살짝 미간을 찌푸리고 있는 지훈의 그럼 그렇지, 라는 오해를 막기 위해 간단한 부연설명을 붙이며 건넸다.

"끊은 지 8년 됐어. 삼류긴 하지만 명색이 가수였잖아."

"난 아무 말도 안 했어."

"얼굴로 다 말하고 있으면서."

"아닌데……."

쿡 찔리는 정도는 아니었지만 콕 찔리는 구석이 있는 지훈은 어쭙잖게 말을 흐리며 알코올램프에 불을 붙였다. 파르스름한 불이 살랑거리며 피어올랐다. 불꽃은 아주 오래전 기억을 되살렸다.

"나트륨이 무슨 색이었더라?"

"노란색."

"맞다. 리튬은 빨간색이고 칼슘은 주황색. 나도 공부 잘했는데."

전형적인 모범생이었던 때의 마리를 기억하고 있는 지훈은 반쯤 빼놓았던 의자에 앉으며 그에 기꺼이 동의했다.

"잘했지. 공부도 잘하고 노래도 잘하고, 그러니 남자애들이 목을 맸지. 여자애들은 못 잡아먹어 안달이고."

마리는 저도 기억이 가물가물하던 때를 기억해 주는 지훈에게 씁쓸하게 웃어 보였다.

"왕년에 한 가닥 안 한 사람이 어디 있니?"

"나 있잖아."

"말도 안 돼. 1등 도맡아 했으면서."

"그 말이 듣고 싶었어. 훗!"

짧은 웃음을 흘리고 난 지훈이 길쭉한 커피 믹스 봉지를 흔들다가 물었다.

"오늘은 뭐 찍었어?"

"어? 어, 의류. 청바지랑 원피스 이딴 거."

"재밌었어?"

"일을 재미로 하나. 돈 주니까 하는 거지. 알잖아, 목구멍이 포도청인 거."

마리는 지훈과 더 마주 보고 있다가는 오늘의 불상사를 들킬 것만 같아 과학실을 빙 둘러보는 시늉을 했다. 하지만 그런 행동은 눈썰미 좋은 지훈에게 정확한 데이터를 뽑아내게 만들 뿐이었다. 뭘 찍었냐고 물었을 때 놀라는 눈치였고 재밌었냐고 물었을 때 돌아온 대답은 황량했다. 그리고 그 대답은 전에 한 번 생각했다 도리질로 지워 버린 이야기를 꺼내라 그를 채근했다. 감성의 다그침을 이기지 못한 지훈의 입술이 스르륵 열렸다.

"저기 박마리."

"응?"

지훈이 불렀지만 마리는 여전히 딴청을 부리며 입술만 움직였다.

"세 드는 건 어떻겠니? 너 지금 사는 방……."

마리가 즉각 시선을 지훈에게 맞췄다. 그리고 얼토당토않은 말을 끊기 위해 정색을 했다.

"송지훈."

"방세는 동네 시세 맞춰서 줘."

"돈이 문제가 아니잖아. 너하고 내가 같이 산다고? 우리가 어떻게 같이 살 수가 있겠니?"

마리는 목소리를 높였다. 바싹 말라버린 스펀지 같은 자신이 지훈의 배려를 넙죽, 그리고 온전히 받아들여 버릴까 두려웠다. 그러나 지훈은 차분히 자신들의 관계를 정리해 나가기 시작했다.

"그래. 나도 너도 원하지 않았지만 우리 사이에는 아이가 있었지. 너도 나도 얼굴도 못 본 아이. 처음엔 그것 때문에 널 증오했어. 그때 일, 완벽하게 잊고 지냈었고 존재하는지도 몰랐던 아이가 잘못됐다는 것에 화가 났다기보다는 결백하다 믿었던 내가 실상은 추악한 죄인이었다는 것에 화가 났고 나를 부추겼던 네가 미웠어."

"그만 해. 보상 따위 바라지도 않고 할 필요도 없어. 잊었니? 그 밤에 넌 내가 놓은 덫에 걸려들었을 뿐이야. 악랄한 덫 말이야. 아아! 내가 꼭 이런 말까지 해야 속이 시원하니?"

"아니. 내가 원치 않았다면 우리 둘 다 그 밤을 끔찍하게 기억하지는 않을 거야."

"그렇지 않아!"

"널 좋아했었어. 많이."

비커에 담긴 물이 바글바글 끓는 소리를 냈다. 그리고 아주 오래전 기억을 더듬는 두 사람의 심장도 들끓었다. 지훈은 고해성사를 하는 것처럼 두 손을 모으고 절대 입 밖으로 내밀지 않으리라 맹세했던 이야기를 꺼냈다.

"널 좋아했어. 한없이 초라한 나에 비해 넌 당당함 그 자체였고 또 내가 본 여자애들 중에 가장 예뻤으니까."

"듣기 싫어. 하지 마."

"하지만 그건 정말 오래전 일이고 그 밤 이후로는 더 이상 널 보고 가슴이 뛰거나 열이 나지 않아. 너나 나나 그렇기엔 너무 커버렸잖아? 설마 너 날 이성으로 생각하는 건 아니지?"

마리가 진저리를 쳤다.

"말이 되는 소리를 해."

"그럼 됐네. 나도 네가 여자로 안 보이거든. 아무 무리 없어. 아, 물 끓었다."

지훈은 알코올램프를 끄집어내 뚜껑을 덮어 끄고 스웨터 양 소매를 늘여 빼 바르르 달아오른 비커를 집어 들었다. 그는 그렇게 흉터로 남아 있는 자신들의 관계를 깨끗이 정리했지만 원죄를 품고 있는 마리로서는 녹록한 일이 아니었다.

"그렇게 얼렁뚱땅 넘어가려고 하지 마. 이게 그렇게 간단한 문제니?"

"난 정리했어. 그러니까 너도 정리해."

비커에 끓인 물을 머그잔에 붓고 젓기 시작한 지훈의 한결같은 대답이 마리를 허탈하게 만들었다.

"참 쉽다."

"어려울 것도 없어. 최선과 최악의 선택 둘 중 하나를 고르는 것뿐이니까."

마리는 자신의 두려움을 솔직히 고백했다.

"너 따라 하면 욕할 거잖아."

"그렇지 않아."

"그럴 거 같아. 아니, 분명 그럴 거야, 넌."

"아니야."

연거푸 두 번을 부인한 지훈은 불안정하게 흔들리는 눈빛을 보이는 마리를 타일렀다.

"절대 그렇지 않아. 난 널 탓할 자격이 없으니까. 그러니까 잊어. 그러면 친구는 되지 못하겠지만 그 비슷한 것은 될 수 있을 거야. 함께 살아도 불편하지 않을 그런 관계."

마리는 그저 눈만 깜박거렸다. 칼바람이 몰아치는 추위 속을 헤매다가 갑자기 따뜻한 난로 앞에 앉은 것처럼 멍멍하고 간질거렸다. 게다가 오늘 내내 시달린 탓에 꽁꽁 얼어붙었던 마음이 스르륵 녹아내려 걷잡을 수가 없어졌다. 허락도 없이 눈물이 주르륵 흘러내려 버렸다. 놀란 기가 역력한 지훈을 보고서야 눈물로 뺨을 적시고 있음을 알아차린 마리는 고개를 옆으로 틀었다.

"티끌이…… 들어갔어."

지훈은 뭐라 마땅한 위로를 찾지 못해 간질거리는 입술을 몇 번 소리 없이 벙긋거리다가 머그잔을 그녀에게 밀었다. 그리고 먼저 향긋한 향을 풍겨 내고 있는 머그잔을 입술로 가져갔다. 눈물을 훔쳐내고 살짝 발개진 코끝을 문지른 마리도 부들부들 떨리는 심장을 달래기 위해 머그잔을 두 손으로 감쌌다. 커피의 온기가 손바닥으로 번져갈 무렵 자신의 결정을 말했다.

"조금만…… 더 뻔뻔해질게."

"잘 생각했어."

"방세는 꼭꼭 챙겨 줄게."

"당연하지. 하루라도 늦으면 즉시 쫓아낼 거야."

"안 밀려. 무슨 일이 있어도."

마리가 다부진 다짐을 하는 그 때 지훈의 뇌리 속에서 하루 종일 뱅뱅 맴돌던 노래가 생뚱맞게도 툭 튀어나왔다. 느릿느릿 왈츠를 추는 한 쌍의 커플을 연상시키는 바로 그 노래.

"아!"

난데없는 지훈의 외침에 막 머그잔을 입에 대려던 마리가 동작을 멈췄다. 지훈은 상기한 얼굴로 마리를 빤히 쳐다보며 밑도 끝도 없는 말을 늘어놓았다.

"넌 알겠다, 노래 했으니까."

"무슨 노래."

"분명 아는 건데 제목을 모르겠어. 들어 봐. <u>으으음</u>, <u>으으음</u>……"

지훈은 정말 정확히 꼬박 한나절을 궁금해 하던 노래를 허밍으로 불렀다. 그러나 타고난 음치에 박치까지 겸한 탓에 마리는 도무지 무슨 노래인지 알 수 없었다.

"노래가 맞긴 하니?"

"어, 어. 후후! 나 음친 거 깜빡했다. 하지만 노래는 맞아. 전에 냉장고 광고 할 때도 나왔던 것 같아. 그때는 가사는 없고 연주곡만 나왔는데 아주 좋은 노래야."

"누가 선전하는데?"

"이름은 잘 모르는데 유명한 탤런트야. 아담하니 예쁘고."

"그런 애가 한둘이니?"

"그렇지? 관두자. 하루 종일 생각했더니 머리가 다 아프다. 마셔."

"응."

마리는 지훈의 권유대로 머그잔에 담긴 커피를 홀짝이며 마셨다. 그런데 지훈에게 전염됐는지 그의 뇌리를 하루 종일 점령하고 있었다는 노래가 궁금해졌다.

'냉장고? 아담하고 예뻐? 가사가 있는 노래라……'

지훈으로부터 전해들은 정보를 토대로 노래 제목을 추적해 나가던 마리가 입술을 벙긋 열었다.

"마, 마블?"

"어?"

저도 모르게 낯선 단어 하나를 발음한 마리가 손가락을 튕겼다.

"맞다. 마블 홀! 들어봐. I dreamt I dwelt in marble halls."

"맞아! 바로 그 노래야. 제목이 뭐라고?"

"I dreamt I dwelt in marble halls. 네 말대로 아담하고 예쁘신 탤런트 강수애가 냉장고 선전할 때 배경으로 나왔다. 발페라는 오페라 작곡가가 만든 아주 유명한 노래야. 여주인공 아를리네의 아리아."

"그렇구나. 어쩐지 좋더라."

"난 설마 그 노래일 거라고는 생각 못했다. 완전 딴 노래였어."

"비슷하게 불렀는데. 으으음, 으으음······."

마리의 핀잔에도 불구하고 미련을 버리지 못한 지훈이 엉망진창인 노래 솜씨를 한 번 더 선보였다. 그러자 마리가 고개를 가로저었다.

"아니라니까? 들어봐. 으, 으으음, 으음, 으으으음······."

"가사로 불러주면 안 돼?"

"뭐? 싫어."

마리는 지훈의 갑작스러운 요구를 딱 잘라 거절했지만 지훈은 그녀의 거절을 이해하지 못했다.

"왜, 너 노래 잘하잖아."

"쪽팔리게 네 앞에서 노래는 무슨 노래야. 싫어."

"가수가 관중 앞에서 노래하는 게 왜 쪽팔려."

"이제 가수 아니거든?"

마리가 거듭 거절했지만 지훈은 하루 종일 필 꽂혀 있던 노래 전곡을 듣고 싶은 욕심에 말도 안 되는 소리를 내놓았다.

"뭐 하나 사줄까?"

"재롱잔치 보자는 거야? 노트북 있네. 거기서 찾아봐."

"라이브 두고 저걸 왜 들어. 그러지 말고 한 번 불러봐 주라. 박수!"

박수라고 손뼉 딱 두 번 쳐놓고 기대감이 듬뿍 담긴 눈빛을 대는 지훈에게 마리는 고개를 절레절레 저었다.

"사람 허탈하게 만드는 것도 재주야. 1절만이야."

"2절도 있어?"

"1절까지만. 반주도 없는데. 흐흠! 흠!"

그렇게 구시렁대면서도 목까지 고른 마리는 지훈이 고대해 마지않는 노래를 시작했다.

"I dreamt I dwelt in marble halls. With vassals and serfs at my side. And of all who assembled within those walls……."

마리는 의식하지 않고 부르는 노래이지만 지훈에게는 많은 생각을 떠오르게 했다. 그 옛날에는 정말 궁전에 사는 공주가 아닐까 했었다. 비록 포주인 마담 오드리를 어머니로 두긴 했지만 늘 곤궁했던 저와는 달리 모든 것을 누리던 공주님. 지훈은 그때의 마리가 이 노래의 주인공과 같은 꿈을 꾸고 있었다는 것을 기억해냈다.

한때의 쾌락을 쫓아 양공주였던 마담 오드리를 안은 그저 그런 주한미군이 아닌 멋지고 능력 있는 유서 깊은 가문의 일원인 아버지를 두길 바랐다. 튀기라는 손가락질로 시작되는 멸시 대신 시중을 들길 자처하는 추종자들을 거느리길 원했다. 그래서 그 방법으로 노래를 택했고 정말 그녀가 노래를 부를 때만큼은 모든 사람들이 거기에 흠뻑 빨려 들어가 멸시나 조롱 대신 감탄을 내놓았다.

그때와 창법이 좀 다르긴 하지만 지금도 공중을 떠다니는 깃털처럼 가벼운 목소리는 변함없이 지훈을 매료시켰다.

"I had riches too great to count of a high ancestral name."

갑자기 뭔가 뜨거운 것이 명치에 얹히는 것 같았다. 자격지심인지 모든 것을 다 가진 노래의 주인공과 상반된 너무나 초라한 자신의 모습을 들여다본 탓이었다. 순전히 제 탓이라는 것을 알지만 가망 없는 바람과 다짐이 새록새록 돋아났다. 다시 그 시절로 돌아갈 수만 있다면 그렇게 자해하며 살지 않을 거라는. 그러나 돌이킬 수 없기에 후회밖에 되지 못함을 잘 알기에 서둘러 노래를 마무리 지었다.

"But I also dreamt which pleased me most. That you loved me still the same……."

지훈의 미간에 잔주름이 차들었다. 그 주름은 세 번을 반복하는 마지막 구절이 시작될 때 눈에 띄게 깊어졌다. 굳이 해석하려 들지 않았건만 마리의 목소리로 해석된 뜻이 귓속을 파고들었다.

〈그대가 여전히 나를 사랑하고 있다는 거예요.〉

순간 지훈은 심장이 멈추는 것 같아 저도 모르게 왼쪽 가

숨을 부여잡았다. 손바닥 아래서 존재감이라고는 없던 심장이 미친 듯이 뛰놀았다. 은밀한 이야기들로 가득 찬 일기장을 들킨 것만 같았다. 그리고 그 은밀한 이야기는 바로 갈비뼈를 뚫고 나올 것 같은 심장이었다. 괜한 무뚝뚝함으로 마리에 대한 수줍은 마음을 숨기던 그때와 똑같은 격렬한 박동을 연주하고 있었던 것이다. 여자로 보였던 것은 18살 때뿐이었다고 했던 호언장담을 통렬히 비웃는 광풍 같은 박동이었다. 숨이 턱 막혔다.

산을 넘는 산들바람처럼 가볍게 마지막을 향해 달리던 마리가 지훈의 갑작스러운 태도 돌변에 놀라 노래를 멈췄다.

"왜 그래? 송지훈?"

가슴에 손을 얹은 채 얼굴을 잔뜩 찌푸린 것이 심장마비를 일으킨 것이 아닌가 하는 의구심을 몰아오자 마리의 미간에도 주름이 몰려들었다. 마리가 자신의 상태를 묻고 있음을 겨우 깨달은 지훈이 마취 당한 것 같은 나른한 입술을 힘겹게 움직였다.

"아니……."

그 때, 드르륵 문이 열렸다. 마리와 지훈은 불장난을 하다 들킨 아이들처럼 움찔거리며 문 쪽을 쳐다보았다. 그에 맞춰 미처 젖히지 못한 커튼 속에서 요란한 박수 소리가 터져 나왔다. 그리고 머리와 어깨로 커튼을 열어젖힌 권 선생이 모습을 드러냈다.

"브라보! 브라보!"

"어머!"

불청객 권 선생의 습격에 마리는 기겁을 했지만 지훈은 제 미친 생각을 멈추게 해준 권 선생을 와락 껴안아 주고 싶었다.

제9화

황도 통조림

늦은 오후, 시험문제를 뽑느라 여념이 없는 지훈의 코앞에 피로회복제 한 병이 나타났다. 고개를 드니 권 선생이 느끼하게 웃고 있었다.

"힘들지?"

'웬 CF?'

뜨악한 지훈이 턱을 잡아당겼다. 그러자 엉큼한 속셈이 있는 권 선생이 의자를 바싹 잡아당겨 지훈에게 찰싹 달라붙었다.

"스테이크 or 갈비?"

"요새 속이 통 안 좋아서요."

"아니, 조카분 말이야."

권 선생이 속셈을 드러내서야 지훈은 피로회복제의 강림을 이해할 수 있게 되었다. 뭐라 소개할 만한 타이틀이 없어 엉겁결에 조카라고 둘러 붙였는데 곧이곧대로 믿고 마리에 대한 호기심을 키운 모양이었다. 순간 떠오른 단어가 하나 있었다.

'꼴에, 앗! 취소. 언감생심.'

지훈이 부적절한 단어를 적합한 단어로 바꾸는 사이 손날을 세워 입술을 가린 권 선생은 자분자분 이야기를 속삭였다.

"내가 다른 속셈이 있어서가 아니라 송 선생 조카님이시니까 뭔가 대접을 해야 할 것 같아서 말이야. 또 그리고 커피만 달랑 얻어먹고 입 싹 씻으면 한국 놈들 도둑놈이다 하실 거 아냐?"

"커피 제 건데요."

"타기는 조카님이 타셨잖아."

융통성이라고는 손톱만큼도 없는 지훈의 대꾸에도 꿋꿋하던 권 선생이 눈앞에 보이는 욕심 때문에 살피지 못했던 지훈의 뜨악함을 눈치 챘다.

"왜, 내가 흑심이라도 품은 것 같아? 아니야, 절대 아니야. 순수한 호의. 그래, 호의!"

손까지 저어가며 야단법석을 피우자 건너편의 방 선생이 끼어들었다.

"무슨 일이야?"

"아무것도 아니야."

"아니긴 뭐가 아냐? 딱 보니까 소개팅 해달라고 조르는 것 같은데?"

"소, 소개팅은 무슨?"

"어쭈, 말까지 더듬어?"

"아, 아니라니까. 내가 송 선생 조카분한테 입은 은혜가…… 흡!"

엉겁결에 마리가 낯을 가린다는 이유를 들어 다른 사람에게는 함구해 달라는 지훈과의 약속을 어겨 버린 권 선생이 입술을 쑥 빨아들였다. 그러자 막 부임해 올 때 가족관계를 물어보자 교묘하게 답을 회피해 버렸던 것이 생각난 방 선생이 놀란 눈을 해 보였다.

"조카분? 어이, 송 선생. 이게 어떻게 된 일이야?"

꼬리를 드러내는 수밖에는 없었다. 단, 아주 조금만.

"일직하는 날 조카가 잠시 들렀었습니다."

"권 선생이 목매는 거 보니까 조카라도 나이가 좀 되나 본데?"

"27살. 거기다 바비 인형. 흡!"

권 선생의 주책 때문에 꼬리를 자를 수가 없게 되자 지훈은 불쾌한 표정을 감추지 않았다. 눈치 빠른 방 선생은 뭉게구름처럼 솟아나는 호기심을 싹 감추고 귀에까지 걸었던 입을 자취도 없이 감춘 권 선생은 지훈의 눈치만 슬슬 보았다.

"누나가 국제결혼을 하셨거든요."

"아아! 그래서 바비로구나."

"말도 마. 광채가 나더라니까? 나 성인만 후광이 있는 것이 아니라는 거 처음 알았네."

"어디 사시는데?"

"미국요. 약혼자가 한국에 있어서 나왔어요."

지훈의 거짓말에 뒤통수를 맞은 권 선생이 턱을 쏙 뺐다.

"약혼했어?"

"곧 식 올릴 예정이니 때 되면 청첩장 돌리겠습니다."

"어, 어. 그래."

두 사람의 대화로 사태를 짐작한 방 선생이 명쾌한 판결을 내렸다.

"김칫국 좀 어지간히 마셔. 속도 안 쓰려?"

"아니라니까? 난 그냥…… 그런데 이놈들이 제대로 하고 있는 거야 어쩐 거야?"

자율학습 잘하고 있는 아이들을 핑계로 슬그머니 엉덩이를 들더니 교무실을 빠져나갔다. 그 모양을 본 방 선생이 혀를 끌끌 찼다.

"쯧쯧!"

그리고 곧장 하던 일로 돌아가자 지훈은 책상 한쪽에 고이 누워 있는 휴대폰을 바라다보았다.

'일하는 중일까?'

염색을 하고 나더니 갑자기 일이 많아졌는지 아침 일찍부터 나가 늦은 저녁이 돼서야 돌아오곤 하는 마리다. 다리가 많이 아픈지 습관적으로 종아리를 주물러댄 것이 기억나자 손이 저절로 휴대폰으로 향했다. 폴더를 열고 저장해 두었던 마리의 전화번호를 찾았다. 그런데 통화 버튼을 누르지 못하고 폴더를 확 닫아 버렸다.

'일하는데 방해가 될지도 몰라. 그리고 퇴근하면 볼 텐데 굳이 전화까지 할 필요 없잖아. 그런 건 마치…… 아아! 아니야.'

간이 콩알만 하게 졸아드는 생각을 떠올리자마자 짜증이 확 밀려든 지훈은 휴대폰을 틱 하고 던져버리고 출제안에 코를 박았다.

"별루야."

'아, 정말 돈만 있었으면 저 인간을 당장! 아아!'

마리는 근 한 시간 동안 온 매장 안의 옷이란 옷은 죄다 입어 보고 입는 족족 별루야, 를 외치며 벗어던지는 사모님에게 증오마저 느꼈다. 사람들의 삐딱한 시선도 피하고 착실하게 살아보고자 구한 일자리는 백화점이었다. 이틀간 교육을 받고 소위 명품이라 불리지만 보기로는 딱 몸빼와 부대 자루에 불과하지 않는 옷가지들을 파는 매장에 근무하기 시작한 지 오늘이 오 일째다.

검은 물을 들이고 검정 렌즈를 껴도 서구적인 외모를 다 감출 수는 없었지만 설마 혼혈이라고 생각지는 않는 것 같다. 그것은 마음에 들지만 하루 종일 서 있느라 다리는 퉁퉁 붓고 짐을 옮길 때면 허리며 등이 휘었다. 그래도 달리 마땅한 일자리도 없고 저를 믿어 준 지훈의 기대에 부응하기 위해 어금니를 꽉 깨물고 묵묵히 일하는 참이다. 그러나 이런 손님의 뒤치다꺼리를 하는 일은 어금니를 깨무는 것이 아니라 뽑기라도 해야 참아낼 수 있을 것 같다.

마리는 천근만근 무거운 팔을 뻗어 팔자 좋은 사모님께서 허물처럼 벗어던져 놓은 옷가지들을 챙겼다. 그러는 사이 까탈 맞지만 그래도 큰 고객인 사모님의 마음을 휘어잡기 위해 안간힘을 다 쓰는 매니저는 또 새로운 옷을 꺼내 들었다.

"그럼 사모님, 이건 어떠세요? 허리를 잡아줘서 잘록하게 만들어 주고 또 이렇게 앞쪽에 포인트를 줘서 감각적이에요."

"글쎄……."

말은 그렇게 하면서도 매니저가 들고 있는 블라우스를 훑어보는 눈에는 만족스러움이 내비치고 있었다. 사람들 다루는 데는 이골이 난 매니저가 그 기회를 놓칠 리가 없었다. 사모님을 탈의실로 처박기 위해 가식적인 눈웃음을 살살 지었다.

"그렇게 보시면 아시나요? 들어가셔서 입고 나와 보세요. 제가 봐드릴게요."

"너무 많이 입어 본다고 욕하려고?"

"어머머! 사모님, 말도 안 돼요. 제가 감히 그런 생각을 어떻게 해요. 다른 분이면 모를까 사모님을 두고."

"웃자는 소리야. 입어 보지 뭐."

"네, 사모님."

심장마비라도 일으키겠다는 듯 과장스럽게 놀란 척을 해 보인 매니저는 기어이 사모님을 탈의실 안으로 처박았다.

"불편하시면 말씀하세요."

"응."

사모님의 반토막짜리 답을 듣고 나서 휙 돌아선 매니저의 태도가 돌변했다.

"어우, 쌍! 확 저것만 안 사기만 해 봐라. 아주 매장을 확 뒤집어 놨잖아? 우리 막내가 고생이 많네."

"아니에요."

"저 인간이 그래도 돈이 좀 되거든. 그러니 어째? 똥구멍 살살 긁어야지. 둘째 오면 좀 쉬다 와. 알았지?"

"예."

마리가 답을 하자마자 탈의실 문을 열고 문제의 사모님이 나왔다. 일순 마리는 하마터면 폭소를 터트릴 뻔했다. 옷이 아니라 랩을 딱 붙인 듯 울룩불룩한 몸매가 적나라하게 드러나서 비엔나소시지를 연상케 했다. 보는 눈은 있었던지 사모님도 거울을 비춰 보며 그것을 염려했다.

"좀 타이트하지 않아?"

"아니에요, 사모님. 딱 맞으세요. 올해는 이렇게 피트한 것이 유행이잖아요. 하나도 타이트하지 않으세요."

위 사이즈가 진열되어 있지 않은 것을 상기해 낸 매니저가 수단을 부렸다. 그러나 사모님은 눈 깜짝도 하지 않고 당당히 요구했다.

"이 위 사이즈 있으면 줘 보지."

"예? 아, 예. 마리 씨, 창고에 가서 이 바로 위 사이즈로 챙겨 와요."

"예."

마리는 애써 부아를 참고 있는 매니저에게 고개를 까닥여 보이고 어수선한 매장을 나섰다. 천근만근 무거운 종아리가 이제는 저려와 절뚝거리는 마리의 뒷모습에 고단함이 잔뜩 묻어났다. 그리고 팔자 좋은 사모님의 요구사항은 줄줄이 이어졌다.

"아까 그 원피스 소매 좀 잡아 줘. 너무 길어. 그리고 바지는 통 좀 줄여야겠더라. 너무 펑퍼짐해. 무슨 바지를 그렇게 펑하게 만든다니?"

"정말 괜찮은데요?"

퇴근을 하다 슈퍼 주인의 레이더망에 딱 걸려 버린 지훈은 뜻밖의 정보에 귀를 쫑긋 세웠다. 그러자 슈퍼 주인은 손사래를 쳐가며 반색을 했다.

"그렇다니까."

지훈은 즉석 식품보다 훨씬 맛있고 영양가도 좀 있을 것 같은 국 레시피 중에 궁금한 것을 물었다.

"스프 먼저 풀어요?"

"엉. 그다음에 된장 풀고 거기다 양파랑 파 좀 송송 썰어 넣으면 기가 막힌다니까."

"계란을 좀 넣으면 어떨까요?"

"좋지. 두부까지 넣으면 금상첨화고."

다양한 재료가 뭉텅 들어간 구수한 된장국을 생각하자 절로 군침이 도는 지훈은 흔쾌히 재료들을 주문했다.

"그럼 필요한 것들 좀 주세요."

"알았어."

슈퍼 주인은 쌩하니 안으로 들어가 라면 두 봉지와 된장을 챙긴 후 두부를 뜨기 위해 뒤집개를 잡았다. 그러면서 요새 통 보이지 않는 마리의 안부를 물었다.

"조카는 어째 통 안 보여? 쇼핑 할 게 그리 많아?"

"그냥 그래요."

뭐라 마땅히 대꾸할 말이 없어 얼버무려 버리는데 두부를 담던 슈퍼 주인이 아래쪽을 내려다보다 입매를 쭉 늘렸다.

"아이고, 호랑이도 제 말 하면 온다더니 저기 조카 오네. Hi!"

당장이라도 똑 떼다 내다버리고 싶은 다리를 질질 끌며 올라오던 마리는 귀에 익은 목소리에 문뜩 눈을 들었다. 지훈과 슈퍼 주인이 나란히 자신을 쳐다보고 있었다. 변덕스러운 사모님 때문에 매장과 창고를 몇 번이나 왔다 갔다 한 통에 몸이 물 먹은 솜이라 입도 열기 귀찮아 고개만 까닥 숙였다. 그러나 그렇지 않아도 마리를 고대하고 있던 슈퍼 주인이 그냥 고이 보내줄 리가 만무했다. 살갑게 인사부터 건넸다.

"쇼핑 다녀와?"

"오니?"

"응."

마리는 동시에 인사를 건네 오는 두 사람에게 건성으로 대답을 내놓고는 멈춰 서지 않고 그대로 그들을 지나쳤다. 그동안 풀어 놓지 못했던 이야기보따리를 풀어 놓으리라 작정을 하고 있던 슈퍼 주인이 놀란 토끼눈을 했다.

"어라?"

그리고 심상치 않은 기운을 직감한 지훈은 서둘러 지갑을 열었다.

"얼맙니까?"

"어디 보자. 된장에 두부에 라면 두 개면……."

획기적인 메뉴를 탄생시켜 줄 재료들이 담긴 검정 봉지를 식탁에 내려놓은 지훈은 재킷을 벗으며 굳게 닫힌 마리의 방문을 쳐다보았다. 갈수록 이상해지는 마리다. 전에는 리모컨을 움켜쥐고 텔레비전을 독차지했었는데 요새는 통 텔레비전도 보지 않고 집토끼마냥 방에만 틀어박혀 있다. 혹시 씻나싶어 욕실의 스위치를 쳐다보았지만 불은 꺼져 있었다.

"자나?"

연속되는 그녀답지 않은 행동이 지훈의 발걸음을 절로 마리의 방 쪽으로 향하게 만들었다. 문을 두드렸다.

"저기."

어색하게 부르자 잠에 취한 것 같은 나른한 대답이 문을 뚫고 나왔다.

"으응."

"자니?"

"으으응. 끄응!"

대답 끝에 앓는 소리가 따라붙자 지훈은 문에 귀를 바싹 가져다댔다.

"무슨 일이야?"

"아니야, 아무것도. 가서 자아."

애써 태연한 척했지만 말 속에 깃든 고단함은 고스란히 지훈에게 전달되었다. 슈퍼 앞에서 봤을 때 그다지 좋지 않았던 안색을 떠올린 지훈은 무작정 문손잡이를 잡았다.

"들어가."

"뭐, 뭐?"

지훈은 마리가 놀랄 새도 없이 문손잡이를 돌려 방문을 열었다. 그리고 벽면에 달린 스위치를 눌러 방 안에 자욱이 내려앉아 있는 어둠을 물리쳤다. 그러자 극심한 몸살기 때문에 세수는커녕 옷도 벗지 못하고 그대로 누워 버렸던 마리를 볼 수 있었다. 퀭한 눈에 버석거리는 마른 입술이 그녀의 지금 상태가 최악임을 알려주었다. 지훈은 물을 필요도 없는 미련한 질문을 던졌다.

"아파?"

"아니야. 좀 피곤해서 그래."

"아닌 것 같은데."

"괜찮대도. 잘 거야. 가서 자."

욱신거리는 사지 때문에 만사가 귀찮은 마리는 이불을 훌러덩 뒤집어쓰고 다시 누워 버렸다. 그러는데 아직 문손잡이를 잡고 있는 지훈이 주름을 한 가득 잡은 콧잔등을 움찔거렸다. 어둠과 함께 방 안을 꽉 메우고 있던 독특한 냄새. 바로 파스 냄새였다. 지훈은 아픈 주제에 혼자 끙끙 앓는 미련한 곰 흉내를 내고 있는 마리를 채근했다.

"몸살 났어?"

그러나 이불을 뒤집어쓴 마리는 입술만 꼭 깨물 뿐 어떤 대답도 하지 않았다. 벌써부터 눈시울이 뜨끈해져 왔다. 아니, 실은 아까 지훈이 문을 열어젖히는 순간부터 눈알이 쓰라렸었다. 몸이 아프면 마음도 약해지는 모양인지 아프냐는 그

한 마디에 목이 메어 왔다. 처음 듣는 말도 아닌데 가슴에서 뭔가가 소용돌이치는 것 같고 이를 악물면 참을 만했던 욱신거림이 비명을 토해내게 할 만큼 거세졌다.

마리는 눈을 꼭 감고 주먹을 부르쥐었다. 그 때 이불이 홱 걷혀졌다. 등줄기로 싸늘한 한기가 느껴지자 마리가 진저리를 쳤다.

"왜 그래 정말!"

"어디가 어떻게 아파."

"안 아파. 안 아프니까 제발 좀……."

있는 대로 부리던 마리의 짜증이 딱 멈췄다. 뜨끈한 이마에 얹힌 서늘한 손 때문이었다. 손바닥으로 정상이 아닌 마리의 몸 상태를 알아차린 지훈이 찌푸린 얼굴을 풀지 않은 채 물었다.

"약은 먹은 거야?"

"먹……었어."

왈칵 치솟는 서러움을 삼키느라 말을 끊고 만 마리는 안간힘을 다해 입술을 깨물었다. 오후부터 조짐이 좋지 않더니 마감 시간 때쯤에는 온몸이 얼음구덩이에 빠진 듯 달달 떨려오고 허리며 다리가 쏙 빠지는 것만 같았다. 백화점을 나서는 즉시 약을 사먹긴 했지만 단단히 탈이 났는지 듣는 기미는 보이지 않았다.

"안 먹었음 지금 이야기해."

"먹었다니까!"

빽 소리를 질러버리자 지훈은 입술을 꾹 다문 채 함부로 젖혔던 이불을 목까지 끌어 올려 주었다. 그리고는 뒤도 안 돌아보고 방을 나섰고 곧이어 현관문 열리는 소리가 이불 속에 푹 파묻힌 채 손가락 하나 까닥하지 못하는 마리의 귓전을 파고들었다.

한기와 근육통에 좋다는 알약과 물약에 한약까지 골고루 사든 지훈은 성큼성큼 큰 걸음으로 집으로 향했다. 그러다 힐끔 슈퍼를 쳐다보았다. 잠시 뭔가 생각하는가 싶더니 곧장 슈퍼 안으로 들어섰다. 오징어를 질겅이며 연속극을 보고 있던 슈퍼 주인이 언제나처럼 정겹게 그를 맞았다.

"어서 와, 삼촌. 이거 하나 먹어 봐. 속초 오징언데 진짜 맛있네?"

"됐습니다. 맥주 있습니까?"

"맥주? 삼촌 술 안 마시잖아."

지훈의 입맛과 취향을 환히 꿰고 있는 슈퍼 주인이 의아한 눈으로 쳐다보았지만 마음이 급한 지훈은 그에 아랑곳하지 않고 제 목적물이 어디 있는지 물을 뿐이었다.

"병맥주 있죠?"

"있지. 명색이 슈펀데 맥주 없을까. 저기 음료수 냉장고 밑에 봐봐. 종류별로 있으니까 입맛대로 골라. 내가 오징어는 서비스 할 테니까."

쓸데없는 슈퍼 주인의 관심에 귀가 다 따가운 지훈은 도망치는 심정으로 얼른 음료수 냉장고 쪽으로 걸어가 상표도 보지 않고 맨 앞에 진열된 맥주 한 병을 집어 들었다. 마실 용도가 아니니 맛이고 회사고 따질 필요가 없었다.

맥주를 집어 들고 허리를 펴는데 냉장고 오른쪽에 먼지를 뒤집어쓰고 앉아 있는 황도 통조림이 눈에 들어왔다. 오아시스에 살 때 감기에 걸릴 때면 어머니가 떠먹여 주곤 하던 것이다. 안주로 쓰는 통에 흔한 황도 통조림이었지만 신기하게도 감기에 걸렸을 때 먹으면 목도 편안하고 열도 좀 더 내리곤 했었다. 그때의 기억이 떠오르자 지훈은 그것을 향해 손을 뻗었다.

약 기운이 뒤늦게야 퍼졌던지 까무룩 잠이 들었던 모양이다. 꿈을 꾸는지 누군가가 저 멀리서 제 이름을 부르는 것도 같고 팔을 잡아 흔드는 것도 같았다.

"박마리, 좀 일어나 봐. 박마리!"

"으으응……."

추를 매단 듯, 한없이 무겁기만 한 눈꺼풀을 겨우 겨우 밀어 올리자 물 컵을 들고 있는 지훈이 보였다.

"물 좀 마셔."

사막에서 오아시스를 만난 것보다 더 반가운 소리였다. 마리는 등을 받쳐주는 지훈에게 의지해 자리에서 일어나 감로수 같은 물로 바싹 마른 입술과 목을 축였다. 미지근했지만 물이 들어가자 몽롱했던 시야가 또렷해졌다. 입고 있던 트렌치코트는 지훈이 벗긴 모양인지 얇은 실크 블라우스 차림이었다.

"주머니에 약 있던데 언제 먹었니?"

"8시 반쯤."

"그럼 약은 좀 있다 먹고 엎드려 봐."

"왜."

"하라는 대로 좀 해."

지훈은 살짝 짜증스러운 손길로 마리의 어깨를 잡았다. 깃털만 앉아도 바위덩이로 치는 것과 마찬가지인 마리는 그의 손길을 배겨내지 못하고 비명을 질렀다.

"아앗!"

"미, 미안."

말까지 더듬을 정도로 놀란 지훈은 손에서 힘을 빼고 조심스럽게 마리를 뉘였다. 그리고 봉지 속에서 맥주병을 꺼내 곧장 마리의 종아리를 문지르기 시작했다. 마리가 소스라쳤다.

"아아, 아야야!"

"가만있어."

"하지 마. 하지 마, 좀!"

"이래야 풀려."

9화 · 황도 통조림

지훈의 엄포대로 입술을 꾹 깨물고 있자니 전기가 흐르는 것처럼 욱신거리던 종아리가 점점 시원해져 갔다. 마리의 앙앙거림이 좀 수그러들자 지훈은 현실적인 충고를 해왔다.

"몸살 이거 오래 가. 며칠 쉬도록 해 봐."

"안 돼."

"몸도 못 가누면서 촬영 잘도 하겠다."

"그래도 가야 해."

아르바이트 주제에 결근이 가당키나 한가? 다리가 똑 부러지더라도 출근은 해야 했기에 마리는 고집을 부렸다. 그러자 괜스레 부아가 치민 지훈이 심통스러운 소리를 냈다.

"무슨 대단한 일 한다고."

"누가 대단해서 한대? 먹고살려니까 하는 거지."

"얼마면 되는데."

생각 같아서는 돈이면 단 줄 아냐고 톡 쏘아붙이고 싶었지만 노골거리는 삭신 때문에 여의치 않자 잔신경질을 늘어놓았다.

"아, 귀찮게 좀 하지 말고 가."

"농담 아냐."

"됐다고 했어."

"전에 이십만 원이라고……."

"송지훈, 송지훈!"

곧 죽어가던 기색이 무색하게 자리에서 발딱 일어난 마리는 원치 않는 배려 따위로 약해질 대로 약해진 제 마음을 부수려 드는 지훈에게 바락바락 악을 써댔다.

"너한테는 하찮은 일처럼 보일지 모르지만 난 마지막 발악이라고 생각하고 죽을힘을 다해 덤벼들고 있는 일이야. 나 이거 안 하면 이 세상에서 낙오되는 거 시간문제야. 이것도 못하면 나 저기 지방에 있는 카바레에서 이상한 쇼 같은 거 해야 할지도 몰라. 그걸 바라니? 아님 변태 새끼들 자위하는 데 쓰는 딜도 같은 거 쳐들고 생글생글 웃어야 네 속이 시원하겠어!"

마리의 악다구니에 지훈의 미간이 잔뜩 좁아들었다. 그의 표정을 읽은 마리는 내내 숨기고 있던 치부를 드러내 버린 혀를 잘라내고만 싶었다. 악을 써대느라 지쳐 버린 몸을 핑계 삼아 저를 쏘아보고 있는 지훈의 시선을 피했다.

"그러니까…… 나 좀 가만둬."

가까스로 말을 맺고 자리에 누우려는데 지훈의 손이 쑥 뻗어와 팔꿈치를 잡았다.

"먹을 거 있어."

"됐어."

"안 돼. 눕지 마."

지훈은 금방이라도 쓰러질 것 같은 마리에게 벌을 세우는 선생처럼 단호하게 주의를 주고 난 다음 서둘러 봉지를 부석거려 황도 통조림을 꺼냈다. 단물에 푹 절여 놓은 과일 절임

따위는 질색인 마리가 즉각 거부의사를 밝혔다.

"나 그거 안 먹어."

"먹어도 안 죽어."

"싫다니까 좀!"

"먹어."

지훈은 단단히 심통이 난 모양인지 억지까지 부려가며 통조림 뚜껑을 열었다. 그리고 미리 준비해 둔 수저를 푹 찔러넣어 마리에게 건넸다. 그러면서 지금 제가 건네는 것은 단순한 과일 통조림이 아님을 역설했다.

"우리 엄마 처방이야."

뜻밖의 말에 마리는 곤한 눈을 들어 지훈을 주시했다. 제가 그렇듯 그 역시 어머니 지나 송에 대한 이야기를 한 번도 먼저 꺼낸 적이 없었다. 저한테도 그랬을 테지만 다른 모든 사람들에게도 그랬을 것이다. 그런데 갑자기 이런 이야기라니, 곤욕스러웠다. 하지만 그녀의 곤욕스러움은 대단치 않다는 듯 지훈은 어머니에 대한 추억을 술술 풀어 놓았다.

"감기에 걸리면 꼭 이걸 주셨어. 너무 일찍 돌아가셔서 다른 기억은 그다지 나지 않는데 이건 기억 나. 아침에 일어나면 내 머리맡에 꼭 이게 있었어."

마리도 어렴풋이나마 지나 송을 떠올릴 수 있었다. 지병인 천식 때문에 양공주 생활도 오래 하지 못하고 일찌감치 오아시스의 주방에서 안주를 만들고 설거지를 하는 허드렛일을 했었다. 그러나 전직을 광고라도 하는 듯 늘 머리는 굵게 컬링했고 새빨간 입술 오른쪽에는 꼭 애교 점을 그려 넣는 활발한 사람이었다. 밤일을 해야 하는지라 앓는 어린 아들을 혼자 두고 나와 노심초사하다 주방에서 흔하게 굴러다니는 황도 통조림 하나를 품에 안고 종종걸음을 쳤으리라.

"감기를 다스릴 성분은 들어 있지 않겠지만 플라시보 효과는 확실하니까 먹어 둬."

저를 비롯한 어느 누구와도 공유하지 않았을 어머니까지 끌어내 설득하니 안 먹고 배길 수가 없었다. 수저를 들어 살굿빛 복숭아를 갈랐다. 그러자 벌써부터 플라시보 효과가 나타나는지 갑자기 입 안에 군침이 돌았다. 복슬복슬한 아기 엉덩이 같은 복숭아 속살을 한입 떠서 입 안에 넣자 시원하고 달큼한 것이 컬컬했던 목을 단번에 달래주었다.

마리는 고개를 숙인 채 묵묵히 황도를 떠먹었고 지훈은 그 모습을 물끄러미 지켜보았다. 그렇게 한 2분쯤 지났을 때 황도 반쪽을 반쯤이나 먹어치운 마리가 고해성사를 신청했다.

"오늘…… 너무 힘들었어. 일은 마음대로 안 되고, 몸은 아프고 정말 죽을 맛이었어. 하루 종일 말이야. 그래서 예민하게 굴었어. 주제도 모르고…… 미안해. 다음부터는 조심할게."

"조심하라는 뜻으로 한 소리 아니었어."

"알아. 그래도 조심할래."

"그러든지."

"송지훈."

"왜."

지훈의 무뚝뚝한 대답에 마리가 고개를 들었다. 그리고 바싹 오른 체온과는 다른 열기로 발개진 눈으로 지훈과 눈 맞춤을 했다.

"너 아파라."

생뚱맞은 소리를 너무나 진지하게 내놓는 마리 때문에 지훈은 눈썹 앞머리를 휘었다. 그와 반대로 마리의 양 입 꼬리는 아주 느리게 위로 향했다.

"그럼 내가 너…… 이거 사줄게."

눈물막이 확 퍼져 나간 눈동자를 한 마리의 약속에 휘어졌던 지훈의 눈썹이 내려앉았다. 그리고 마리의 눈가에 아슬아슬하게 맺혀 있는 눈물방울을 털어냈다.

"눈 좀 문질러봐. 티 들어갔나 봐."

"어, 어."

마리는 뜨거운 손으로 얼른 주책없는 눈물을 지워냈다.

"이제 누워. 아니, 그렇게 말고 좀 전처럼."

"괜찮아."

"십 분만 할 거야. 할 일 많아."

지훈이 더 이상 거절을 하지 못하도록 퉁명스럽다 못해 심술 맞기까지 한 목소리를 내서야 마리는 그의 지시대로 베개에 얼굴을 묻고 누웠다. 목까지 이불을 꼼꼼히 덮어 준 지훈은 쇠공이를 갈아 바늘을 만드는 노인처럼 묵묵히 맥주병으로 마리의 종아리를 문질렀다. 아픈지 미미하게 움찔거리던 마리의 움직임이 차츰 잦아들더니 어느새 아무런 반응도 보이지 않았다. 약기운에 마사지까지 보태져 몸이 편해지자 스르르 잠이 든 모양이었다.

그 모양을 힐끔 쳐다본 지훈은 겨우 편히 잠이 든 마리를 깨우지 않기 위해 힘을 조절했다. 애초에 약속한 십 분이 지나고 삼십 분이 지나고 한 시간이 지나서도 그의 마사지는 계속 되었다.

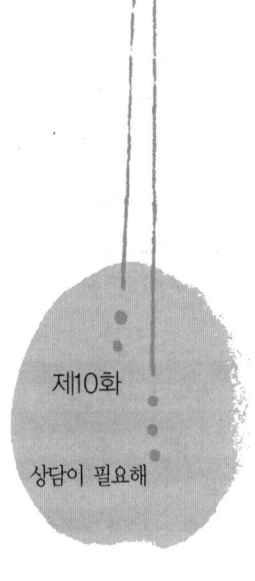

제10화

상담이 필요해

배우는 학생뿐만 아니라 가르치는 선생도 마의 시간이라 부르는 5교시 수업을 마친 지훈은 교무실로 들어와 출석부를 꽂았다. 그러자마자 뒤따라 들어온 권 선생이 그의 어깨를 톡톡 건드렸다.

"퇴근하고 한잔 어때?"

손목을 꺾는 시늉을 해 보이는 권 선생 뒤로 줄줄이 기차처럼 따라붙은 방 선생이 말참견에 나섰다.

"왜, 또 차였어?"

"차이긴 뭘 차여? 친목도모지."

"죄송한데 오늘은 곤란하겠는데요."

"아, 아무 이유 없어. 애인 만나는 거 말고는 용납 안 해. 못해!"

권 선생이 코미디언 흉내까지 내가며 찰거머리처럼 달라붙을 기색을 보이자 방 선생이 명쾌한 진단을 내렸다.

"차였구먼 뭘."

"아니라니까!"

지훈은 격렬한 부정으로 올 상반기 중에 백 번째 퇴짜라는 기록을 세우고 말 것 같은 예측을 하게 해주는 권 선생에게 오늘 선약의 주인공을 밝혔다.

"조카랑 어디 좀 가기로 해서요. 대신 술은 벌주로 제가 이 주 안에 한 번 쏘겠습니다."

모처럼 만의 휴일이라며 오후까지는 푹 잘 것이라고 천명한 마리가 저녁을 사겠다고 했다. 저녁 얻어먹고 남는 시간은 연기 잘한다고 정평이 난 배우가 열연한 영화도 한 편 볼 예정이다.

"조카?"

"예."

"약혼자도⋯⋯ 와?"

음흉스레 묻는 품새가 마리만 만난다고 하면 낙지처럼 찰싹 달라붙을 것 같자 지훈은 그답지 않게 매끄러운 비유를 들어 권 선생을 떼냈다.

"바늘 가는 데 실 안 가겠습니까."

"그렇긴 하지. 우야둥둥 벌주는 잊지 마."

"예."

스스로 상을 주고 싶을 정도로 훌륭히 찰거머리를 떼낸 지훈은 자신의 자리로 와 앉았다. 컬컬해진 목을 달래주기 위해 우유 한 팩을 뜯으며 휴대폰을 꺼내 버튼을 눌렀다. 긴 신호가 건너갔다. 두 번, 세 번, 네 번이 건너갔지만 전화는 연결되지 않았다. 지훈은 귀에서 떼낸 휴대폰을 말끄러미 보며 혼잣말을 건넸다.

"자나?"

종료 버튼을 누르고 오래전에 입력해 두고 한 번도 걸어보지 않았던 마리의 휴대폰 번호를 찾았다. 그리고 통화를 꾹 눌렀다. 그런데.

―지금 거신 번호는 고객의 사정으로 수신이 금지되어 있습니다.

응당 건너와야 할 마리의 목소리 대신 대한민국 국민들이 다 짜증을 낸다는 예의 목소리가 건너오자 황당한 지훈은 폴더를 닫았다 다시 연 다음 분명히 저장되어 있는 마리의 번호를 다시 눌렀다.

―지금 거신 번호는 고객의 사정으로 수신이 금지되어 있습니다.

수신 금지라는 말에 고개가 갸우뚱해진 지훈은 건너편의 방 선생에게 도움을 청했다.

"선생님, 지금 거신 번호는 고객의 사정으로 수신이 금지되어 있다는 게 무슨 뜻입니까?"

"통화 정지?"

"통화 정지요?"

"요청이면 그쪽에서 거부한 거고 사정이면 요금 안 내서 잘린 거야. 받는 것도 안 되는 거 보니까 많이 밀린 모양인데?"

번뜩 뇌리를 스치는 생각이 있었다. 아차 싶었다. 사채업자에게 시달리고 방세를 내지 못해 짐도 못 찾던 마리 아닌가? 그런데 휴대폰 요금을 낼 돈이 있었을 리 만무했다. 제 번호를 불러주며 입력하라고 했을 때 손을 빼기 싫다는 핑계로 하지 않았던 까닭도 이 통화 정지와 연관이 있고 말이다.

"누군데?"

방 선생의 질문에 생각에서 깨어난 지훈이 휴대폰을 집어넣으며 얼렁뚱땅 둘러쳤다.

"친구요."

"그래?"

권 선생과는 달리 예의가 뭔지 아는 방 선생은 더 이상 관심을 두지 않았다. 그리고 오늘 일정에 새로운 계획 하나를 추가한 지훈은 뜨다 만 우유를 마저 뜯었다.

퇴근을 하는 사람들과 약속 장소로 움직이는 사람들이 아우러진 코엑스 몰은 눈이 핑핑 돌 정도로 혼잡스러웠다. 그 한가운데 마리가 있었다. 타고난 팔등신에 동서양이 절묘하게 조합된 마스크까지 완벽하니 단지 티에 스키니 진만 걸쳤는데도 사람들의 시선을 끌기에는 충분했다. 마리는 혼혈이라는 이유가 아닌 감탄의 빛이 역력한 사람들의 시선을 여유롭게 즐겼다.

"보는 눈들은 있어가지고."

한동안 잊고 살았던 자뻑 모드를 여지없이 발동시킨 마리는 핸드백을 뒤적여 공주풍 손거울을 꺼내 완벽하다 자부하는 화장을 살폈다. 매장 분위기에 맞추느라 즐겨하는 스모키 화장은 한동안 잊고 살았는데 오랜 만에 블루 계통으로 깊은 눈매를 강조하고 살굿빛 립글로스까지 바르고 나자 절로 기분이 좋아졌다. 뚜렷한 이목구비를 더욱 돋보이게 만들어 주는 하이라이터며 비스듬히 그려 넣은 볼터치까지 꼼꼼히 살핀 후 거울을 내리던 마리가 기겁을 했다.

"으앗!"

덩달아 놀라 몸을 뒤로 젖혔다 바로 한 지훈이 미안함을 전했다.

"미안, 놀랐니?"

"그럼 놀라지 안 놀라? 왔으면 왔다고 말을 할 것이지 간 떨어지게."

"거울 보고 있기에."

"됐어."

사람 많은 곳에서 거울 따위나 보고 있었으니 머리 빈 인간으로 치부할 것 같은 짐작에 마리의 목소리는 퉁명스러웠다. 핸드백 속에 거울을 집어넣고는 지훈에게 메뉴 선택권을 부여했다.

"뭐 먹을래?"

"아무거나."

"그건 안주고."

"넌?"

지훈의 되물음에 말문이 막힌 마리는 짐짓 미간을 찌푸렸다.

"내가 먼저 물었잖아."

"저도 그러면서."

"탕 종류 먹을래? 너 국물 좋아하잖아."

"스테이크 어때?"

마리는 국물이라면 라면 스프에 된장만 풀어 넣어도 감탄을 하고 먹는 지훈을 생각해 탕 종류를 권했고 지훈은 마리의 입맛을 고려해 스테이크를 골랐다.

"벼룩의 간을 빼먹어."

"내가 반 댈게."

"그런 게 어디 있어. 내가 사기로 한 건데. 가."

"응."

두 사람은 나란히, 그러나 삼십 센티쯤 떨어져 걸었다. 그렇게 오십 미터쯤 갔을 때 지훈이 불쑥 말을 걸어왔다.

"저것 좀 보고 가자."

"뭐?"

"저기."

지훈의 턱짓을 따라가니 갖가지 현란한 광고문구로 도배를 한 휴대폰 판매점이 보였다. 매장 직원들이 목이 터져라 휴대폰 공짜를 외치고 있었다.

"너무 오래돼서 애들이 냉장고냐고 놀려. 바꾸려고."

"밥 먹고 하지?"

"밥 나오면 카메라 테스트 좀 해 보려고. 요즘 유행이더라."

"그래 그럼."

굳이 먼저 휴대폰 판매점을 들르자는 지훈의 꿍꿍이속을 모르는 마리는 고개를 가볍게 주억거리고 먼저 움직이기 시작한 지훈의 뒤를 따랐다. 지나가는 사람들의 팔꿈치를 잡아가며 판매에 열을 올리고 있던 직원들이 두 사람을 열렬히 반겼다.

"어서 오십시오! 오늘 핸드폰 공짜! 월 2만 원이면 최신 핸드폰이 공짜!"

손가락 두 개를 짝짝 펴가며 절로 얼굴이 찡그러질 정도로 과한 멘트를 날리는 직원에게 지훈이 자신의 요구사항을 전달했다.

"젤 비싼 걸로 하나 주십시오."

"예?"

"젤로 비싼 거요."

"아, 예, 예. 우선 이쪽으로 좀 앉으십시오."

직원은 직업의 특성상 별의별 손님을 다 보지만 그중에서 가장 독특한 손님으로 기억될 지훈에게 극진한 태도로 자리를 권하고는 쌩하니 휴대폰을 가지러 움직였다. 마리가 지훈의 원활하지 못한 대화방식을 꼬집었다.

"젤로 비싼 걸로 하나 주십시오. 이게 뭐야? 누가 보면 졸부 흉내 내는 줄 알겠다."

"비싼 게 좋은 거잖아."

"디자인도 보고 기능도 살펴봐야지 대뜸 비싼 걸로 주라면 어떡해?"

"그럼 네가 봐줘."

"싫어."

마리는 말을 해놓고 보니 낭비를 하는 남편을 족치는 마누라 같아진 것이 마음에 들지 않아 일언지하에 거절했다. 직원이 지훈이 주문한 고가의 휴대폰을 가지고 돌아왔다.

"여기 있습니다. 명품 폰이죠. 출고가가 80만 원인데 지금 행사기간에 구입하시면 42만 원에 구입하실 수 있습니다. 터치스크린에 독일에서 인증 받은 렌즈를 장착한 200만 화소

카메라에 통화대기 150분, 텔레비전 시청 140분……."

직원이 기능들을 줄줄 외우는 사이 지훈은 한눈에 봐도 부티가 철철 넘쳐나는 휴대폰을 집어 들었다. 그리고 오이나 감자를 고르는 것처럼 손목을 움직여 앞뒤를 살펴보더니 대뜸 구매의사를 밝혔다.

"이걸로 하죠."

"탁월한 선택이십니다."

"잠깐만요."

지훈과 직원과의 대화에 끼어든 마리는 왜 그러냐는 듯 저를 말끄러미 쳐다보는 지훈에게 안드로메다에서 헤매고 있는 것이 분명한 그의 개념을 찾아주기 위해 고군분투했다.

"전화 올 때도 없으면서 뭘 이렇게 비싼 걸 사? 전화만 되면 되지."

"텔레비전도 나온다잖아."

"집에 있는 텔레비전도 잘 안 보면서. 그리고 선생님이 이런 거 들고 다녀봐, 애들이 집에 가서 뭐라고 하겠니? 우리 선생님도 그거 들고 다닌다고 사달라고 떼 써."

"떼? 왜?"

"왜긴 왜야, 가지고 싶으니까 그렇지."

지훈은 마리의 현실적인 충고를 곰곰이 생각하는 척 들고 있는 휴대폰을 뚫어져라 쳐다보았다. 대어를 놓칠 수 없는 직원이 싸늘하게 식어버린 구매 욕구를 자극시키기 위해 막 입을 열려는데 지훈이 순서를 가로챘다.

"이거 두 개 사면 할인 더 해줍니까?"

고시랑거릴 이유가 전혀 없었다. 그렇지 않아도 휴대폰이 없어서 불편했었는데 마치 그런 곤궁함을 알기라도 하듯 제 명의로 그것도 커플 요금제를 적용시킨 지훈 덕에 최신 명품 폰의 유저가 됐으니 말이다. 거기다 삼겹살 5인분과 맞먹는 건방진 몸값을 자랑하는 야들야들한 스테이크를 우물거리고 있는데 무슨 불평이란 말인가? 그런데도 미운 소리가 툭툭 입 밖으로 튀어 나왔다.

"신용불량자 되는 거 시간문제야."

"겨우 휴대폰 두 개 가지고 신용불량자는. 그리고 나 돈 많아."

"철통 밥그릇이라는 공무원에, 그것도 고귀하신 교육공무원이니 왜 안 그러시겠어?"

마리의 비꼬는 소리에 지훈은 돼지갈비보다 훨씬 못한 스테이크를 먹는 것을 잠시 멈췄다. 그리고 진지하게 말했다.

"나 정말 돈 많아."

"아, 알았어. 너 돈 많아."

"지금 살고 있는 집도 있고 통장잔고도 꽤 많아."

지훈이 재무제표를 제시하자 마리의 뇌리에 깜빡 잊고 있었던 의문점이 두둥실 떠올랐다. 대학 졸업반이었을 나이에 집을 사서 이사를 왔다고 했다. 궁금했다.

"장난해? 아무리 산동네라고는 하지만 그래도 서울인데 어떻게 벌써 집을 사?"

"과외 아르바이트 했어. 그냥 흔한 거 말고 비싼 거. 명림대 의대생이었으니까."

"명림대?"

원래 공부를 잘했고 슈퍼 주인도 좋은 대학을 나왔다고는 했었지만 설마 국내 최고라는 명림대 의대라고는 생각지 못했다. 그런데 그런 의대를 나와 강북에 있는 중학교 과학 선생님을 하고 있다? 아귀가 전혀 맞지 않았다. 하지만 뒷이야기는 더욱 점입가경이었다.

"의대 일 년 다니다가 적성에 안 맞아서 휴학했다가 나중에 사범대로 옮겼어. 그리고 13세 이전에 혼자 돼서 군대 면제됐고 그 기간 동안 과외 해서 번 돈으로 지금 살고 있는 집 사고 남은 돈으로 주식 투자 좀 해서 불렸지. 세상에 달랑 나 혼자뿐이니 어느 정도 돈은 가지고 있어야겠다는 생각도 있었고 또 의외로 숫자랑 씨름하는 것도 좋았고 그 덕에 집도 사고 저금도 하고 그렇게 됐어."

자세한 설명을 들었지만 쉽사리 믿을 수가 없었다.

"의대를 두고 사범대를 가?"

"의대를 갔던 이유 역시 내가 혼자라는 사실 때문이었어. 누구에게도 무시당하지 않고 구걸하지 않고 살아가려면 명예

와 돈은 필수라 의사란 전문직이 매력적이더라. 그런데 나처럼 사람들과 못 어울리는 성격은 배겨낼 수 없는 그런 분위기라 휴학하고 호구책으로 과외하는데 나는 가지지 못했던 학창 시절을 마음껏 누리는 애들 보니까 갑자기 학교로 돌아가고 싶은 충동이 일어났어. 학생으로 돌아가기에는 너무 늦었고 거기다 너무 똑똑하니 선생님밖에 방법 있냐?"

말은 청산유수 같지만 아무것도 손에 쥔 것이 없이 가난한 탓에 단 한 개도 공감할 수 없는 마리의 입술이 비틀렸다.

"첨부터 끝까지 나 잘났다지. 그건 그렇다 치고 알부자가 산동네에서 사는 이유는 뭔데?"

"엄마가 살고 싶어 하던 집하고 비슷해서. 우리 엄마 소원이 방 두 칸에 빨래 줄 칠 수 있는 작은 마당에 손바닥만 한 화단 있는 일층 집에 사는 거였거든. 분유 깡통에 채송화랑 코스모스랑 심고 싶다고 입버릇처럼 그러셨어. 그래서 일부러 비슷한 집 찾아 구한 거야."

쪽방 신세를 못 면하고 죽었으니 방 두 칸에 작은 마당이 달린 집을 소원했을 수도 있었을 테다. 어머니의 소원을 들어준 착실한 아들 지훈에 비해 애증의 대상이었던 어머니의 전철을 아슬아슬하게 피해가고 있는 제가 너무 뚜렷하게 대비가 되자 마리의 심술이 도졌다.

"넌 좋겠다. 잘난 척할 거리 많아서."

"그런 거 아닌데."

"내 귀에는 그렇게 들려. 그러니까 더 하지 마. 더 하면 너 잠자는 새에 꽁꽁 묶어 놓고 빵빵하다는 통장 죄다 들고 나를 수도 있어. 한 번 했는데 두 번은 못할 것 같니?"

마음은 그게 아닌데 말은 가시처럼 날카로웠다. 마리의 짜증의 이유를 알고 있는 지훈이 슬쩍 미소를 지으며 그녀의 말을 인용했다.

"한 번 당했는데 또 당할 것 같아?"

"아무리 봐도 넌 가스 비에 바들바들 떠는 스크루지 영감이 잘 어울려."

"그런 것도 같아. 훗!"

찰나와 같은 지훈의 가벼운 웃음소리를 경계로 두 사람은 다시 식사에 전념했다. 고기를 썰고 삼키고 간간이 음료수를 마셨다. 그러던 중 물을 조금 마시고 난 지훈이 불쑥 말을 꺼냈다.

"직장인 같아."

"뭐?"

"너. 규칙적으로 출근하고 퇴근하니까 직장인 같다고."

베이스 마스카라까지 발라 풍성하고 아찔한 마리의 속눈썹이 부채질을 하는 것처럼 연방 빠르게 움직였다. 생각지 못하고 있었던 문제지만 앞으로도 쭉 직장인의 스케줄을 따라야 하니 방침을 세워야 했다. 단, 매우 그럴듯하게.

"실은 나 모델 그만두고 취직했어. 백화점 의류매장에 매니저. 그래서 출근하고 퇴근하고 월요일에만 쉬어."

차마 쭈그려 앉아 걸레질을 하고 손님들이 휙휙 벗어던진 옷 정리에 창고에서 허리가 부러지게 박스와 씨름하는 아르바이트라고 말할 수는 없어 매니저로 수직 승진시켜 주었다. 지훈은 모델 일보다 훨씬 나을 것 같은 마리의 새로운 직업에 무한한 관심을 가졌다.

"언제부터?"

"2주쯤 됐나 봐."

"어디 백화점인데?"

다시 고기를 썰기 시작한 마리가 눈을 흘겼다.

"어딘 줄 가르쳐 주면 매출 올려 주려고? 애인도 없으면서."

"여성복인가 보네."

"꽁포트라고 욕 나오게 비싼 명품이란다."

"월급도 많겠다."

"강남 아줌마들 껌 값 정도 받아."

"일은 할 만해?"

"치매지? 하기 싫은 일도 감지덕지해야 하는 처지라고 몇 번을 말해 줘야 하니?"

"그러게."

매큼한 고추냉이가 아닌 톡 쏘는 탄산수 같은 마리의 타박에 지훈은 겸연쩍은 척 먹기 좋게 썬 고기를 입 안으로 넣었다. 그러자마자 마리의 반격이 시작됐다.

"여자 싫어해?"

"여자 싫어하는 남자가 어디 있어."

"그런 남자가 너일 것 같다는 생각은 안 해 봤니?"

"이별한 지 400일쯤 돼."

"안 믿겨져."

"남의 가슴 아픈 이별 이야기 듣고 샐쭉거리지 마. 그거 예의 없는 거야."

냉동 지훈이 누군가와 사랑을 했었다는 것이 믿기지 않는 마리는 잘 활용하던 포크와 나이프를 멈추고 이별 이야기의 줄거리를 청했다.

"왜 헤어졌어? 학벌도 좋고 직업도 좋고 거기다 돈까지 많은데."

"성격 차이지 뭐."

"순순히 헤어져 주디?"

"이혼하는 것도 아닌데 순순히 안 헤어질 건 또 뭐 있냐?"

서점에서 책을 고르다 만나 신통치 않았던 연애사업의 최장 유통기한, 56일을 갱신했었지만 지금은 얼굴도 전혀 기억이 나지 않는 상대와 끈끈한 일 따위가 존재할 리가 없었다. 그렇지만 자신의 상식으로는 납득이 가지 않는 마리는 미주알고주알 믿기지 않는 이유를 늘어놓았다.

"신기해서 그렇지. 학벌, 직업, 돈, 이중에 한 가지만 확실

해도 난 물귀신처럼 달라붙을 거거든."

"물귀신처럼 달라붙어서 뭐 하려고."

"뭘 하긴, 등골 쭉쭉 빼서 잘 먹고 잘 사는 거지. 일 안 해도 먹고살 걱정 안 하고 다달이 돌아오는 방세 걱정 안 하고 좋은 화장품 쓰고 우리 매장에서 원피스에 스카프에 구두까지 세트로 사고 싶어. 속물이래도 좋아. 난 원래 속물이니까."

"사줘?"

그때만 기다렸다는 듯 불쑥 생뚱맞은 소리를 내놓는 지훈에게 마리는 눈초리를 한껏 치켜 올렸다.

"네가 내 남편이니?"

순간 두 사람의 심장에 벼락이 동시에 내리꽂혔다. 하늘에 맹세코 전혀 의도하지 않았던 말을 내뱉은 마리와 도둑질을 하다 들킨 것 같은 지훈 모두 잠시 말을 잊었다. 왜라는 질문이 두 사람의 뇌리와 굳게 다문 입 안을 뱅뱅 맴돌았다.

'미쳤어, 남편이라니. 거기다 속물이라는 소리는 왜 해?'

'왜 사준데, 무슨 자격으로. 거기다 휴대폰도 사줬잖아, 비싼 걸로. 그거면 됐지.'

당황스러움이 짜증으로 돌변하자 그 미묘한 거부반응을 떨쳐버리기 위해 좋게 들고 있던 포크를 삼지창처럼 휘둘렀다. 쿡 소리가 날 정도로 난폭하게 고기를 찍고는 이런 멋쩍은 분위기를 조장하는 데 일조한 지훈에게 책임을 떠넘겼다.

"주제파악도 못해."

"그러게."

지훈은 방향을 잘못 찾아도 한참 잘못 찾은 타박을 고스란히 껴안고서는 눈을 내리깔아 버렸다.

"얼른 먹고 나가자. 귀 따가워 죽겠어. 촌스럽게 스테이크 첨 먹어 봐? 뭘 찍고들 난리야? 된장녀들."

"응."

마리는 음식을 향해 쉬지 않고 카메라 셔터를 눌러대는 옆자리의 아가씨들을 단숨에 얼음덩어리로 만들어 버렸고 지훈은 고분고분 그녀가 시키는 대로 빠른 속도로 식사를 해나갔다. 아무래도 오늘 영화는 보지 못할 것 같다는 생각도 꼭꼭 씹었다.

해바라기하기 좋은 점심시간의 과학실에는 수업 시간에 문자 질을 하다 걸린 말썽꾸러기 녀석 둘이 써야 하는 반성문은 뒷전이고 문자를 보내느라 여념이 없었다. 방긋 열어 놓은 창문 틈으로 흙냄새 같기도 하고 풀냄새 같기도 한 초봄 특유의 향기가 솔솔 흘러 들어왔다.

그 창문 앞에 구부정하게 앉아 있는 지훈은 창밖에 가득 찬 싱그러운 봄을 흐리멍덩한 눈으로 주시하고 있었다. 그렇게 한참을 앉아 있던 그의 입술이 사르르 열렸다.

"상담이 필요해."

말을 내뱉자마자 또 심장이 쿵쿵 뛰었다. 어제 저녁에도 그랬고 오늘 아침에도 그랬다. 그리고 오늘 저녁에도 또 그럴 것이 분명한 거친 심장박동의 원인은 바로 마리다. 치부를 까발려 보인 지훈의 이마에 잔주름이 빼곡히 들어찼다.

단언컨대 절대 뛸 이유가 없는 심장이다. 사춘기를 졸업한 18살의 겨울 이후로는 줄곧 잊고 살았었고 다시 만난 이후로도 친구라는 타이틀에 겨우 목매달고 있는 마리다.

'거기다 문제투성이잖아. 혼혈에 삼류 밤무대 가수에 불성실하고 연애박사에 거기다 신용불량자까지. 최악이라고.'

흠이란 흠은 다 잡아냈으니 두근거림 따위는 잠잠해지고 이마며 콧잔등의 주름도 싹 펴져야 옳을 일이다. 그러나 두근거림은 더욱 거세지고 주름도 아주 밭고랑처럼 깊어졌다.

'아, 저질이군. 정말 저질이야. 마리가 휴대폰 사달라던? 옷 사달라고 협박했어? 네가 먼저 그랬잖아. 이것도 사주겠다 저것도 사주겠다…… 왜?'

뜨거운 감자 같은 화두가 다시 원점으로 돌아갈 무렵 과학실 문이 발칵 열렸다. 그리고 문자 질에 여념이 없던 두 녀석이 기겁을 했다. 불현듯 나타난 권 선생이 그렇지 않아도 상냥스럽지 않은 인상을 험악하게 구겨댔다.

"이놈의 자식들 확!"

그 한마디에 현란한 손가락 운동을 보여주던 녀석들이 저만치 팽개쳐 뒀던 반성문을 끌어다 코에 박았다.

"빨리 빨리 써라잉!"

"예에."

어쭙잖은 조폭 흉내로 아이들 기를 팍 죽여 놓은 권 선생은 소란을 피웠는데도 오냐 가냐 말 한마디 없이 멍하니 창밖만 보고 있는 지훈을 발견했다.

"뭘 보는 거지? 송 선생, 어이, 송 선생!"

"예? 아, 예. 선생님."

벼락같은 소리에 근심의 늪에서 가까스로 빠져나온 지훈이 권 선생에게 가볍게 고개를 끄덕였다. 그러자.

"뭘 그렇게 넋을 빼고 봐?"

"생각 좀 하느라고요. 그런데 웬일이십니까?"

"커피 한 잔 얻어먹자. 교무실 정수기 고장 났어."

"예."

지훈은 허점을 들켜 버린 것이 아닌가 싶어 가까운 교실에도 정수기 있는데요, 라는 구시렁거림을 생각할 새도 없이 기계적으로 차 준비를 시작했다. 지훈이 생수병 마개를 트는 순간 그의 책상에서 눈길을 끄는 것을 발견한 권 선생이 일언반구도 없이 그것을 덥석 집어 들었다.

"어라? 이게 뭐야? 명품 폰 아냐? 죽이는데? 얼마야?"

"38만 원이요."

"몇만 화소야?"

"200만이라데요."

"좋다."

권 선생이 윤기가 자르르 흐르는 휴대폰을 잘 빠진 미녀처럼 *끈끈한* 시선으로 쳐다보자 침이 꼴깍 넘어가는 최신모델을 발견한 아이들의 눈이 번뜩거렸다. 몇 자를 휙휙 휘갈기는가 싶더니 반성문을 펄럭거렸다.

"선생님, 다 썼는데요."

"가져와 봐."

　쫄래쫄래 반성문을 들고 온 아이들은 반성문은 뒷전이고 터치 폰 기능을 가진 휴대폰에 눈을 박았다. 반성문을 쓱 훑어본 권 선생의 코 평수가 넓어졌다.

"이것들이 간덩이가 부었나? 부모님 모셔 와야 정신을 차릴 거지! 다시 써!"

　불벼락에 놀란 아이들이 줄행랑을 쳤다.

"때가 어느 땐데 정신들을 못 차리고……."

"다 됐는데요."

"어? 어. 땡큐."

　당연히 커피만 주면 아이들을 감시하러 갈 줄 알았다. 그런데 아직 투명필름도 벗기지 않은 휴대폰을 손에 든 권 선생은 의자 하나를 끌어다 철퍼덕 주저앉았다.

'캐안습.'

　불청객에 대한 지훈의 상념이 깨지기도 전에 권 선생이 그의 급소를 찔러왔다.

"연애해?"

"예?"

"냉장고 버리고 이런 미끈한 걸 장만했다는 것은 주변 환경이나 심경의 변화가 있다는 말이지. 좋은 쪽, 그러니까 그 대표적인 예가 바로 연앤데 20세기에는 외모만 신경을 쓰면 됐지만 디지털 커뮤니케이션이 대중화된 21세기에는 이 휴대폰도 신경을 써야 되기 때문이지."

8% 정도는 수긍이 가지만 하늘에 맹세코 92%는 연애감정과는 거리가 머니 지훈은 적극적인 부정으로 맞섰다.

"아닌데요."

"에이, 귀신을 속이지 날 속여? 내가 또 연애사라면 완전정복, 총정리잖아."

마흔이 코앞인 노총각의 만용에 아이들이 웃음보따리를 터트렸다.

"쿡쿡!"

"시끄러!"

딩동댕동!

권 선생의 버럭 끝에 점심시간이 끝났음을 알리는 차임벨이 따라붙었다. 그러자 권 선생은 작은 눈을 부릅뜨고 말썽꾸러기들에게 으름장을 놓았다.

"한 번만 더 걸리면 그때는 곧장 부모님 호출이야. 알았어?"

"예!"

"이리 내고 가."

아이들이 우르르 달려왔고 권 선생의 수다에 휘말릴 생각이 손톱만큼도 없는 지훈은 그도 함께 사라져 주기를 바랐다.

"수업 없으십니까?"

"어, 비었어. 다시 말하는데 다음엔 콧물도 없어! 가봐."

"예! 가자."

아이들이 이집트에서 해방된 이스라엘 민족처럼 우당탕 과학실을 빠져나가자 난감해 하고 있는 지훈이 우려했던 바가 현실로 일어났다.

"내가 어디까지 했드라?"

"글쎄요."

"아! 연애 완전정복, 총정리까지 했지? 그러지 말고 나한테만 살짝 귀띔 해줘."

"귀띔 해드릴 것이 있어야 하죠."

발뺌에도 불구하고 끈덕지게 달라붙는 권 선생을 피하기 위해 볼 필요도 없는 책을 펼쳤다.

"정말 아니야?"

"예."

"아닌데, 냄새가 폴폴 나는데? 휴대폰은 그렇다 쳐도 멍하니 앉아 있는 것을 보면 딱 앵두나무 우물가에서 동네 처녀 만난 더벅머리 총각이 분명한데. 으음!"

무릎팍 도사와 쌍벽을 이룰 것 같은 권 선생의 예리한 지적이 억지로 책장을 넘기던 지훈의 손가락을 정지시켰다. 턱까지 괴고 어쭙잖은 콜롬보 형사 흉내를 내고 있던 권 선생이 그것을 놓칠 리가 없었다. 재빨리 혀로 입술을 두른 다음 구미가 당길 만한 미끼를 던졌다.

"알쏭달쏭할 때는 물어보는 것이 상수야."

아니나 다를까, 갈등에 시달리던 지훈이 덥석 미끼를 물었다.

"있잖습니까."

"그래, 그래. 비밀 완벽 보장하니까 마음 편하게 상담에 임해."

권 선생의 신빙성이라고는 느껴지지 않는 현란한 말솜씨에 현혹된 것이 아니라 전봇대라도 붙잡고 답답한 속을 털어놓고 싶은 지훈은 어설프게 각색한 시나리오 한 편을 읊기 시작했다.

"누가요."

"남자?"

"예. 어떤 여자한테 뭘 자꾸 사준다는데 그게 무슨 뜻일까요?"

"호감이지. 아주 특별한 호감. 일명 L, O, V, E. 러브."

지훈은 동아줄에 목이 달리는 것 같은 사형선고에 눈을 깜빡이며 충격을 흡수하려 애를 썼다.

"아니, 뭘 잘못 이해하신 것 같은데요 그 남자는 그 여자를 좋아하지 않습니다. 결코요."

"헷갈리니까 그냥 그 남자를 송 선생으로 하지?"

여유롭게 커피를 홀짝이는 권 선생의 예리한 지적에 역할까지 바꿨건만 단 한 방에 탄로가 나버린 것이 허망한 지훈은 얼음기둥이 되었다. 그러면 그렇지, 라는 표정이 역력한 권 선생이 흐뭇한 미소를 머금은 채 축 처져 내린 지훈의 어깨를 다독였다.

"자수하여 광명 찾았으니 마음 편하게 먹고 마저 해 봐."

자수가 아니라 현장체포였지만 그러나저러나 진퇴양난에 빠진 것은 매한가지. 지훈은 발개진 뺨을 감추기 위해 살짝 고개를 숙였다.

"그럴 수가 없는 사이예요."

"유부녀야?"

"아니요. 친구예요. 아주 어릴 적부터 함께 자란 친구요. 18살에 마지막으로 보고 최근에 다시 만났는데 그 친구가 좀 곤란한 일이 많았습니다. 그래서 여차저차해서 종종 만났는데 뭘 자꾸 사주고 싶어져요."

"사달래?"

할미꽃 같던 지훈의 고개가 번쩍 들리더니 좌우로 사정없이 움직였다.

"아니요. 절대 그런 말 안 합니다. 자존심 빼면 시체거든요."

"그런데 뭐가 문제야?"

뭔가 단단히 불쾌한 것처럼 잔뜩 미간을 구긴 지훈이 정색을 하고 답했다.

"제 이상형이 아니에요."

"젊으니까 좋구나, 이상형 타령도 하고. 아아! 그냥 내 심술 겸 푸념이라고 생각하고 흘려들어 버려."

권 선생은 입을 다물 기미를 보이는 지훈을 가까스로 달랜 후 명쾌한 판단을 위한 정보수집에 나섰다.

"예뻐?"

지훈이 고개를 끄덕였다.

"주관적으로 말고 객관적으로다가 대답해야지."

"예쁩니다. 지나가던 사람들이 한 번씩 쳐다볼 정도로요."

"성격은? 개차반?"

"저랑 비슷한데요."

"설마."

"정말입니다."

너무나 진지한 지훈의 대답에 권 선생은 뜨악함을 감출 수 없었다. 아웃사이더의 표본인 AB형의 업그레이드 버전인 송지훈 선생과 똑같은 성격을 가진 여자를 떠올린 순간 뇌리에 두둥실 떠 있던 안젤리나 졸리 얼굴이 팍 하고 사라져 버렸다. 차라리 노총각으로 늙어 죽을지언정 여자 송지훈과는 사귀고 싶지 않는 권 선생은 설렁설렁 방침을 내놓았다.

"내가 볼 때는 특별한 호감이 맞는데 송 선생이 굳이 아니라니까……."

"굳이가 아니라 절댑니다!"

"아, 알았어. 절대. 절대 안 좋아한다 치고 마무리 짓자. 일단 긁고 한 달 후에 증거자료 가지고 다시 만나자고."

"무슨 말씀이십니까?"

"뭐 자꾸 사주고 싶다며?"

"예."

"그러니까 날마다 사다 앵겨. 구두든지 옷이든지 가리지 말고 바리바리 사다 앵겨. 그리고 한 달 후에 카드 고지서 받았는데 눈에서 불이 나면 사랑 아니고 별 느낌 없으면 사랑이야."

성의라고는 눈곱만큼도 없고 경제파탄까지도 불러올 수 있는 극단적인 충고였지만 자타가 공인하는 아웃사이더인 지훈에게는 그럴듯한 해결방침처럼 들렸다.

"그렇게 하면 됩니까?"

"어어? 어어. 어이쿠, 벌써 시간이 이렇게 됐나?"

양심의 가책을 느낀 권 선생이 핑계를 대며 엉덩이를 일으키자 지훈이 그를 불렀다.

"권 선생님."

"알았어, 알아. 자."

권 선생은 고개를 끄덕이며 입술에 지퍼를 채우는 시늉을 해 보였다. 그러나 여타의 사람들과는 사뭇 다른 뇌구조를 가지고 있는 지훈의 용건은 달랐다.

"그게 아니라 고맙다는 말씀 드리려고요. 정말 유용한 충고였습니다. 고맙습니다."

"어어. 우리 사이에 무슨. 그럼 나 가."

"살펴 가십시오."

깍듯이 고개까지 숙여 보이는 지훈 때문에 뒷골이 다 당기는 권 선생은 가까스로 과학실을 빠져나왔다. 허겁지겁 문을 닫고서는 참았던 숨을 터트렸다.

"휴우! 사람 입 막는 방법도 여러 가지네. 그나저나 내 말대로 했다가 신용불량자 되는 거 아냐? 에이, 그건 아니지. 얼마나 짠돌인데. 그럼, 그럼."

권 선생은 지훈이 벌써 골드 카드를 꺼내 살피고 있는 줄은 꿈에도 모르고 그렇게 애써 자위하며 종종걸음으로 뒷골이 서늘한 과학실 앞을 떠났다.

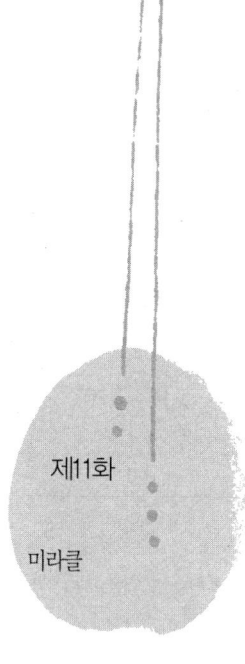

제11화

미라클

"**혹**먹고 죽는 건 아니에요?"

퇴근을 하다 일용한 양식을 사기 위해 들른 슈퍼에서 김으로 냉국을 만들 수 있다는 레시피를 접수한 마리의 반응이었다. 뭔가를 다듬지도 썰지도 또 끓이지 않아도 되는 김 냉국은 절로 귀가 쫑긋해졌다. 그런 그녀에게 슈퍼 주인은 사람 좋아 보이는 웃음을 가득 지어 보였다.

"죽을 수도 있지, 너무 맛있어서. 자자, 내 말만 믿고 도전해 봐. 요새 봄 타려고 다들 입맛 없을 때잖아. 그리고 삼촌 입은 오죽 짧아?"

맨 마지막 말이 명치끝에 걸렸다. 얼마간은 라면 스프에 된장을 푼 초간단 된장국으로 버텼고 그 후로는 다시 즉석 국 종류로 버텼다. 빵에 우유만 먹어도 되는 저와는 달리 국 없이는 밥을 못 먹는 지훈에게 이 획기적인 냉국은 그야말로 획기적인 아이템이 되어 주리라.

"재료 좀 줘 보세요."

"알았어. 그나저나 마리 씨 귀국 언제야?"

불시의 공격에 놀란 마리가 쌀쌀한 목소리로 되물었다.

"왜요?"

"옷깃만 스쳐도 인연이라는데 우리 인연이 보통 인연이야? 가기 전에 조촐하니 환송회라도 해야지."

"환송회는 무슨 환송회예요? 쿨하지 않게."

"에이, 쿨한 게 다 좋은 게 아니야. 그리고 우리 한국 사람은 쿨한 것보다는 정을 더 쳐줘. 정 알지?"

"초코파이잖아요."

"아니, 그거 말고 그러니까……."

대답하기 귀찮아 엉뚱한 초코파이를 민 마리에게 친절이 병인 슈퍼 주인이 뜻풀이를 자처하는데 마리의 휴대폰이 울렸다.

"어."

—어디야?

"슈퍼. 얼마예요?"

"5천 3백 원."

"여기요."

―뭐 샀어?

"김하고 식초. 가요."

"잘 가."

슈퍼를 나선 마리는 지훈에게 자신의 어이없음을 털어놓았다.

"슈퍼 아줌마가 나 언제 가냐고 물어본다."

―그게 왜 궁금한데?

"환송회 해준다고. 어이없어. 그런데 왜 전화했어?"

―어, 그냥. 안 오기에.

"연장했어. 세일 기간이거든."

―피곤하겠다.

"인생이 그렇지 뭐. 거의 다 왔어. 끊어."

―어? 어.

시니컬한 마리의 요구에 지훈은 두말도 않고 종료 버튼을 눌렀다. 그리고 한 무더기의 쇼핑백들이 얌전히 놓여 있는 식탁으로 향했다. 퇴근하자마자 권 선생의 조언을 곧장 실천한 결과였다.

"방에 들여 놓을까? 아니야. 그건 더 창피하잖아. 매도 먼저 맞는 게 낫다고 들어오자마자 보게 두는 게 낫겠어. 그래."

지훈은 부랴부랴 쇼핑백 꾸러미를 집어 들어 그것들을 마리가 텔레비전을 보는 장소에다 반듯이 놓았다. 그러자마자 대문 열리는 소리가 났다.

"헉!"

또각또각 구두 소리가 울리자 지훈은 어쩔 줄을 모르고 우왕좌왕거리다 허겁지겁 냉장고 앞으로 달려갔다. 문을 열자마자 드르륵 현관문이 열렸다.

"나 왔어."

"어? 어. 왔어?"

"뭐 해?"

"물 마시려고."

마리는 지훈이 들고 있는 케첩 병을 유심히 쳐다보았다. 그러자 그녀의 시선을 따라간 지훈은 자신의 시답잖은 실수에 혀끝을 깨물고 얼른 변명을 둘러댔다.

"이런, 잘못 꺼냈다."

저 때문에 저지른 실수라는 것을 눈치 채지 못한 마리는 행여나 그가 무색해 할까봐 얼른 시선을 거두고 거실로 올라섰다. 그러면서 거실 한구석을 차지하고 있는 쇼핑백을 힐끔 보긴 했지만 대수롭게 여기지 않고 곧장 지훈이 서 있는 주방으로 향했다. 그리고는 김과 식초가 든 검정 봉지를 내려놓으며 억지로 물을 벌컥거리고 있는 지훈에게 물었다.

"김으로 냉국 만들 수 있다는 거 알아?"

"미역이겠지."

"김으로도 할 수 있대. 슈퍼 아줌마가 그랬어. 김 구워서 비빈 다음에 물 넣고 마늘이랑 소금 식초 깨, 이렇게만 넣음 된다네."

"금시초문이야."

지훈은 전전긍긍하며 마리의 어깨 너머로 쇼핑백을 힐끔거렸다. 제가 언질을 주기 전에 그녀가 알아차려 주기만을 바랐는데 도통 그쪽으로는 신경을 쓰지 않는 것에 애가 탔다.

"나도. 하여튼 낼 아침은 냉국이야. 아침부터 냉국은 좀 그런가?"

"시원하고 좋지. 저기."

"왜?"

"저것 좀 봐봐."

지훈의 요청에 마리는 금방 지나쳐 온 쇼핑백 꾸러미들을 쳐다보았다. 지나칠 때는 몰랐는데 꽤 고가의 브랜드 로고들이 찍혀 있었다.

"저게 뭐야?"

그러자 지훈이 수십 번도 연습한 멘트를 날렸다.

"누구 주려고 샀는데 주기 뭐 해서 너라도 쓰라고."

마리의 심장에서 찌르르 귀뚜라미 소리가 들려왔다. 옷이며 화장품 회사의 이름이 죄다 여성만을 위한 브랜드의 것이었다.

'애인?'

쿵쿵 뛰는 심장을 외면하고 활짝 웃으며 장난스럽게 물었다.

"너 연애하니?"

"아니, 그런 건 아니고…… 그냥. 갖기 싫음 관둬."

"관두긴 뭘 관둬, 비싼 거구만. 어디 보자."

마리는 쪼루라니 쇼핑백 쪽으로 향했다. 물건 따위가 궁금한 것이 아니라 지훈의 호감을 받고 있는 묘령의 여자가 어떤 여자인지 궁금해 쇼핑백을 부석거렸다. 백화점에 입점해 있는 명품 화장품이 기초부터 색조까지 줄줄이 나왔고 하늘하늘한 하늘색 쉬폰 원피스와 보석상자 하나가 나왔다. 마리는 쉬폰 원피스를 뒤집어 사이즈를 확인했다. 55사이즈. 딱 자신의 사이즈였다. 확 심통이 솟았다.

"사이즈는 알고 산 거야?"

"대충 말했더니 주던데. 교환된다고."

"날씬하나 보네?"

"그럭저럭."

원피스를 내려놓은 마리는 영화에서나 나올 법한 고급스러운 벨벳 케이스를 열었다. 다이아몬드나 큐빅은 아니고 스와로브스키 쯤으로 보이는 맑고 투명한 알이 박힌 심플한 둥근 백금 귀걸이였다. 스와로브스키라고 해도 꽤 가격이 나갈 것 같은 디자인이 입술을 절로 뚱하니 내밀게 만들었다.

"대단해?"

"뭐가?"

"그 여자."

"그냥."

"뭐 하는 여자야?"

"어? 어. 같이 근무하는 선생님. 음악."

'노래 부르잖아. 피아노도 치고. 그러니까 음악.'

지훈은 제 나름대로 마리임을 암시했지만 그것이 귀에 들릴 리 없는 마리는 머릿속에 떠오른 피아노를 치고 있는 아주 고상하고 세련된 음악 선생의 얼굴에 마구 가위표를 휘둘렀다. 그리고 한참 들여다보고 있던 보석 케이스를 탁 하고 닫았다.

"환불되니까 환불 받아."

그러자 예상치 못했던 문제와 맞닥뜨린 지훈은 혼비백산했다.

"환불하라고?"

"어지간하면 감지덕지하면서 받겠는데 내가 받기에는 좀 그렇다. 영수증 있지?"

지훈은 마리의 말 속에서 힌트를 붙잡고 고개를 설레설레 저었다.

"없어. 다 버렸어."

"교환 안 해주면 고객센터로 간다고 해. 불려가서 주의 듣고 교육 받느니 바꿔 줘."

"귀찮아."

"그럼 쌓아 두든지."

"마음에 안 들어?"

섬세한 여자의 마음을 손톱만큼도 모르는 지훈의 무딘 질문에 마리가 씩 웃었다.

"송지훈, 그런 말은 내가 아니라 그 음악 선생한테 해야지. 안 그래?"

"그런 말 못해."

"그래도 용기 내서 해. 좋아하잖아."

"좋아하는 거 아냐."

"좋아하는구만 뭘."

마리의 중얼거림에 지훈은 양 뺨을 발그레하게 물들이며 항변했다.

"그런 거 아니라니까!"

그러더니 삼십육계 줄행랑을 놓았다.

"하여튼 난 모르니까 버리든지 말든지 알아서 해. 참, 그거 다이아몬드니까 잘 생각해서 버려. 잘 자."

"야아, 송지훈!"

다이아몬드라는 말에 어안이 벙벙해진 마리가 질색을 하며 외쳐 불렀지만 지훈은 뒤도 안 돌아보고 토끼 굴 속 같은 제 방 안으로 쏙 들어가 버렸다. 얼떨결에 무려 다이아몬드씩을 떠맡게 된 마리는 갑자기 복잡스러워진 머리 때문에 편두통이 다 일 정도였다.

 티타임 시간을 즐기는 직원들로 휴게실은 만원이었다. 말 그대로 차를 마시는 시간이기도 하지만 화장도 고치고 수다도 떠는 시간이라 장터처럼 소란스러웠다. 사람들과 어울리는 것에 도통 취미가 없는 마리는 한쪽 구석에서 자판기 커피 한 잔을 마시며 알 밴 다리를 주물렀다. 처음보다는 훨씬 나아졌긴 했지만 그래도 오후만 되면 여간 인내심을 요구하는 것이 아니었다.
 커피를 다 마시고 나서 가방에서 거울과 빗을 꺼내 머리를 손봤다. 컬을 넣어 길게 늘어뜨렸었는데 좀 처지는 것 같아 포니테일로 상큼하게 묶어 깨끗하게 정리를 했다. 그리고 가방으로 또 손을 넣어 귀걸이 케이스를 꺼내 잠시 주저하다 안에 든 귀걸이를 꺼내 귀에 찼다. 하얀 귓불에서 귀걸이가 유난히 빛을 발했다.
 어제는 괜히 울적하고 열이 나 꽝 닫아 버렸는데 아침에 출근을 하려고 거울을 보는데 유독 허한 귓불이 눈에 들어왔다. 그래서 다시 슬며시 귀걸이 케이스를 열었는데 다이아몬드라는 소리를 들어선지 유난히 반짝이는 빛에 그만 홀딱 반해 가져오고 만 것이다. 영롱한 빛을 만끽하다 보니 괜스레 얄미운 음악 선생에게 갈 것이었다는 사실은 깨끗이 지워져 버렸다. 거울을 들고 요리조리 고개를 돌리는데 매니저가 휴게실 문을 열고 들어섰다.

"아이고, 다리야. 비가 오려나?"

"시집도 안 간 처녀가 무슨 소리예요. 언니도 참."

"이년아, 너도 내 년차 돼봐. 자동으로 일기예보 읊으니까. 백화점 생활 13년 차에 얻은 거라곤 그것밖에 없다."

마리는 걸쭉한 입담을 자랑하며 안으로 들어오는 매니저에게 알은체를 해 보였다.

"오셨어요?"

"어, 막내야. 좀 쉬었어?"

"예. 나가려던 참이에요."

"잠깐만."

갑자기 마리를 불러 세운 매니저가 매니저를 제외하고서는 매장에서 액세서리 착용 금지라는 우스운 규칙 때문에 귀걸이를 빼려 하는 마리를 제지시켰다. 그리고 대뜸 귀걸이의 출신성분을 읊어댔다.

"이거 아르띠지아노지?"

매니저의 놀라움의 강도를 보니 명품일 가능성이 농후했다. 일당 35000원짜리 아르바이트 주제에 명품 귀걸이는 어울리지 않았다. 또 아무리 감추려 해도 눈에 띄는 외모 때문에 괜한 구설수에 오를 것이 우려돼 딱 잡아떼 버렸다.

"아닌데요."

그러나 매니저는 콧방귀도 뀌지 않았다.

"이거 흔한 디자인 아니거든? 아르뜨지아노의 신상이 틀림없어."

"카피겠죠. 싼 거예요."

마리가 그렇게 말했지만 눈썰미 좋기로 소문난 매니저는 대번에 마리의 소지품 속에 끼어 있는 케이스를 찾아내 집어 들었다. 그리고 케이스 안에 선명하게 찍힌 브랜드 이름을 증거물로 제시했다.

"이봐, 카피에 이런 케이스가 가당키나 해? 불어. 누구니? 애인?"

자격지심이기도 했지만 실실 흘리는 눈웃음에 매니저의 의도가 드러났다. 단순한 애인이 아니라 부적절한 관계를 맺고 있는 스폰서가 아니냐는 그런 넘겨짚기는 불쾌하기 짝이 없었다.

"아닌데요."

"아니야?"

"제 친구가 홍콩 야시장에서 사온 거예요. 백 달러 주고요. 너무 예뻐서 제가 하루만 해 보자고 빌려 온 거구요."

"짝퉁이야?"

"백 달러짜리라니까요."

마리의 완벽한 연기에 매니저가 홀딱 넘어갔다.

"야, 이거 정말 똑같다. 특 A급도 이렇게는 못 만들겠다. 저기, 친구한테 이거 5만 원 더 얹어 준다면 나한테 팔까? 나

이거 무지 갖고 싶다. 물어봐 주면 안 돼?"

생뚱맞은 요구 따위는 '언니도 참.' 이딴 식의 말을 흘려 주며 정돈해야 좋은 해결 방법일 것이다. 하지만 순간 엉뚱하게도 불똥이 지훈에게 튀어갔다.

'이딴 거 음악 선생한테나 갖다 바칠 것이지 왜 나한테 버려가지고 사람 간을 졸여? 지랄!'

음악 선생에게 갔어야 할 귀걸이가 매니저가 군침을 흘릴 정도로 고가라는 사실에 확 부아가 치밀었다. 그리고 더 화가 나는 이유는 음악 선생이 하면 마음을 담은 선물로 인식되지만 제가 하면 스폰서에게 받은 대가로 보인다는 것이었다. 그 억울함에 쫓겨난 이성이 저만치 도망치면서 입을 멋대로 움직여 버렸다.

"물어는 볼게요."

"그래, 그래."

수업 시간일지도 모른다는 생각도 못 한 마리는 휴대폰을 꺼내 1번을 꾹 눌렀다. 그러자 기다렸다는 듯이 지훈이 나타났다.

―어, 나야.

마리의 반응이 궁금해 열 번도 더 넘게 메시지를 확인했기에 조금 들뜬 목소리를 내는 지훈에게 마리가 다짜고짜 용건을 이야기했다.

"귀걸이 말인데."

―어.

"아는 분이 돈 준다는데 팔래?"

―뭐?

"귀걸이 돈 받고 팔 거냐고."

이런 유치한 분풀이나 해대고 있는 제가 못마땅한 마리의 목소리는 뾰족하기 그지없었다. 지훈이 대뜸 물었다.

―너 왜 그래?

"팔 거야 말 거야, 그거나 말해."

―너 알아서 해. 네 거잖아.

"알았어. 끊어."

지훈의 퉁명스러운 대꾸에 눈 꼬리가 더 치켜 올라간 마리가 일방적으로 통화를 끊고 나자 목을 빼고 있던 매니저가 쏙 나섰다.

"판대?"

염치없는 부아에 바르르 전화를 해 종알댔으니 당장 팔겠다고 해야 옳을 일이었다. 그러나 마리의 대답은 사뭇 달랐다.

"싫다는데요."

"알아서 하라고 하지 않았어?"

"팔면 알아서 하라고요."

귀 밝은 매니저의 의심을 임기응변으로 넘겼다. 그러자 더 이상 잡고 늘어질 건더기가 사라진 매니저가 쓴 입맛을 다셨다.

"그래? 그럼 할 수 없지, 뭐."

"죄송해요."

"네가 죄송할 게 뭐 있니? 가봐."

"예. 쉬세요."

친절한 막내 흉내를 훌륭히 소화해낸 마리는 귀걸이를 마저 빼내 케이스에 담고 휴게실을 나서 매장으로 향했다. 길게 드리워진 계단을 내려가던 그녀가 문뜩 멈춰 섰다. 그리고는 가방으로 손을 집어넣어 애증이 교차하는 귀걸이 케이스를 꺼냈다. 딸깍 하고 케이스를 열자 귀걸이가 영롱한 빛을 발했다.

"그래도 다이아몬든데 15만 원에 팔 수는 없잖아. 다이아몬드로서의 사회적 지위와 체면이 있지. 그렇지?"

그렇게 애써 위안을 삼고 나니 찝찝했던 기분이 조금 사위어들었다. 우울했던 입매를 다시 빙그레 들어 올린 마리는 케이스를 닫아 가방에 넣었다. 그리고 유난히 구두 소리가 크게 울리는 계단을 또각또각 마저 내려갔다.

휴대폰을 손에 든 지훈은 마치 그것이 마리라도 되는 양 쏘아보았다.

'귀걸이 때문에 무슨 일이 생긴 게 분명해. 괄괄하긴 하지만 그렇게 앞뒤 분간 못하는 애가 아니잖아. 도대체 무슨 일이지? 손님이 팔라고 했나? 왜 귀여운 여인에서도 구두 가게 점원이 매고 있는 넥타이를 사는 장면 나오잖아. 안 된다고 해도 계속 팔라고 해서 곤란해진 걸까? 젠장!'

지훈은 혼자 생각에 전전긍긍하는 못난 짓을 때려치우고 컴퓨터를 켰다. 그리고 검색란에 언뜻 들었던 마리의 매장 이름을 쳐 넣었다.

"꽁포트."

엔터를 누르자마자 꽁포트라는 웃긴 이름을 가진 명품 사이트 주소가 떴다. 홈페이지로 들어가 어떤 백화점에 입점해 있는지를 검색했다. 총 7개의 백화점에 입점해 있었는데 강남에 위치해 있는 백화점은 3군데였다.

'월급을 강남 아줌마들 껌 값으로 비유했으니 강남 쪽을 우선으로……'

주르륵 뽑은 전화번호들을 메모지에 휘갈기고 난 지훈은 불쑥 자리에서 일어나 교무주임에게로 향했다.

"저……"

"어, 송 선생. 무슨 일이야?"

지훈은 오른손을 들어 왼쪽 가슴을 덮었다.

"아까부터 담이 저리는 것 같더니 점점 심해지는 것 같아서 조퇴를 좀 했으면 합니다."

"언제부터?"

"점심시간 때는 참을 만하더니 지금은……"

이마를 찡그리자 교무주임은 그의 미련함을 탓했다.

"그럼 진즉 말을 했어야지. 이렇게 될 때까지 참고 있었어?"

"수업이 남아 있어서요."

"그래도 그게 아니지. 이럴 게 아니라 내 차로 병원으로 가자고."

교무주임의 친절에 지훈은 혼비백산했다. 가야 할 곳은 병원이 아니라 백화점인데 교무주임과 함께 갈 수는 없는 일 아닌가?

"아, 아닙니다. 택시 타고 가면 됩니다."

"아픈 몸으로 택시가 웬 말이야? 자자, 그러지 말고 가자고."

"그러지 않으셔도 되는데……."

지훈이 난색을 표하는 사이 구원군이 나타났다. 서무실 직원이 교장으로부터의 전갈을 전해 왔다.

"교무주임 선생님, 교장 선생님께서 찾으시는데요."

"어? 알았어, 그나저나 이를 어쩐다. 누가 차가 있나. 옳지, 이 선생……."

"선생님, 이 앞 상가에 병원 있잖습니까."

"아, 거기로 갈 건가?"

"예."

"그럼 얼른 가보게. 무슨 일 있으면 연락 주고."

"예. 그럼."

십년감수한 지훈은 아픈 시늉을 고수하며 꾸벅 고개를 숙이고 자리로 돌아가 점퍼와 가방을 챙겼다. 거짓말을 하느라 놀란 가슴이 정말 담이 든 것처럼 저려왔다.

평일인데도 어쩐 일로 손님들이 줄을 이었다. 덕분에 기계처럼 옷을 걸고 빼는 단순노동에 시달리고 있는 마리는 한 줌도 안 되는 옷을 걸며 제 머리로는 도저히 이해할 수 없는 의문점들을 해결하려 애썼다.

'도대체 이 천 쪼가리들을 백만 원씩이나 주고 사는 이유가 뭘까?'

노파의 얼굴처럼 쭈글쭈글한 검정 천에 머리통만 한 커다란 노란 꽃이 달린 투피스라니. 거저 줘도 안 입을 참인데 덜컥덜컥 사들이는 사모님들은 이상타 못해 희한하기까지 했다. 그리고 제가 두 달은 뼈 빠지게 일해야 살까 말까 하는 고가의 투피스에 만족하지 않고 반달 치 월급을 쏟아 부어야 할 스카프까지 팔아넘기려는 매니저의 배포는 놀라웠다.

"사모님, 이거 한 번 걸쳐 보세요. 소품을 잘 이용해야 진짜 멋쟁이시거든요."

"그래요?"

"그럼요. 왜 고전 영화들 보면 여배우들이 하나같이 스카프를 하고 나오잖아요. 잉그리드 버그만에 비비안 리가 그렇잖아요. 사모님처럼 고전적인 미모를 갖춘 분들은 이런 스카프 한 장으로도 극적인 이미지를 연출할 수 있답니다. 자, 이렇게 어깨에 두르시고 한번 보세요. 어때요? 훨씬 낫죠?"

저에게 선택권이 주어진다면 당장 엑스 자를 그어 보였겠지만 잉그리드 버그만에 홀딱 넘어가 버린 사모님은 흔쾌히 고개를 끄덕였다.

"좋은데요?"

"정말 잘 어울리세요, 사모님. 아, 너무 뿌듯한 거 있죠? 제가 권해 드렸지만 너무나 탁월한 매치예요."

"스카프까지 하죠."

"감사합니다, 사모님."

"여기요."

"네."

사모님답게 골드 카드를 꺼내 매니저에게 건넨 사모님이 일전에 의뢰했던 일에 대해 물어왔다.

"수선해 달라는 건 다 됐어요?"

"그럼요. 바로 가져다 드릴게요. 마리 씨."

"예."

"사모님이 맡기신 원피스 알죠? 그거 찾아와요."

"예."

마리는 정리하던 옷을 놓고 곧장 매장을 나섰다. 그리고 매니저는 또 새로운 도전에 나섰다.

"사모님, 이건 어떠세요? 라임색이 싱그러워 보이지 않으세요?"

"더 사면 애 아버지한테 혼나요."

"비자금으로 사시면 되잖아요. 제가 꼭 옷을 팔려고 안달이 난 게 아니라 이 옷의 주인은 사모님밖에 안 계셔서 그래요."

"한번 입어 보기나 할게요."

"예, 사모님. 이쪽으로 오세요."

매니저가 손수 사모님을 탈의실로 안내하는데 매장의 전화가 울렸다. 마리 대신 옷 정리를 하던 둘째가 얼른 달려와 전화를 받았다.

"정성껏 모시겠습니다. 꽁포트 이민하입니다. 네, 맞습니다만. 여보세요? 여보세요?"

전화기를 붙잡고 사정을 하고 있는 둘째에게 매니저가 이유를 물었다.

"왜 그래?"

"박마리 씨 찾더니 맞다고 하니까 뚝 끊는데요?"

"남자야, 여자야?"

"남자요."

매니저의 왼쪽 입술이 치켜 올라갔다.

"귀걸이 임자군."

"귀걸이요?"

"그런 게 있어. 어머나, 사모님. 뷰리풀! 뷰리풀!"

"앗!"

막 에스컬레이터에 오르려던 지훈은 뭔가 둔탁한 것과 어깨를 부딪치고 휘청 옆으로 밀렸다. 덩치가 산만 한 아줌마가 힐끔 한번 쳐다보더니 미안하다는 말도 없이 쇼핑백을 흔들며 쌩하니 앞질러 갔다. 얼굴을 종잇장처럼 구긴 지훈이 이 황당한 사태에 대한 정의를 내렸다.

"어이 플러스 개념 상실."

그리고는 목적지를 찾기 위해 엉덩이를 흔들며 에스컬레이터에 먼저 오른 불한당 아줌마의 뒤를 따랐다. 여성복 매장이 있는 2층에 올라서자마자 백화점 보안직원에게 마리의 근무처를 물었다.

"실례합니다. 꽁포트 매장이 어디에 있습니까?"

"8층으로 올라가시면 바로 좌측에 있습니다."

"감사합니다."

"즐거운 쇼핑 되십시오."

목적지를 확인한 지훈은 다시 에스컬레이터에 몸을 실었다. 만나서 뭘 꼬치꼬치 캐묻자는 것이 아니다. 기껏 해 봤자 먼발치에서 기분상태를 파악해 보고 운이 좋으면 5-10분 정도 시간을 내주면 괜찮냐고 물어보는 것이 다일 것이다. 꾀병으로 조퇴를 하고 매장 전화번호를 수배하고 전화를 걸고 택시로 달려온 것치고는 너무 적은 소득이다. 그래도 확인을 하지 않고서는 배길 수가 없는 탓에 절로 움직이는 에스컬레이터에 참지 못하고 발을 내딛었다.

"어머나, 사모님! 어머!"

까다롭긴 하지만 대어인 사모님이 나타나자 반색을 하던 매니저가 발치에 휙 떨어진 쇼핑백을 보고 눈을 동그랗게 떴다. 그리고 축 처져 내린 양쪽 뺨을 부르르 떨어대던 사모님은 단전의 기를 끌어 모아 불벼락을 내리쳤다.

"어머머! 어머머! 뭐가 어머머야!"

"무슨 말씀이세요?"

"꺼내서 보면 알 거 아냐?"

살기등등한 기세에 놀란 매니저는 황망함도 잊고 쇼핑백에서 옷을 꺼냈다. 온 매장을 뒤집어 놓고 나서야 구입했던 블라우스로 수선을 해 며칠 전에 배달시켰던 것이다. 그런데 옆구리 부분이 처참하게 찢겨 있었다. 칼로 찢은 것이 아니라 살집에 못 이겨 북 터진 것이 분명했다.

"뜯어졌네요."

"뜯어졌네요? 그게 다야?"

"당연히 수선해 드려야죠. 이런 일이 있으시면 절 부르시지 일부러 나오셨어요? 수고스러우시게······."

"사이즈를 봐, 사이즈를!"

사모님의 악다구니에 놀란 매니저는 사이즈를 확인했다. 그리고 기겁했다. 당연히 제일 큰 사이즈여야 할 블라우스의 사이즈가 달랐다.

"어쩐지 입을 때부터 작다 싶었지만 설마 하고 입고 나갔다가 내가 어떤 망신을 당했는지 알아? 우리 바깥양반 동문들 다 모인 자리에서 개망신을 당했다고! 어쩔 거야. 어쩔 거야!"

"사모님, 잠시만 고정하시고……."

매니저는 명품관을 아수라장으로 만들어 버리는 사모님을 진정시키려 애를 썼다. 하지만 블라우스 옆구리가 터지는 바람에 우세를 당한 사모님은 붙잡는 매니저를 뿌리치고 영문을 몰라 가만히 서 있는 마리를 지목했다.

"너지?"

"예?"

"그날 네가 옷 가져왔잖아! 옷 좀 입어 본다고 입을 댓 자나 빼물고 있더니 나 골탕 먹으라고 일부러 바꾼 거 아냐!"

마리는 그제야 자신에게 씌워진 혐의를 알게 되었다. 옷이 바뀐 모양이었다. 그날 몸이 최악의 상태였고 매미 허물 벗듯 벗어던지는 옷들을 챙기느라 넋이 나갔었다. 그 탓이지 하늘에 맹세코 일부러 옷을 바꾸지는 않았다. 그러나 뭐라고 할 말을 잃어버린 마리가 멀뚱멀뚱하게만 굴자 그것이 더 심통이 난 사모님은 억지를 부렸다.

"어쩔 거야? 피해 보상 할 거야, 아니면 고객센터로 갈까?"

눈앞이 캄캄해진 매니저가 허겁지겁 나섰다.

"사모님, 제가 책임지고 보상해 드리······."

"누가 매니저한테 물었어? 얘한테 묻잖아, 지금!"

"마리 씨, 뭐 해? 얼른 사과드리지 않고!"

마리는 사모님의 엄포에 발을 동동 구르는 매니저의 충고에 따라 뻣뻣하기만 한 고개를 가까스로 숙였다. 그리고 사과했다.

"죄송합니다. 제가 실수를 했나 봅니다. 하지만 절대 고의는 아니었습니다. 죄송합니다."

"고의? 고의가 아니면 이게 어떻게 있을 수 있는 일이야?"

"사모님, 고의라니요. 저희 막내가 입사한 지 얼마 안 돼서 실수한 거지 언감생심 어떻게 그런 마음을 먹겠어요? 다 제가 잘못 가르친 탓이니 절 봐서 너그럽게 용서해 주세요. 부탁드립니다."

매니저까지 고개를 숙였지만 아주 작정을 하고 온 사모님은 그 사과에 눈 하나 뜨지 않았다.

"너 지금 뭐 하는 거야? 고개 뻣뻣이 쳐들고 눈 착 내리깔고 너 해볼 테면 해봐라 이거야?"

"마리 씨!"

매니저의 재촉에 마리는 허리가 땅에 닿게 머리를 조아렸다.

"죄송합니다. 죄송합니다."

"말로만 죄송하다면 다야? 너 때문에 입은 내 정신적 피해는 어쩔 건데? 네가 변상할 거야?"

"잘못했습니다. 죄송합니다, 사모님."

말끝마다 하대를 떡떡 해가며 조여대는 안하무인 사모님에게 기계적으로 고개를 조아리는 마리의 눈이 흥건히 젖어 들어갔다. 모욕감도 모욕감이지만 백만 원에 가까운 블라우스 값 변상에 이런 소란을 일으켰으니 잘릴 것이라는 공포가 더욱 극심해진 탓이었다. 눈알이 뜨거워지고 가슴이 미친 듯이 뛰었다. 그런데 그 때.

"얼마면 됩니까?"

여자들의 소란 속으로 사뭇 다른 목소리 하나가 끼쳐들었다. 매장 안의 모든 시선이 소리가 나는 쪽으로 향했다. 그리고 얼굴 전체에 먹구름이 잔뜩 인 지훈을 발견한 마리의 입술 사이로 목이 졸린 목소리가 흘러나왔다.

"송지훈……."

백화점 후문 후미진 한 귀퉁이에서 새된 악다구니가 터져 나왔다.

"이제 속이 시원하니? 돼먹지 않은 년 앞에서 굽실거리는 내 모습 보니까 시원하냐고!"

주먹을 꽉 쥔 마리가 온몸으로 절규했다. 느닷없이 나타난 지훈이 도저히 해결이 될 것 같지 않던 사건을 종식시켰다. 옷값은 물론 그 두 배에 달하는 금액을 정신적 피해 보상금으로 내놓고 어안이 벙벙해 있는 매니저에게 마리의 퇴사 통보를 일방적으로 전했다. 그랬으니 안하무인인 사모님에게 했던 것처럼 고개가 떨어지게 감사의 뜻을 전해야 옳았다. 하지만 더할 나위 없이 초라한 모습을 들킨 것에 수치심과 반감마저 드는지라 오로지 그를 향해 쏟아 붓는 것은 원망뿐이었다.

"네가 뭔데! 네가 뭔데 날 이렇게 비참하게 만들어! 네가 뭔데 내 일에 끼어드느냔 말이야!"

지나가는 사람들의 시선을 모조리 끌어당기는 마리의 횡포를 묵묵히 받아내던 지훈이 힘겹게 알 듯 말 듯한 제 마음을 토해냈다.

"네가 다른 사람 앞에서 머리 조아리는 꼴 보기 싫어."

그러나 회복 불가능한 상태로 훼손당해 버린 상처를 껴안고 있는 마리는 그 말을 귀에 담지 않고 오로지 자신의 분노만 내뿜을 뿐이었다.

"네 머리야? 내 머리야. 굽히든지 젖히든지 부러뜨리든지 내 마음이라고! 너한테는 우습게보이는 일일지 몰라도 나한테는 마지막 보루야. 내가 말했지? 나 이거 안 하면 더 밑바닥으로 떨어져야 한다고. 그게 네 소원이야? 그래!"

마리의 비약에 지훈의 인내심도 바닥이 나 버렸다. 결코 도드라지는 법이 없던 목의 핏대가 산맥처럼 붉어졌다.

"누가 그딴 거 하래! 하지 마! 아무것도 하지 마!"

"안 하면! 네가 먹여 살리기라도 할 거야?"

"살려! 아무것도 안 해도 내가 너 먹여 살릴 테니까 걱정 마!"

지훈의 선포에 마리는 한참을 할 말을 잃었다. 방을 내어 주겠다고 제안했을 때나 휴대폰을 사줬을 때와는 완전 다른 분위기였다. 지글지글한 눈은 열기로 가득 차 있었고 바르르 떨리는 입매는 굳건했다. 정말 우스운 비유지만 마치 숨겨왔던 사랑을 활화산처럼 토해낸 남자 같았다. 머리카락 끝이 삐쭉삐쭉 올라서고 심장이 벌벌 떨리는 짐작을 떨쳐내야 했다.

"미쳤니?"

"아니, 지극히 정상이야. 나 너 좋아해."

"송지훈!"

"좋아해, 박마리."

동시에 할 말을 잃어버린 두 사람은 정지된 시간 속에 갇혔다. 짐작했으면서도 애써 외면했던 속마음을 털어놓은 지훈의 가슴은 후련했다. 하지만 절대 제 것이 아니라 정의한 지훈의 열띤 마음을 졸지에 떠안은 마리의 가슴은 진흙탕처럼 질척거렸다. 분에 넘치는 고백 아니던가? 그러니 당장 와락 그를 껴안은 후 기쁨을 만끽해야 할 것이다. 그러나 그러기는커녕 용암처럼 들끓는 분노만이 그녀의 온몸을 불태웠다.

"난 너 싫어."

"알아."

"절대 안 좋아해."

"강요하지 않아. 윽!"

갑자기 지훈에게 달려든 마리는 다부지게 쥔 주먹으로 그의 가슴을 쿵쿵 쳐댔다. 마스카라 때문에 검은 비 같은 눈물을 주룩주룩 흘려내며 이를 악다물고 저를 발가벗기고 있는 지훈에게 원망과 미움을 담은 주먹질을 퍼부었다. 지훈은 그런 그녀를 말리지 않고 심장이 다 얼얼해지는 매서운 주먹질을 고스란히 받아냈다. 숨이 한 오라기도 남지 않아서야 마리의 미친 주먹질이 멈췄다.

"헉헉! 나더러 죽으라고 해. 죽으라고 해!"

마지막 남은 숨을 죄다 쥐어짜 비명 같은 원망을 토해냈다.

"네가 그러자고 하면 내가 감지덕지할 줄 알았니? 천만에! 널 좋아하느니 차라리 죽어 버릴 거야!"

"내가 부족하니?"

"나쁜 새끼!"

부족하기는커녕 외려 그 반대의 이유 때문에 온몸으로 거부하던 마리가 손을 치켜들었다. 지훈이 그 손을 움켜잡았다. 그리고 부릅뜬 눈으로 마리를 쏘아보며 자신의 자격지심을 드러냈다.

"말해. 아직도 네 눈엔 내가 너희 집에서 아가씨들 속옷 심부름이나 하던 지나 송의 아들로밖에 안 보이는 거니?"

"미쳤구나?"

"그건 과거일 뿐이야. 참작해 줘."

치부를 까발려 보이고서도 일말의 동요도 없는 지훈 때문에 진저리가 쳐졌다.

"그래서 싫어! 지나 송의 아들이었지만 번듯해진 너를 보면 삼류 가수에 성인용품 광고도 못 찍는다고 개 같은 새끼한테 머리채 잡히고 돼지 같은 여편네한테 이년 저년 소리 듣는 하찮은 내가 미치도록 끔찍하다고! 이제 됐니? 좋아? 시원해!"

마리의 처절한 악다구니로 지훈은 그녀 역시 저와 같은 자격지심의 노예임을 알아보았다.

"우린 거울을 보는 것처럼 닮았어. 아주 오래전 그때도 또 지금도. 하나도 다르지 않아."

"듣기 싫어."

"지난 12년은 꿈이라고 치자. 넌 여전히 도도한 얼음공주고 난 그때나 지금이나 마찬가지로 행여 널 좋아하는 마음을 들킬까 싶어 일부러 불친절하게 굴던 송지훈이고. 그럼 안 될까?"

12년 전 그 밤 이후로 꽁꽁 얼려두었던 마리의 가슴이 해빙을 맞은 얼음처럼 쩍 하고 갈라졌다. 그러나 그것으로는 성에 차지 않는다는 듯 지훈은 완벽한 해빙을 요구했다.

"난 네가 좋아. 너도 날 좋아해 주면 안 되겠니?"

그래도 되냐는 되묻는 말이 입 안에서 뱅뱅 맴돌았다. 그러나 도저히 그럴 수는 없는 일이었다. 다른 사람이라면 흔쾌히 고개를 끄덕였겠지만 송지훈이다. 변변찮은 근본은 물론 거칠게 살아온 자신의 지난 흔적을 죄다 꿰고 있는 그다. 그런 그에게 저를 내맡길 수는 없었다. 버리고 버림받고 상처 주고 상처 입을 미래가 환히 내보인 까닭이었다. 안간힘을 다해 아래위로 움직이려는 고개를 양옆으로 흔들었다.

"안 돼. 그럴 수 없어. 난…… 너하고는 맞지 않아. 난…… 쓰레기야. 앗!"

지훈은 스스로를 난도질하고 있는 마리를 와락 껴안았다. 그리고 부들부들 떨면서 솜털이 바르라니 일어선 그녀의 귓불에 속삭였다.

"아니야. 그렇지 않아. 넌 여전히 박마리야. 내가 좋아했던 얼음공주 박마리."

"이러지 마. 제발."

"좋아해 주지 않아도 돼. 그냥 지켜볼 수만 있게 허락해 줘."

"바보니? 나 같은 여자 뭐가 좋다고!"

"몰라. 모르겠어. 네가 좋다는 거 말고는 아무것도 모르겠어. 왜 좋은지 어떻게 좋은지 몰라. 그냥 좋아."

조금만 힘을 느슨히 하면 비눗방울처럼 날아가 버릴 것만 같아 지훈은 더욱 거세게 마리를 끌어안고 간구했다. 그가 만든 올가미 속에 갇힌 마리는 가까스로 오아시스를 발견한 조난자와 같았다. 바싹 타들어가 차라리 죽기를 바랄 정도로 고통스럽던 목을 축여 위태롭던 생명에 생기를 다시 불어넣어 줄 오아시스인 지훈을 밀어내던 손길을 멈췄다.

"송지훈."

"말해."

"만약, 만약에 말이야. 내가 너한테 기댄다면 그건 널 사랑해서가 아니라 너무 지친 탓에 쉴 자리를 찾는 것뿐일 수도 있어. 네가 말하는 사랑이라는 거 잘 모르겠어. 한 번도 해 본 적 없으니까. 하지만 네가 괜찮다면 네게 기대 쉬고 싶어. 그래도 괜찮겠니?"

지훈은 그때까지 옴짝달싹 못하게 막무가내로 옥죄고만 있던 마리를 풀어 주고 어깨를 붙잡았다. 그리고 와들와들 떨고 있는 마리와 눈을 맞추었다.

"아무리 미련한 사람도 불편한 자리에서 쉬려 하지 않아. 난 그 마음이면 됐어."

가까스로 막고 있던 감정의 봇물이 확 터지면서 썰물 앞의 모래 성 같은 마리를 단 한 번에 쓰러뜨려 버렸다. 입술을 곱씹어가며 울었다.

"나쁜 놈. 나쁜 놈. 흐흑!"

지훈은 그런 그녀를 포근히 감싸 안았다. 매끄러운 머릿결에 뺨을 비비며 그녀의 눈물 한 방울이 얼마나 애틋한지 고백했다.

"이젠 내 안에서만 울어. 약속해."

"송지훈, 송지훈……."

"그래, 그래. 나 여기 있어. 그러니까 눈물 한 방울 남기지 말고 다 울어 버려."

"흐흑! 엉엉. 흐어엉!"

마리가 흘린 유성 같은 눈물이 지훈의 가슴을 타고 적셨다. 맞붙은 두 개의 가슴은 물을 머금은 창호지처럼 투명하게 변했고 티끌 하나 없는 마음을 내비쳐 보였다. 열없어 사랑한다는 말은 차마 못하고 좋아한다고밖에 표현하지 못한 지훈의 마음을 알아본 마리의 어깨에 파랑이 일었고 염치없어 나도, 라는 말을 못한 마리의 마음을 알아본 지훈의 눈시울이 젖어들었다.

제12화

Kiss me darling

뭔가 은밀한 첩보를 엿듣는 스파이처럼 방문에 찰싹 달라붙어 있던 지훈이 콧잔등을 찌푸리며 문에서 떨어졌다.

"자나?"

마리 말이다. 일이 없는 날에는 온종일 텔레비전 앞에서 뒹굴더니 관계의 발전을 이룬 후부터는 어쩐 일인지 굴 속에서 겨울잠을 자고 있는 곰 흉내만 내는 게 아닌가? 갑작스러운 관계의 전환이 낯설어 문손잡이를 수십 번도 잡았다 뗐다 하는 마리지만 그것을 알 리 없는 지훈은 바싹 조바심이 났다.

활짝 젖혀 놓은 창문을 쳐다보았다. 서울의 하늘이라고 믿기지 않는 푸른 하늘에서는 환한 햇살이 아낌없이 내려쬐고 있는 전형적인 화사한 봄날이었다. 눈이 다 시려진 지훈은 눈을 가늘게 뜨고 소심한 마음을 드러냈다.

"좋아도 너무 좋은데……."

투정 같기도 하고 푸념 같기도 한 지훈의 말은 오늘같이 좋은 날이 바로 첫 데이트를 하기에 제일 적합한 날이라는 뜻이었다. 더불어 눈치 없는 곰처럼 굴고 있는 마리가 기지개를 펴고 나와 주길 고대하는.

"아, 이거 참. 아! 이거 참!"

좌우로 오가며 뒤통수를 벅벅 긁다 탈탈 털어대는 것으로 인내심이 바닥이 난 속내를 드러내던 지훈이 딱 멈춰 섰다. 그리고 무슨 비장한 각오라도 한 듯 싸움소처럼 애먼 마리의 문짝을 향해 돌진해 손잡이를 확 비틀며 팔꿈치를 밖으로 당겼다. 그러더니 곧장 숨 넘어가는 소리를 질러댔다.

"헉!"

똑같은 소리였지만 하나의 소리가 아니었다. 정말 누가 작정하고 떠밀기라도 한 것처럼 불쑥 문을 열고 나선 마리도 보탠 소리였다. 머쓱하기 이루 말할 수 없는 그 광경에 귓불이 다 홧홧거리는 마리가 얼굴이 벌게진 지훈에게 덤터기를 뒤집어씌웠다.

"놀랐잖아."

"미안. 그런데 나도 조금 놀라긴 했다."

지훈이 늘 무덤덤하기만 하던 입술 위에 슬쩍 웃음기를 올리자 마리는 괜스레 귓불에서 머물던 꽃물이 귀 위쪽으로 번지는 것만 같아 생각도 없던 물 핑계를 들었다.

"물 마시려고."

지훈이 따라붙었다.

"나도."

냉장고 쪽으로 몇 발짝 떼던 마리가 우뚝 멈춰 섰다. 그리고 막 한 발을 떼던 지훈도 발꿈치를 바닥에 못 대고 멈춰 섰다. 제 것과 매우 흡사한 지훈의 곤란함을 알아본 마리는 기꺼이 그에게 순서를 양보했다.

"너 먼저 마셔."

"아니, 너 먼저 마셔."

"괜찮아."

"나도 괜찮은데."

"그래, 그럼."

마리는 말을 배우는 아이처럼 무조건 제 말을 따라 하기만 하는 지훈을 붙잡고 있다가는 날밤을 새우고 말 것 같아 냉장고 행을 택했다. 찬물로 주책없이 든 꽃물이나 지워 보자는 생각에서였다. 그런데 반도 못 가서 경운기 엔진처럼 뒤늦게야 발동이 걸린 지훈에게 발목이 잡혔다.

"저, 저기!"

흠칫 어깨를 떤 마리가 마른침을 꿀꺽 삼키고 최대한 자연스러운 동작으로 고개를 돌렸다.

"왜?"

그랬더니 지훈이 호랑이에게 쫓기는 사람처럼 내내 참았던 말을 와르르 쏟아냈다.

"놀러 갈래?"

일순 마리의 뇌리에는 여자는 현실적인 동물임을 입증하는 생각들이 좌르르 펼쳐졌다.

'극장? 놀이공원? 아님 뮤지컬?'

그러나 순식간에 불타는 고구마가 되어 버린 지훈이 우물쭈물 내놓은 대답은 마리의 소박한 소망을 깡그리 무너뜨렸다.

"뒷산……으로……다가."

점심참의 뒷산은 한가했다. 건강을 위해 야트막한 뒷산에 올랐다가 점심을 차리기 위해 부랴부랴 내려가는 아주머니와 뒷짐을 진 채 산책중인 아저씨 두어 명, 그리고 마치 어제 만난 사람들처럼 짐짓 딴청을 피우며 발걸음을 떼고 있는 마리와 지훈이 있었다. 마리는 비교적 유유자적을 잘 가장하고 있었지만 지훈은 꿀단지를 깨먹은 아이처럼 전전긍긍이었다.

'날씨 좋지? 식상해. 다리 안 아파? 많고 많은 장소 다 놔두고 기껏 뒷산에 끌고 온 주제에 그게 물어볼 소리냐? 우리 그만 내려갈까? 이제 겨우 초입인데? 아아아!'

지훈은 대문을 나선 이후로 단 한 번도 대화를 나누지 않앉다는 사실이 명치끝에 걸려 필사적으로 대화거리를 찾았다. 그런데 지성이면 감천이라고 해야 하는지 아니면 이심전심 혹은 구사일생이라고 불러도 될 일이 벌어졌다.

"저거 뭐야?"

"어?"

"저거."

지훈은 쭉 뻗은 마리의 손가락을 따라갔다. 그녀가 가리킨 것은 구에서 마련해 놓은 체육시설 중 하나로 일명 다람쥐 바퀴로 불리는 운동기구였다. 양쪽에 튼실하게 붙어 있는 손잡이를 잡고 드럼통을 옆으로 걸어 놓은 것 같은 발판에 올라가면 절로 달리기를 하도록 설계되어 있는 수동식 런닝머신이라고나 할까? 지훈은 입에 가시가 돋는 것을 막아 준 고마운 마리에게 제가 아는 상식을 고스란히 전달했다.

"런닝머신."

"런닝머신?"

"전기가 필요 없는 수동식 런닝머신이라고 생각하면 돼. 저기에 올라가기만 하면 아무리 게으른 사람이라도 열심히 발을 놀리게 돼 있거든."

"해 봤어?"

"아니. 움직이는 거 별로 안 좋아해."

"하긴. 너 운동하는 거 한 번도 못 봤다."

"숨쉬기 운동만 하면 되지."

지훈의 진솔한 대답은 어색함에 어쩔 수 없이 뒷산 탐방에 따라 나선 마리에게 좋은 주제를 선사해 주었다. 성격만큼이나 차분한 몸놀림 덕에 운동하고는 담을 쌓고 있는 지훈에게 탄탄한 근육은 아니어도 신선한 공기는 흠뻑 들이마시도록 할 절호의 기회라는.

"나 저거 해 볼래."

"어?"

　지훈은 말이 떨어지기 무섭게 운동기구 쪽으로 향하는 마리를 종종 뒤쫓았다. 그리고 성질 급하게 수동 런닝머신 위로 달랑 올라서려는 마리에게 아버지 같은 주의를 주었다.

"조심해."

"롱다리거든?"

"다리 길이하고 아무 상관없다고."

"한 번도 안 해 봤다며 잔소리는."

　톡 하니 핀잔을 던지고 난 마리는 두 발을 수동 런닝머신 위로 올려놓았다. 그리고 지훈의 거한 걱정은 기우에 지나지 않음을 보여주었다.

"오오!"

　기다란 다리와 뛰어난 운동신경을 십분 발휘해 마치 평지를 내달리는 것처럼 거침없이 통을 굴려댔다. 하지만 지훈은 점점 더 빨라지는 속도에 한쪽 얼굴을 여지없이 찡그렸다.

"천천히 굴러. 떨어진다니까."

"됐거든? 왜! 발이 안 보여. 내 발 보여?"

"안 보인다. 됐냐?"

지훈의 툭툭거림이 제 안전에 대한 염려 때문이라는 것을 모를 리 없는 마리의 입가에 짓궂은 미소가 올라섰다.

"소심쟁이."

"뭐?"

"송지훈은 소심쟁이래요. 송지훈은 밴댕이래요."

마리의 어이없는 노래에 구겨졌던 지훈의 얼굴이 즉시 원상태로 돌아왔다. 어떻게든 잘 보이고만 싶은 마리에게 저 자신도 알고 있는 소심함을 꼬집힌 까닭이었다. 어깨와 가슴도 쭉 폈다. 그러나 그 모든 것을 다 알면서도 마리는 다섯 살박이 꼬마 계집애처럼 계속 그의 소심함을 놀려댔다.

"송지훈은 소심쟁이래요. 송지훈은 밴댕이래요."

활짝 펴졌던 지훈의 이맛살이 다시 구겨들기 시작했다.

"아니거든?"

"맞거든?"

"나 삐친다."

"삐쳐라."

지훈의 정색에도 불구하고 마리는 놀리는 것을 멈추지 않았다. 서른 살이나 먹은 무뚝뚝한 남자 입에서 나온 삐친다는 선포도 재미있었고 또 설마 서른 살이나 먹은 남자가 이만한 일에 토라질까라는 생각에 말이다. 그러나 지훈은 남자는 오로지 자존심으로 산다는 사실을 여실히 보여주었다. 싱글싱글 웃고 있는 마리에게서 휙 등을 돌려버린 것이다. 그뿐인가? 성큼성큼 걸어가 버리는 게 아닌가?

이렇게 되면 연거푸 뒤통수를 맞은 마리는 어머머! 를 연발한 후 야! 또는 이 밴댕아! 를 외쳐 줘야 인지상정일 것이다. 하지만 마리는 여전히 싱글벙글한 얼굴로 다람쥐 흉내를 그만둘 뿐이었다. 왜냐면 굳이 쪼루라니 달려가지 않아도 제발 잡아주길 간절히 원하고 있을 지훈을 다시 돌아오게 만들 비장의 무기를 이미 가지고 있었기 때문이었다.

'얼굴 좀 빨개지고 닭살도 좀 돋긴 하겠지만 절호의 기회잖아? 이 너른 세상에서 날 진심으로 걱정해 주는 단 한 사람인걸? 그리고 내가 붙잡고 싶은 유일한 사람이고. 그런데 뭘 망설이는 거니? 쪽 좀 팔리면 어때? 얼른!'

"송지훈!"

마음의 부추김에 못 이긴 마리의 외침에 설마, 설마 하는 생각에 자꾸 뒤를 돌아다보고만 싶었던 지훈이 우뚝 멈춰 섰다. 그러자 마리는 자꾸 부끄러워지려는 입술을 활짝 열었다.

"I love you."

마리의 수줍은 사랑고백에 지훈은 악독한 마녀의 주문에 걸린 기사가 되었다. 귀는 먹먹하고 팔은 바들바들 떨리는데 손가락은 까닥도 하지 못하니 참으로 이상한 일이었다. 애써 해석하려 하지 않아도 잘 아는 말 아닌가? 그런데도 난생처음 들어본 말처럼 전혀 이해가 되지 않았다.

얼이 빠져 버린 지훈의 멍한 얼굴로 그의 곤란함을 알아본 마리가 모은 양손을 입으로 가져갔다. 그리고 눌러만 주면 연방 사랑해를 외치는 곰 인형처럼 잇달아 외쳐댔다.

"송지훈, I love you. 송지훈, I love you! 송지훈, I love you!"

그 소리에 잠시 주문에 걸려 있던 지훈이 이슬 맞은 풀잎처럼 싱그럽게 깨어났다. 그답지 않게 뾰로통하게 튀어 나왔던 입술이 눈 깜짝할 사이에 헤 벌어지더니 다시 언제 그랬냐는 듯 무뚝뚝해졌다.

"그만 해. 사람들 쳐다본다."

하지만 그의 기분 좋은 겸연쩍음을 모를 리 없는 마리는 가슴에 뭉게구름처럼 차드는 행복함을 노래로 여과 없이 내비쳐 보였다.

"Kiss me darling, Kiss me, Kiss me now, Kiss me darling Kiss Your Kiss is so wonderful……."

지훈은 원래 가사는 오늘 밤이지만 해가 질 때까지 기다릴 수 없어 지금으로 바꿔 부르며 왕년의 실력을 발휘하기 시작한 마리에게 진실한 충고를 아끼지 않았다.

"정신 차려."

그러나 작정을 한 듯 수동 런닝머신의 발판을 무대삼은 마리는 들은 척도 하지 않고 왕년의 실력을 발휘해 앙탈을 부리

듯 고개와 어깨를 털어댔다.

"으응!"

그리고는 양팔로 자신의 가슴을 껴안는 자신의 몸짓에 진땀이 다 바싹 나는 지훈은 내 알 바 아니라는 듯 유혹의 강도를 높였다.

"My love you'll always be, My love you'll always be."

이것만으로도 일명 밴댕이로 불리는 지훈의 무릎에 바람을 들게 하긴 충분했다. 하지만 그의 완벽한 굴복을 원하는 마리는 요염한 눈짓과 함께 손가락을 까닥였다.

"Stay by side. Stay for a while."

이런 마력적인 유혹에 넘어가지 않는다면 그것은 숨을 쉬지 않는 무생물일 테다. 그러니 금방이라도 갈비뼈를 뚫고 나올 듯 맹렬히 뛰고 있는 심장을 주체하지 못하는 지훈이 실에 꿰인 것처럼 끌려가는 것은 당연지사였다. 아니, 달음질쳤다. 그 열정에 홀딱 반한 마리가 매력적인 웃음으로 반달처럼 휘어진 입술로 지훈의 발걸음을 재촉했다.

"Stay here you nice guy. Stay in my arms. And I'll sing you my song."

제 품 안에 머물면 평생 노래를 불러주겠다는 가사는 곧 마리의 부푼 가슴을 대변하고 있었다. 바라고 또 바라게 되었다. 가사처럼 평생 변변찮은 자신의 노래에 열화와 같은 성화를 보낼 지훈의 뮤직박스가 되어 줄 수 있길.

그 때 그녀의 속마음을 알아보기라도 한 듯 먼지바람을 일으키며 달려온 지훈이 수동 런닝머신으로 오르는 첫 계단에 올라섰다. 그러더니 대뜸 마리의 얼굴을 양손으로 붙잡아 당겼다. 그리고 열정으로 활활 불타고 있는 뜨거운 입술을 마리의 둥근 이마에 가차 없이 내리눌렀다.

쪽!

절대 밴댕이라고는 볼 수 없는 저돌적인 지훈의 행동에 마리의 파란 눈이 휘둥그레졌다. 키스 해달라고 계속 노래하긴 했지만 남들 앞에서는 손도 안 잡을 것 같은 진중한 지훈 아닌가? 그런데 비록 입술은 아닐지언정 사람들의 이목을 끌기에 충분한 키스라니! 그것도 쪽 소리가 날 정도로?

'나 꿈꾸는 거야?'

너무나 당황스러워 이런 말도 안 되는 생각도 마다하지 않는 마리에게 이마가 다 얼얼할 정도로 거센 입맞춤을 선사한 지훈이 고개를 바로 했다. 그리고 사랑은 결코 혼자서 하는 것이 아님을 일깨워 주었다.

"I love you. Marry."

마리는 혹 하고 숨을 들이마셨다. 지훈이 그랬던 것처럼 그녀 역시 가슴을 파고드는 진실한 고백을 덥석 끌어안기에는 역부족이었다. 그저 파란 하늘같은 큰 눈을 조용히 깜박거릴 뿐이었다. 그러자 어서 빨리 화답을 받고 싶은 지훈이 다시

한 번 사랑을 맹세했다.

"사랑해, 마리야."

"하아!"

한껏 참았던 숨을 토해낸 마리가 와락 지훈을 껴안았다. 그리고 지훈은 제 품 안으로 쏟아진 별 같은 마리를 든든히 끌어안았다.

제13화

앉은뱅이 꽃처럼

가재 사촌 바닷게와 같은 희한한 걸음새로 슬금슬금 한 널찍한 등 뒤로 다가선 지훈이 어렵게 말문을 열었다.

"저기, 이 선생님."

"네?"

"뭣 좀 여쭤보려고 하는데 괜찮으십니까?"

"물론이죠."

후덕한 옆집 아줌마 같은 음악 선생이 흔쾌히 허락하자 지훈은 얼마 전부터 마음먹고 있었던 일을 실천하기 위해 쑥스러움을 무릅썼다.

"혹 아는 분들 중에 음악학원 하시는 분 계십니까?"

"많죠. 왜, 뭐 배우시게요? 피아노?"

"아니, 제가 배울 건 아니고 제 여자친구가 배울 건데요."

지훈은 당당히 마리를 여자친구로 소개했다. 그러자 여자를 비롯한 모든 생명체를 돌처럼 여기던 지훈이었음을 잘 아는 음악 선생은 입을 떡 벌렸다.

"어머나! 여자친구 생기셨어요?"

"예."

"축하드려요!"

"예, 예."

뒤통수를 긁으며 겸연쩍어하는 지훈이 신기하기만 한 음악 선생은 장난스럽게 눈을 찡긋거렸다.

"비밀 보장해 드릴 테니까 걱정 마세요."

"안 그러셔도 됩니다."

"그나저나 어떻게 만났어요?"

"소꿉친굽니다."

"어머나, 그렇구나. 너무 낭만적이다. 으음, 그런데 뭘 배우시려고 그러시나?"

"성악하고 피아노를 했으면 하는데 피아노보다는 성악에 집중했으면 합니다. 성악을 전공하려다 관뒀거든요. 늦었지만 취미로라도 다시 시작하면 좋을 것 같아서요."

제가 출근하면 하루 종일 혼자 집에 있는 마리가 못내 마음에 걸렸다. 저처럼 사람들과 사귀는 것에는 도통 소질이 없는 까닭에 가끔 들르는 슈퍼에서 책으로 묶어내면 베스트셀러가 될 슈퍼 아줌마의 요리강좌를 듣는 것이 다다. 그래서 뭔가 할 만한 일이 없나 생각하다 떠오른 것이 바로 음악이었다.

열정 따위 남아 있지 않다고 하지만 그건 생활에 쫓긴 탓이지 결코 본마음이 아니라는 것을 잘 알고 있었다. 노래에 모든 정열을 쏟아 부으며 마리아 칼라스를 꿈꾸던 마리를 또렷하게 기억하고 있으니 말이다.

"거리는 상관없겠어요?"

"지하철역과 가깝기만 하면 괜찮을 것 같습니다."

"그럼 대방동은 어때요? 내 친구가 거기서 입시전문 학원 하고 있는데 애가 성격도 서글서글하고 꽤 잘 가르쳐요."

"오늘 가볼 수 있을까요?"

"내 당장 전화 넣어 볼게요."

"고맙습니다."

"별말을 다 해요. 잠깐만 기다려 봐요."

성의 있는 음악 선생은 곧장 휴대폰을 열고 통화를 시작했다.

"어, 미희니? 나 순례. 응. 잘 있었지? 다름이 아니라 내가 학생 하나 소개해 주려고 하는데……"

화사한 햇살에 따스한 바람이 솔솔 불어오는 정오에 마리는 팔 한 가득 짐을 들고 언덕배기를 오르며 비지땀을 뻘뻘 흘리고 있었다.

"아씨, 무거워. 팔 떨어지겠네. 너 꽃! 꽃 주제에 이따위로 무거워도 되는 거야!"

단순히 꽃뿐이라면 이렇게 천근만근 무겁지는 않을 것이다. 무슨 화훼단지라도 조성할 생각인지 꽃삽에 물뿌리개, 그리고 거름까지 죄다 사들인 탓에 마리의 푸념은 엄살이 아니었다. 금방이라도 패대기치고 싶은 것들을 보며 참을 인(忍)자 대신 무척이나 좋아할 지훈을 떠올렸다. 그러자 물 먹인 솜 같던 팔에 불끈 힘이 솟았다.

"웃샤!"

짐들을 추슬러 들고 씩씩하게 발걸음을 뗐다. 한참을 올라가니 자리를 깔고 앉아 봄나물을 다듬고 있는 슈퍼 주인과 세탁소, 갈비집 주인과 맞닥뜨렸다. 세탁소까지는 괜찮지만 준 것 없이 미운 갈비집 주인을 보니 기분이 팩 상해 그냥 쓱 지나칠까 하다 슈퍼에 볼일이 있음을 깨닫고 먼저 인사를 건넸다.

"안녕하세요."

"어어, 마리 씨. 어머나, 무슨 꽃을 이리 한 아름 샀어?"

"봄맞이 할라고 하는갑다. 그제?"

"예. 아줌마, 제가 부탁드린 거 구하셨어요?"

"그럼, 누구 분부시라고. 잠깐만 기다려."

슈퍼 주인이 묵직하게 생긴 엉덩이를 냉큼 들자 세탁소 주인이 전부터 벼르고 있던 말을 꺼냈다.

"저, 마리 씨. 내가 부탁이 하나 있는데."

"뭔데요?"

"내도 화장하고 머리 한 번만 해주면 안 되겠는교? 우리 아 아빠랑 부부동반 모임이 하나 있는데 내사마 이리 심란해 가지고서리 어디서부터 손을 대야 할지를 몰라가 고민이라카이."

세탁소 주인의 하소연에 갈비집 주인이 쏙 나섰다.

"어디 쇼 나가? 가정주부가 깨끗하게 하고 가면 되지 무슨 화장이야?"

"봄 아이가? 내도 좀 화사해 보이고 싶다."

귀찮은 건 딱 질색이지만 무슨 억하심정인지 아주 내놓고 갈고리를 걸고넘어지는 갈비집 주인이 얄미워 마리는 흔쾌히 허락을 내려 버렸다.

"언젠데요?"

"해줄라꼬요?"

세탁소 주인은 입이 헤 벌어졌고 마리는 턱을 좀 치켜들고 풍부한 속눈썹을 착 내리깔았다.

"아침이면 못해요. 자야 하니까."

"저녁이지. 내일 저녁 8시 모임이라예."

"그럼 6시까지 슈퍼로 오세요."

"고마워요. 내 맛있는 거 사주꾸마."

"아이고, 내일 우리 동네 미스코리아 하나 나오겠네. 자, 여기."

큰 봉지에 담긴 분유통을 건넨 슈퍼 주인이 용도를 물었다.

"모아 달래서 부탁해가지고 모으긴 했는데 이걸 어디다 쓰려고?"

"좀 쓸 데가 있어요. 저녁참에 다시 올게요."

"잘 가."

"잘 가요."

까닥 고개를 숙여 보인 마리가 종종걸음을 치자 슈퍼 주인이 전과는 사뭇 달라진 마리에 대해 이야기했다.

"첨에는 찬바람이 쌩쌩 불더니 봄이 돼선가? 요즘에는 훨 나아졌어. 그치?"

"하모."

"나아지긴 개뿔이 나아져. 그나저나 저 하바드 졸업생은 미국 언제 간대? 전에 당분간 있을 거라고 하지 않았어?"

"아직 간다는 말 없던데?"

"한국의 매력에 푹 빠졌나 보지."

세탁소 주인이 마리의 역성을 들자 그것이 못내 배가 아픈 갈비집 주인이 거한 콧방귀를 뀌었다.

"흥! 한국의 매력이 아니라 삼촌의 매력에 푹 빠졌겠지."

"그게 무슨 소리야?"

갈비집 주인은 아주 은밀한 이야기인 듯 마리가 사라진 쪽을 힐끔 한 번 보고 작은 소리로 속살거렸다.

"어제 말이야. 내가 우리 오빠네 갔다가 부랴부랴 오다가 정류장에서 송 선생하고 저 마리 씨하고 이 어깨를 딱 붙이고 오는 걸 봤지 뭐야?"

본 것이 있어서 내놓는 소리였지만 슈퍼 주인은 대단치 않게 넘겨 버렸다.

"복잡하니까 그랬겠지. 난 또 팔짱이라도 끼었다고."

"팔짱이 대수가? 요즘에는 아빠하고 딸하고도 팔짱 끼고 다닌다카이."

"아빠하고 삼촌하고 같아? 그것도 남자친구라고 해도 믿을 만한 삼촌이잖아. 아주 분위기가 멜랑꼬리한 것이 영락없이 연인 같던데 뭘."

갈비집 주인이 마치 불륜 현장을 붙잡은 형사처럼 눈까지 가늘게 뜨고 마리와 지훈을 야릇한 관계로 몰아가자 세탁소 주인이 입바른 소리를 내뱉었다.

"자네는 갈비집을 할 것이 아니라 소설을 써야 했다. 그것도 삼류 소설."

"뭐야?"

"지금 딱 하고 싶은 말이 삼촌과 조카의 사랑이라 이 말 아이가? 그카니 삼류 소설이지. 빨간 딱지 붙는. 안 그카나?"

"자네 말이 맞네."

슈퍼 주인이 고개를 크게 주억거리며 동조하자 비위가 상한 갈비집 주인이 와락 고함을 내질렀다.

"아니, 이놈의 여자들이 얻어먹은 것 좀 있다고 20년 우정을 헌신짝처럼 내던져? 그러는 거 아냐!"

고양이 눈을 한 갈비집 주인의 반격에 놀란 슈퍼 주인이 부랴부랴 수습에 나섰다.

"무슨 말을 그렇게 해? 아무려면 자네보다 마리 씨가 좋겠어? 안 그래?"

"하모, 하모. 내는 자네가 더 좋다. 정말이다."

"다 필요 없어. 한 마린지 두 마린지 하고나 잘 먹고 잘 살아!"

"와 그카나? 내가 빵 쏠게, 기분 풀어라. 어이?"

"나는 우리 지영이랑 저녁에 갈비 먹으러 갈게."

양쪽에서 팔을 잡고 늘어지자 이만하면 체면치레는 했다 싶은 갈비집 주인이 주춤주춤 엉덩이를 내렸다.

"아, 됐다는데 왜 사람을 귀찮게 할까? 취미 한번 고약스러워들."

"으음, 그럴듯한데?"

마리는 난생처음 심어 본 페튜니아를 요리조리 고개를 돌려가며 감상했다. 얻어 온 분유통 바닥에 못질을 해 배수구를 만든 다음 거름과 흙을 담고 갖가지 봄꽃 모종을 심었다. 언젠가 지훈이 말했었다, 이 집을 산 이유는 온전히 어머니가 생전에 소원했던 집이어서였다고. 많은 것을 해줄 수는 없지만 마당에 빨래를 널어주고 분유통에 꽃 정도는 심어 주고 싶어 며칠 전부터 차근차근 계획한 일이었다.

"좋았어."

자신감을 얻은 마리는 완성된 페튜니아 화분을 내려놓고 다음 모종으로 손을 뻗쳤다. 그러는데 휴대폰이 울렸다. 그녀의 번호를 아는 사람은 단 한 사람, 지훈밖에 없으니 번호를 보고 말 것도 없이 얼른 손을 탈탈 털고 폴더를 밀어 올렸다.

"여보세요?"

―뭐 하니?

"그냥 있어. 뒹굴뒹굴 구르면서."

깜짝 놀라게 해주고 싶어 그렇게 둘러대자 지훈이 용건을 전해왔다.

―6시 30분경에 전에 학교 앞 그 편의점으로 나올 수 있어?

"왜?"

―어디 좀 가게.

"어디?"

―비밀. 거기 좀 잠깐 들렀다가 맛있는 거 먹고 들어갔으면 하는데. 괜찮아?

비밀이라고 하는 걸 보니 좋은 곳이 분명하고 저녁까지 먹자고 하는데 마다할 이유가 없었다.

"할 일도 없는데 대환영이다마다. 6시 30분?"

―응.

"알았어. 쉬는 시간이야?"

―어. 5분 있다 수업 들어가야 해.

"화장실은 갔다 왔어?"

―내가 애냐?

보지 않아도 고작 생리적인 질문이 무슨 해서는 안 될 말처럼 열없어 죽으려고 하는 지훈이 빤히 내다보이는 마리의 입매가 빙그레해졌다.

"갔다 와서 손은 씻었고?"

―점점.

"후후! 재밌잖아."

―하나도 재미없거든?

"난 재미만 있다 뭐. 아참, 송지훈. 나도 비밀 하나 있는데."

―뭔데?

"비밀이라니까? 퇴근하면 가르쳐 줄게."

―좋은 비밀일 것 같으니까 고대할게.

"고대해도 좋아. 아마 깜짝……."

딩동댕!

마리는 오해의 소지가 다분한 뉘앙스를 흘리려는 찰나에

수업종이 끼어들자 애먼 지훈을 탓했다.

"5분 남았다며."

―잘못 봤나봐. 나 수업 들어가야 해. 좀 있다 보자.

"응. 열심히 해."

―어.

지훈의 목소리가 사라지자 마리는 폴더를 닫고 시간을 확인했다.

"이거 다 처리하고 씻고 준비하려면 빠듯하겠네. 서둘러야겠어. 자자, 얼른 얼른 하자고."

지훈에게 약속했던 비밀을 꼭 보여주고 싶은 마리의 손이 바삐 움직였다.

퇴근 시간과 겹친 탓에 지옥철을 타고 낯선 동네에 내린 마리는 6층짜리 빌딩을 올려다보았다.

"여기야?"

"응."

마리는 다시 한 번 빌딩을 살폈다. 지하 노래방부터 전자제품 대리점, 세무서 사무실 등등이 입주해 있는 빌딩에서 눈에 들어오는 것이 있었다. 양미희 음악학원이라고 써진 커다란 창문이었다. 원장의 화려한 경력과 각종 콩쿨 수상자들의 명단이 주르륵 나열되어 있는 플래카드를 본 순간 지훈의 비밀이 꼭 거기일 것만 같았다. 언젠가도 노래를 다시 해 보면 어떻겠냐고 했었으니 말이다. 하지만 미리 짐작일 수도 있기에 직감을 무시하고 지훈에게 목적지를 물었다.

"어딘데?"

"올라가 보면 알아. 가자."

지훈이 앞장서자 마리는 그 뒤를 따랐다. 엘리베이터를 탔을 때 마리는 자신의 직감이 맞아들었음을 간파했다. 지훈이 누른 층은 바로 양미희 음악학원이 있는 3층이었다. 마리는 서둘러 불이 들어와 있는 3층 버튼을 다시 눌러 꺼버렸다.

"잠깐만. 송지훈, 너 설마 지금 음악학원에 가자는 소리는 아니겠지?"

벌써 오만상을 찌푸리고 있는 마리에게 지훈이 흔연스레 대답했다.

"우리 음악 선생님 친구 분이 하시는 음악학원인데 성악 쪽으로는 유명하대."

"네가 배우려고?"

"나 음치잖아."

"그럼?"

"집에 있긴 심심하니까 취미 삼아 배워 보라고."

더할 나위 없이 고마운 배려였다. 노래라면 지긋지긋하다고 진저리를 쳤지만 그것은 먹고살기 위해 부르는 노래 말이었다. 이제는 마리아 칼라스를 꿈꾸지 않는다고 했지만 기회만 된다면 아무 욕심 없이 그저 좋아 부르던 그 시절의 노래를 부르고 싶은 열망이 언제나 존재했었고 지금 또한 그렇다. 그러나 지훈의 배려를 받아들일 수는 없었다.

"하고 싶지 않아. 내가 말했잖아, 이제 노래 따위 안 한다고."

"뭘 그렇게 심각하게 생각해? 누가 데뷔하래? 취미 삼아 하라는 거잖아. 하루 종일 집에만 있는 너 생각하면 괜스레 내가 새장에 가둬 둔 것 같아 신경이 쓰여서 그래. 그러니까……."

"그럼 다른 데로 가."

"왜."

마리는 수재라는 말이 무색하게 미련스레 구는 지훈에게 끓어오르려는 짜증을 꾹 내리누르고 다른 곳이라면 몰라도 이 음악학원만은 절대 안 되는 이유를 설명했다.

"너희 학교 선생님과 아는 분이라며. 그런데 이런 꼴로 어떻게 나타나?"

어깨가 퐁 파진 헐렁한 티셔츠에 손바닥만 한 데님 미니스커트, 거기다 버스 손잡이만 한 귀걸이에, 아찔한 9센티짜리 힐이 성악하고는 영 맞지 않아 보이긴 했다. 그러나 그건 단지 마리의 패션 취향일 뿐이라 여기고 이미 당당히 그녀를 여자친구라고 소개해 놓은 지훈은 아무 문제없음을 주장했다.

"예쁘기만 하구만."

"장난해?"

"내가 장난 같은 거 할 줄 알면 재미있는 사람이지."

"하나도 재미없거든? 난 안 가. 너 아는 사람들한테 선 뵈는 것 같은 기분 참을 수 없어. 그러니까 그렇게 알아."

차림새도 차림새지만 힐끔 한 번 보고 말 거라면 모르지만 꼬박꼬박 얼굴을 마주 대하면 감추고만 싶은 제 과거가 들통날 것만 같아 더욱 고집을 부렸다. 마리의 까칠함의 이유를 환히 알고 있는 지훈은 양보라고는 모르는 심술쟁이처럼 마리가 꺼놓은 3층 버튼을 다시 꾹 눌렀다.

"미안한데 난 꼭 가야겠어."

그답지 않은 독단에 마리가 거위 소리를 냈다.

"야아!"

"발성 연습은 좀 있다 해줘."

"아, 싫다니까? 싫어, 싫다고! 내 말 안 들려?"

"퇴근하면 곧장 데리러 올게."

"혼자 북 치고 장구 쳐라. 응!"

마리가 앙앙대며 미운 소리를 퍼부었지만 지훈은 미운 소리 들을 만한 짓만 골라 했다. 뿔이 이만큼 난 마리에게 뜬금없는 제안을 해왔다.

"밥 먹고 피아노 사러 갈래?"

"돈 좀 있다고 자랑해?"

"자랑은 무슨. 예전부터 배우고 싶었는데 쪽팔려서 도저히 못 들어가겠더라. 애들만 우글우글대잖아."

"잘한다. 선생이 돼가지고 쪽이 뭐야, 쪽이?"

마리가 타박을 마치자마자 땡 하고 엘리베이터가 멈춰 섰다. 그러자 지훈은 마치 신나는 무도회장으로 안내하는 사람처럼 손을 바깥쪽으로 내밀어 마리를 에스코트했다.

"자, 내리시지요."

음악학원 문을 본 순간 가슴이 두 근 반, 세 근 반 하는 마리는 지훈에게 으름장을 놓았다.

"너랑 사귀고 있다고 불어 버릴 거야."

"진즉 말했는데?"

"뭐야? 어어. 야아!"

지훈은 어이없어 하는 마리의 팔목을 꼭 잡더니 다짜고짜 음악학원 안으로 돌진했다. 낭랑한 피아노 소리와 우아한 목소리가 두 사람을 반겼다.

"어서 오세요."

지훈은 일반인들보다 한 톤 높은 목소리를 내는 중년의 부인에게 꾸벅 고개를 숙였다.

"안녕하십니까. 이순례 선생님 소개로 왔습니다만."

"아, 여자친구랑 오겠다고 하신 그분?"

"예. 박마리, 인사드려. 원장님."

할 수 없어진 마리는 지훈의 부추김대로 고개를 까닥였다.

"안녕하세요."

"반가워요. 양미희라고 해요. 우선 안으로 들어오세요."

"예. 들어가자. 슬리퍼 신고."

마리는 저를 어린아이 다루듯 일일이 챙기는 지훈의 손을 탁 쳐내고 작은 목소리로 쫑알거렸다.

"내가 어린애야?"

"좋은 때예요. 호호!"

원장의 낭랑한 웃음소리에 마리의 하얀 뺨이 발그레 물들고 지훈은 빙그레 미소를 머금었다. 각종 상장과 상패가 즐비하게 놓여진 원장실로 들어서자 원장이 차를 권했다.

"차 뭘로 하시겠어요?"

"마실래?"

"아니."

"차는 됐습니다. 조금 후에 저녁을 먹을 거라서요."

"그래요? 그럼 인터뷰를 시작할까요? 레슨 받은 경험이 있다고 들었는데 어느 분께 받았나요?"

원장의 질문에 이제는 희미하게 바래 버린 기억을 되짚어 오래전 은사의 이름을 발음했다.

"세광 음대 민정겸 교수님께 받았어요."

원장이 눈을 끔벅거렸다. 민정겸 교수라면 우리나라에서 손꼽히는 메조소프라노다. 그런 사람에게 사사를 받았다는 것은 막강한 실력을 갖췄다는 증거니 놀라지 않을 수 없었다.

"정말이에요?"

"예."

마리가 수더분하게 대답하자 지훈이 거들고 나섰다.

"노래를 아주 잘했습니다. 대회 나가서 상도 많이 탔구요."

"그런데 왜 중도 포기를 했어요? 민 교수님께 사사 받을 정도면 유망주였다는 소린데 계속 하지 그랬어요."

"그냥요."

어머니의 죽음으로 모든 것이 뒤틀려 버렸다는 사실을 밝히기 싫어 마리는 그리만 대답했다. 원장은 만족한 웃음을 머금었다.

"난 막연히 아마추어구나 싶었는데 이거 숨겨진 디바 아닌가 싶네요."

"아니에요. 그만둔 지가 언젠데요."

"지금도 잘해요."

"가만히 좀 있어."

"알았어."

두 사람의 티격태격하는 모양을 지켜보던 원장이 손뼉을 딱 마주쳤다.

"이럴 것이 아니라 테스트부터 해 보죠. 기대되는걸요? 이쪽으로 오세요."

원장이 앞서자 지훈과 마리가 따라 일어났다. 마리가 불안감을 호소했다.

"떨려 죽겠어."

"잘하잖아."

"네 귀에나 그렇지. 싸구려 물이 잔뜩 들어버려서 못 들어 준단 말이야."

"썩어도 준치라는 말이 있잖아."

"아유, 몰라. 너 땜에 정말."

격려하는 지훈을 타박하면서도 마리는 침을 삼켜 갑자기 빡빡해져 버린 목을 골랐다. 그사이 학원 한가운데 놓인 그랜드 피아노에 자리를 잡은 원장이 마네킹처럼 굳어 있는 마리에게 씩 웃어 보였다.

"콩쿠르 아니니까 긴장하지 말고 마음 편히 해요. 자, 갑시다!"

원장이 일도 화음을 누르자 마리는 단전에 힘을 주어 소리를 머리로 끌어 올렸다.

"아아아아아!"

반음씩 차근차근 소리가 높아졌다. 지훈이 듣기에는 탄사가 터져 나왔지만 정작 마리는 곤욕스러웠다. 두성 발성을 했던 옛날과는 달리 아무리 소리를 끌어 올리려 해도 콧등 언저리에서만 소리가 맴돌았다. 예민한 귀를 가진 원장이 즉시 그 점을 지적했다.

"오래 쉬어서 두성 발성은 힘들 거예요. 자, 이렇게 합시다. 한 손은 단전에 대고 한 손은 미간을 짚어요. 따라서 해요. 미얌, 미얌."

"미얌, 미얌."

"짧게 끊지 말고 소리를 입 밖으로 길게 내뱉어요. 미얌, 미얌."

"미얌, 미얌, 미얌."

다소 우스꽝스러운 발음이긴 했지만 열심히 따라 하다 보니 콧잔등에서만 맴돌던 소리가 미간에서 뱅뱅 맴돌았다.

"울리죠?"

상기한 마리가 고개를 끄덕였다.

"예, 울려요."

"미간까지 끌어 올렸으니까 조금만 더 끄집어 올리면 금방 예전처럼 발성할 수 있을 거예요. 자, 다시 해봅시다. 아아아 아아!"

"아아아아아!"

음은 점점 높아졌고 자신감을 얻은 마리의 발성 또한 점점 또렷해져 갔다. 그리고 열의에 가득 찬 마리의 모습을 지켜보는 지훈은 제 가슴이 다 설레 팔짱을 끼어 쿵쿵 뛰는 가슴을 내리눌렀다.

학원을 나와 간장게장 잘하는 집에서 저녁을 먹고 돌아오는 길인 마리는 아직도 화끈거리는 뺨을 내리누르며 푸념을 늘어놓았다.

"아아! 내일 원장님 얼굴을 어떻게 보지? 괜히 민 교수님 이야기를 꺼냈어. 그냥 음악시간에 배웠어요, 이럴걸."

"왜, 잘만 하드만. 원장님도 그랬잖아, 오래 쉰 것치고는 정말 잘한다고."

"그럼 대놓고 못 들어 주겠어요, 그러겠니? 네 체면도 있는데."

"잘하던데 뭘."

"네가 노래를 알아?"

"후후!"

톡톡 쏘아붙이긴 하지만 그 안에 담긴 설렘을 알아본 지훈은 가벼운 웃음소리를 냈다. 그러자 입술을 뾰로통하게 만든 마리가 고마움을 전했다.

"고맙다는 말은 안 할 거야. 내가 해주라고 한 거 아니니까."

"그래."

"그래도 맨입으로 쓱싹하기에는 그러니까…… 노래 가르쳐 줄게."

지훈은 마리의 뜻밖의 제안에 난색을 표했다.

"나 가르치려면 복장 터질 텐데."

"쥐어박으면서 가르칠 거야. 각오해."

"나도 막 아아아 이런 거 배워야 해?"

"다른 거 배우고 싶은 거 있어?"

"뽕짝."

마리가 이마를 찡그렸다.

13화·앉은뱅이 꽃처럼 355

"그걸 왜에?"

"회식 할 때 나만 노래 안 불러. 고백하자면 안 부르는 게 아니라 아무도 안 시켜."

"그 정도야?"

"응. 한 번만 들어보면 그 뒤로는 절대 안 시키더라고. 난 꽤 잘 부른 것 같은데 말이지."

"문제아를 맡았군."

"아마도."

마리는 순순히 자신의 단점을 고백하는 지훈의 어깨를 툭툭 두드렸다.

"그래도 선생님이 훌륭하니까 믿어 봐."

"믿습니다. 앗, 슈퍼다. 걸리면 머리 아프다. 뛰자."

"응."

"하나, 둘 , 셋!"

두 사람은 전력질주로 슈퍼를 지나쳐 단숨에 집 앞에 다다랐다.

"헉, 헉! 운동 제대로 했다."

"그러게."

"운동하는 거 심각하게 고려해 봐야겠어. 겨우 이거 뛰고 숨이 이렇게 차다니."

가까스로 숨을 고른 지훈이 열쇠를 꺼내 대문에 꽂았다. 마리가 얼른 그의 손을 붙잡았다.

"잠깐만. 내가 열게."

"왜?"

"비밀이 있다고 했잖아. 기대해."

"막 풍선 매달아 놓고 이런 거야?"

"유치해."

마리는 지훈에게서 열쇠를 빼앗아 대문을 열었다. 그리고 지훈의 손목을 붙잡았다.

"눈 감아."

그러자 그녀의 뜻을 오해한 지훈이 놀란 표정으로 꿀꺽 침을 삼켰다. 그 모습을 본 마리가 짓궂게도 정곡을 찔렀다.

"왜, 뽀뽀라도 해줄 것 같아?"

"무슨."

"해줘?"

"아니."

"정말?"

"별로 안 좋아해."

극구 부인까지 했지만 지훈의 뺨 언저리는 이미 화끈하게 달아오른 후였다. 더 이상 놀렸다가는 화들짝 놀라 버럭 화를 내버릴 것 같아 마리는 장난을 그만두었다.

"알았어, 알았다고. 어쨌거나 눈 감아."

지훈은 고분고분 눈을 감았고 마리는 그를 자신들만의 비밀의 화원으로 이끌었다. 그를 반겨줄 분유통 화분이 주르륵 앉아 있는 화단 앞에 이르자 그의 손목을 놓으며 단단히 일렀다.

"눈 뜨면 안 돼. 실눈도 안 돼."

"알았어."

지훈은 눈가에 주름이 지도록 눈을 더 꼭 감았고 마리는 얼른 현관문을 열고 거실 벽에 붙어 있는 외등을 밝혔다. 그리고 똑똑똑 구두 소리를 내며 내려와 모범적으로 눈을 감고 있는 지훈에게 눈을 떠도 좋다는 허락을 내렸다.

"이제 떠도 돼."

마리의 명령에 지훈은 눈꺼풀을 스르륵 밀어 올렸다. 그러더니 신기루처럼 나타난 아기자기한 화단을 보고 흠칫 놀라 한 발짝 뒤로 물러서기까지 했다.

"뭐, 뭐야."

"뭐긴 뭐야, 화단이지. 이리 와봐."

마리는 집을 잘못 찾은 줄 알고 어리둥절해 하고 있는 지훈의 손목을 끌어당겨 솜씨는 없지만 정성을 다해 꾸민 화단 앞에 쭈그려 앉았다.

"이건 페튜니아고, 이건 시크라멘, 요건 쥬리아. 예쁘지?"

알록달록, 올망졸망한 꽃동산도 놀라웠지만 그보다 지훈을 더 놀라게 한 것은 꽃들이 심어져 있는 분유통이었다.

"이건 어떻게……."

"슈퍼 아줌마한테 좀 구해 달라고 부탁드렸어. 그랬더니 이렇게 많이 구해 주시더라."

"아니, 그거 말고. 어떻게 여기다 심을 생각을 했냐고."

일전에 흘리듯 말했던 기억을 망각해 버린 지훈이 그렇게 묻자 괜스레 겸연쩍어진 마리는 야들야들한 꽃잎을 매만지는 척하며 시선을 피해 버렸다.

"네가 저번에 그랬잖아, 아줌마가 분유 깡통에 꽃 심고 빨랫줄 칠 수 있는 마당이 있는 집에 살고 싶어 해서 이 집에 사는 거라고. 뭐, 꼭 너한테 잘 보이고 싶어서만은 아니고 봄도 되고 해서 겸사겸사 저질러 본 거야."

"생각도 못했어."

"눈치 채면 재미없지."

"박마리."

"고맙다는 말 하려는 거거든 관두셔, 두드러기 나니까."

지훈은 눈도 못 맞추면서도 여전히 통통대는 마리에게 환희로 넘치는 자신의 온 마음을 전했다.

"너 좋아하길 정말 잘한 거 같아."

"아, 좀 하지 좀 마. 닭살 돋아. 어?"

마리는 지훈의 고백을 견디지 못하고 벌떡 자리에서 일어나려다 양 손목을 다부지게 거머쥔 지훈에 의해 다시 주저앉혀졌다. 지훈이 콧날을 밀어댔다. 마른침을 삼킨 마리가 그의 손아귀에 잡힌 손목을 비틀었다.

"야아, 송지훈……"

콧날이 점점 다가오고 수면 위의 달처럼 반짝이던 눈은 점점 감겨갔다. 키스를 하려는 것이 틀림없었다. 세상에! 뭘 몰라도 그렇지, 엉거주춤 앉은뱅이 자세에서 키스라니! 클라크 게이블처럼 허리를 뒤로 완전히 꺾어 주길 바라는 것은 아니나 그래도 이런 포즈는 아니어도 정말 아니라는 사이렌이 머릿속에서 마구 울려댔다. 하지만 지훈에게 전염된 것마냥 마리의 풍성한 속눈썹도 점점 아래를 향했다. 그리고 곧이어 부드럽고 따뜻하고 뭉클한 입술들이 목표물에 안착했다.

 불장난을 저지르는 십 대처럼 긴장하고 꽃잎에 입을 맞추는 것처럼 부드럽게 서로의 입술을 더듬었다. 마리의 손목을 부여잡은 지훈도 또 그에게 사로잡힌 마리도 자잘하게 전율했다. 두 사람은 다리가 저리다는 것도 잊은 채 맛보면 맛볼수록 자신의 취향인 수줍은 입술을 한없이 야금야금 탐했다. 그렇게 마리와 지훈은 알록달록한 앉은뱅이 꽃들 앞에서 또 한 송이의 앉은뱅이 꽃이 되었다.

— '눈물아 멈춰줘' 2권으로 이어짐 —